RETOUR DE SERVICE

Du même auteur

AUX ÉDITIONS DU SEUIL

Notre jeu, *1996, et « Points », n° P330*
Le Tailleur de Panamá, *1997, et « Points », n° P563*
Single & Single, *1999, et « Points », n° P776*
La Taupe, *2001, nouvelle édition, et « Points », n° P921*
Comme un collégien, *2001, nouvelle édition, et « Points », n° P922*
Les Gens de Smiley, *2001, nouvelle édition, et « Points », n° P923*
Un pur espion, *2001, nouvelle édition, et « Points », n° P996*
La Constance du jardinier, *2001, et « Points », n° P1024*
Le Directeur de nuit, *2003, nouvelle édition, et « Points », n° P2429*
La Maison Russie, *2003, nouvelle édition, et « Points », n° P1130*
Un amant naïf et sentimental, *2003, nouvelle édition, et « Points », n° P1276*
Le Miroir aux espions, *2004, nouvelle édition, et « Points », n° P1475*
Une amitié absolue, *2004, et « Points », n° P1326*
Une petite ville en Allemagne, *2005, et « Points », n° P1474*
Le Chant de la Mission, *2007, et « Points », n° P2028*
Un homme très recherché, *2009, et « Points », n° P2227*
Un traître à notre goût, *2011, et « Points », n° P2815, sous le titre* Un traître idéal
Une vérité si délicate, *2013, et « Points », n° P3339*
Le Tunnel aux pigeons. Histoires de ma vie, *2016, et « Points », n° P4682*
L'Héritage des espions, *2018, et « Points », n° P4957*

AUX ÉDITIONS GALLIMARD

Chandelles noires, *1963*
L'Espion qui venait du froid, *1964*
L'Appel du mort, *1973*

AUX ÉDITIONS ROBERT LAFFONT

Le Voyageur secret, *1991*
Une paix insoutenable (essai), *1991*
Le Directeur de nuit, *1993*

et en collection Bouquins

tome 1
L'Appel du mort
Chandelles noires
L'Espion qui venait du froid
Le Miroir aux espions
La Taupe
Comme un collégien

tome 2
Les Gens de Smiley
Une petite ville en Allemagne
La Petite Fille au tambour
Le Bout du voyage (théâtre)

tome 3
Un amant naïf et sentimental
Un pur espion
Le Directeur de nuit

JOHN le CARRÉ

RETOUR DE SERVICE

roman

TRADUIT DE L'ANGLAIS (GRANDE-BRETAGNE)
PAR ISABELLE PERRIN

ÉDITIONS DU SEUIL
*57, rue Gaston-Tessier, Paris XIXe*

Ce livre est édité par Anne Freyer-Mauthner

Titre original : *Agent Running in the Field*
Éditeur original : Viking/Penguin Books, Londres
ISBN original : 978-0-241-40123-1

ISBN 978-2-02-143319-7

www.seuil.com

Pour Jane

1

Notre rencontre n'a été arrangée par personne. Ni par moi, ni par Ed, ni par des manipulateurs en coulisse. Je n'avais pas été ciblé. Ed n'avait pas été téléguidé. Nous n'avions fait l'objet d'aucune surveillance, discrète ou visible. Il m'a lancé un défi sportif, je l'ai accepté, nous avons joué. Rien de calculé là-dedans, pas de conspiration, pas de collusion. Certains événements de ma vie (rares ces temps-ci, je le reconnais) sont univoques. Notre rencontre en fait partie. Mon récit n'a jamais varié au fil des nombreuses occasions où on m'a obligé à le répéter.

C'est un samedi soir à l'Athleticus Club de Battersea, dont je suis le secrétaire à titre purement honorifique. Je suis assis sur un transat matelassé près de la piscine intérieure. Sous le haut plafond des immenses locaux que nous occupons dans une ancienne brasserie, la piscine se situe à une extrémité et le bar à l'autre, reliés par un couloir qui dessert les vestiaires et les douches genrés.

Faisant face à la piscine, je suis de biais par rapport au bar, derrière lequel se situent l'accès au club, le vestibule puis la porte donnant sur la rue. Mon emplacement ne me permet donc pas de voir qui entre dans les lieux ni qui se trouve dans le vestibule à lire les affiches, réserver un court ou s'inscrire pour le tournoi échelle. Le bar est très animé. De jeunes demoiselles et leurs chevaliers servants discutent entre deux plongeons.

Je suis en tenue de badminton, short, sweatshirt et nouvelle paire de tennis montantes achetée en raison d'une douleur tenace à la cheville gauche qui me gêne depuis une randonnée dans les forêts estoniennes voilà un mois. Après une longue série d'opérations à l'étranger, je savoure cette permission bien méritée en m'employant à ignorer le nuage qui plane sur ma vie professionnelle : ma mise au rebut prévisible ce lundi. Je me répète en boucle : Eh bien soit, j'entame ma quarante-septième année, j'ai eu un beau parcours, je savais que cela finirait ainsi, alors pas de regrets.

J'en apprécie d'autant plus le réconfort que me procure la confirmation de mon statut de champion de l'Athleticus, malgré mon âge avancé et ma cheville endolorie, titre conservé le samedi précédent face à des adversaires bien plus jeunes. Les tournois en simple sont réputés être le pré carré des vingtenaires au pied agile, mais jusqu'ici j'ai réussi à maintenir mon rang. Aujourd'hui, selon la tradition en vigueur, j'ai disputé (et remporté) un match amical contre le champion de notre club rival de l'autre côté de la Tamise, à Chelsea. Et il est assis avec moi après notre duel, bière à la main, ce jeune avocat indien prometteur et athlétique qui m'a mis en difficulté jusqu'aux tout derniers points, quand l'expérience et un peu de chance m'ont permis de renverser la vapeur. Peut-être ces quelques éléments expliquent-ils en partie mes dispositions charitables au moment où Ed m'a lancé son défi, et mon sentiment, si temporaire fût-il, qu'il peut y avoir une vie après la fin de carrière.

Mon adversaire vaincu et moi-même devisons aimablement. Le sujet (je m'en souviens comme si c'était hier) : nos pères respectifs. Tous deux étaient des badistes enthousiastes, s'avère-t-il. Le sien classé numéro 2 en Inde ; le mien, pendant une saison glorieuse, champion de l'armée britannique à Singapour. Alors que nous comparons ainsi nos patrimoines génétiques, je me rends soudain compte que notre réceptionniste et comptable antillaise, Alice, marche sur moi en compagnie d'un jeune homme très grand dont je ne distingue pas les traits. À soixante ans, Alice est replète, fantasque et toujours un peu essoufflée. Nous comptons tous deux parmi les plus anciens du club, moi en tant que joueur, elle en tant que pilier. Où que j'aie pu être envoyé en poste dans le monde, nous avons toujours échangé des cartes de vœux. Les miennes humoristiques, les siennes fort pieuses. Quand je dis qu'elle marche sur moi, je veux dire que, pour m'attaquer tous deux à revers avec Alice en pointe, ils doivent d'abord avancer, puis se tourner pour me faire face, mouvement qu'ils exécutent avec une synchronisation cocasse.

« Sir Nat ! annonce-t-elle d'un ton protocolaire (elle m'appelle plus souvent “lord Nat”, mais ce soir je me vois rétrogradé). Ce beau jeune homme bien poli voudrait vous parler en privé, mais il rechigne à vous déranger pendant votre heure de gloire. Il s'appelle Ed. Ed, je vous présente Nat. »

Dans mon souvenir, Ed reste un instant en retrait. C'est un grand binoclard dégingandé de plus d'un mètre quatre-vingts qui dégage une impression de solitude derrière son demi-sourire gêné. Deux sources de lumière concurrentes convergent sur lui : le néon orange du bar qui le nimbe d'une aura céleste et les plafonniers de la piscine derrière lui qui projettent son ombre gigantesque au sol.

Il avance de deux pas et devient réel. Deux grands pas maladroits, pied gauche, pied droit, stop. Alice repart s'affairer ailleurs. Affichant un sourire patient, j'attends qu'il entame la conversation. Un bon mètre quatre-vingt-dix en fait, cheveux bruns en bataille, grands yeux noisette au regard sérieux voilé par ses lunettes, et ce genre de bermuda blanc qu'affectionnent les marins du dimanche ou les riches héritiers de Boston. Environ vingt-cinq ans, peut-être moins, ou plus, difficile de trancher avec son air d'éternel étudiant.

« Monsieur ? finit-il par lancer sans plus de courtoisie.

– Appelez-moi Nat, je vous en prie. »

Il digère cette nouvelle. *Nat.* Il la remâche. Il fronce son nez aquilin.

« Moi, c'est Ed », annonce-t-il, répétant l'information déjà fournie par Alice.

Dans l'Angleterre où je suis récemment revenu, personne ne semble porter de nom de famille.

« Eh bien, bonjour, Ed ! Que puis-je pour vous ? »

Nouvelle pause, le temps qu'il y réfléchisse.

« Je veux jouer contre vous, OK ? Vous êtes le champion. Le souci, c'est que je viens juste d'adhérer. La semaine dernière. Voilà. Je me suis inscrit au tournoi échelle et tout ça, mais ça va prendre des mois, c'est insensé. »

Propos débités d'une traite comme si les mots se libéraient de leur prison. Puis une nouvelle pause, le temps qu'il nous observe l'un après l'autre, mon sympathique adversaire et moi.

« Écoutez, je ne connais pas les règles du club, OK ? reprend-il d'un ton outré, comme pour argumenter, alors que je n'ai émis aucune objection. Ce n'est pas de ma faute. J'ai juste demandé à Alice, et Alice m'a dit : Ben allez lui demander vous-même, il ne va pas vous mordre. Alors je vous demande, dit-il, avant d'ajouter, au cas où une explication complémentaire serait requise : Juste, je vous ai regardé jouer, OK ? Et j'ai battu un ou deux types que vous avez battus et aussi un ou deux qui vous ont battu. Je crois bien que je pourrais vous donner du fil à retordre. Sérieusement. Très sérieusement, même. Voilà. »

Et la voix, maintenant que j'en ai eu un bon échantillon ? Dans la grande tradition britannique du petit jeu qui consiste à situer nos compatriotes sur l'échelle sociale en fonction de leur accent, je suis au mieux un candidat médiocre, car j'ai passé une trop grande partie de ma vie à l'étranger. Mais je parierais que, aux oreilles de ma fille Stephanie, farouche militante de l'abolition des classes, l'accent d'Ed serait jugé « acceptable », c'est-à-dire dénué de traces trop évidentes d'un passage dans des écoles privées. Je lui pose la question classique :

« Puis-je vous demander où vous jouez, Ed ?

– Un peu partout, du moment que je trouve un adversaire correct. Voilà. Et puis j'ai entendu dire que vous étiez membre ici. Dans certains clubs, il suffit de payer pour jouer, mais pas ici. Ici, il faut d'abord devenir membre. C'est une arnaque, à mon avis, mais je l'ai fait. Ça coûte une putain de blinde, mais bon, voilà. »

Je mets le « putain » sur le compte de la nervosité, et je réponds de mon ton le plus cordial :

« Désolé que vous ayez dû mettre la main au portefeuille, Ed. Enfin, si vous voulez qu'on joue, ça me va très bien. Fixons une date à votre convenance, j'en serai ravi. »

Je me rends compte que la conversation au bar se calme et que plusieurs têtes se tournent dans notre direction. D'autant que ma réponse ne suffit pas à Ed.

« OK, alors, qu'est-ce qui vous convient ? Concrètement. Pas genre "un de ces jours", insiste-t-il en obtenant quelques rires du bar (ce qui l'agace, à en juger par son œil noir).

– Ah, il va falloir attendre une ou deux semaines, Ed, dis-je en toute honnêteté. J'ai des engagements importants. Des vacances en famille qui n'ont que trop attendu, pour ne rien vous cacher. »

J'espérais un sourire, je n'obtiens qu'un regard dur.

« Vous rentrez quand ?

– Samedi prochain, si nous revenons en un seul morceau. Nous partons au ski.

– Où ça ?

– En France, près de Megève. Vous pratiquez aussi le ski ?

– J'en ai déjà fait, oui. En Bavière. Le dimanche du week-end suivant, ça irait ?

– Il faudrait que ce soit un jour de semaine, Ed », dis-je d'un ton ferme.

Maintenant que Prue et moi pouvons en avoir, les week-ends en famille sont sacro-saints, aujourd'hui étant une rare exception.

« Donc un jour de semaine à partir de lundi en quinze, c'est ça ? Fixez la date. À vous de choisir. Moi, je m'adapte.

– Eh bien, un lundi, c'est ce qu'il y aurait de mieux. »

Le lundi soir, Prue, qui est avocate, donne de son temps pour des consultations gratuites.

« OK, lundi en quinze, alors. 18 heures ? 19 heures ? Quelle heure ?

– Eh bien, dites-moi ce qui vous arrange. Je n'ai pas encore de planning défini. »

En d'autres termes : si ça se trouve, je serai à la rue, à cette date.

« Des fois, ils me gardent tard le lundi, se plaint-il. Disons 20 heures. Ça vous conviendrait, 20 heures ?

– 20 heures me conviendrait très bien.

– Le court numéro 1, ça vous irait, si j'arrive à l'avoir ? Alice m'a dit qu'ils n'aimaient pas trop les réservations ponctuelles, mais pour vous, ce sera différent.

– N'importe quel court m'ira très bien, Ed. »

Nouveaux rires au bar, et quelques applaudissements, sans doute pour sa persistance. Nous échangeons nos numéros de portable, ce qui me pose toujours un petit dilemme. Je lui donne mon numéro privé et je lui suggère de me prévenir par texto en cas de souci. Il me renvoie la pareille.

« Et au fait, Nat ? ajoute-t-il d'une voix soudain plus douce, moins tendue.

– Oui ?

– Passez de bonnes vacances en famille, OK ? Lundi en quinze, ici, à 20 heures », me rappelle-t-il au cas où je l'aurais oublié.

Rires et applaudissements du public. Ed m'adresse un au revoir nonchalant de la main, ou plutôt de tout son bras droit maigrelet, puis se dirige d'un pas souple vers le vestiaire des hommes.

« Quelqu'un le connaît ? » je demande après m'être instinctivement tourné pour le suivre des yeux.

Les habitués secouent la tête. Désolé, Nat, mais non.

« Quelqu'un l'a déjà vu jouer ? »

Là encore, désolé, l'ami.

J'escorte mon adversaire du jour jusqu'au vestibule puis, avant de retourner au vestiaire, je passe la tête par la porte du secrétariat. Alice est penchée sur son ordinateur.

« Ed comment ?

– Shannon, répond-elle sans lever les yeux. Edward Stanley Shannon. Cotisation individuelle payable par prélèvements réguliers, tarif résident.

– Profession ?

– M. Shannon est chercheur de son métier. Qui il cherche, ou quoi, il ne me l'a pas dit.

– Adresse ?

– À Hackney, dans le quartier de Hoxton. Comme mes deux sœurs et ma cousine Amy.

– Âge ?

– M. Shannon ne pouvait pas bénéficier du tarif jeune, mais il ne m'a pas dit de combien d'années. Tout ce que je sais, c'est qu'il en a après vous, ce garçon, à traverser tout Londres à vélo juste pour venir défier le champion du Sud. Il a entendu parler de vous, et donc il vient vous affronter, comme David avec Goliath.

– C'est lui qui a dit ça ?

– Ce qu'il n'a pas dit, je l'ai deviné toute seule. Vous êtes tenant du titre en simple depuis bien trop longtemps, Nat, comme Goliath. Vous voulez le nom de ses père et mère ? Le montant de son prêt immobilier ? Son casier judiciaire ?

– Bonne soirée, Alice, et merci pour tout.

– Bonne soirée à vous aussi, Nat. Et passez le bonjour à Prue. Et ne commencez pas à faire des complexes à cause de ce jeune homme, hein ? Vous allez l'écrabouiller, comme tous les autres freluquets. »

2

Si ce récit était un rapport officiel, je commencerais par les nom et prénoms d'Ed, l'identité de ses parents, ses date et lieu de naissance, profession, religion, origine ethnique, orientation sexuelle et autres données personnelles ne figurant pas dans l'ordinateur d'Alice. Mais en l'espèce, je vais commencer par les miennes.

Mon nom de baptême est Anatoly, plus tard anglicisé en Nathaniel, Nat pour faire court. Je mesure un mètre soixante-dix-huit, je suis imberbe, j'ai des cheveux grisonnants qui forment parfois des petites touffes, je suis le mari de Prudence, avocate associée dans un cabinet londonien établi de longue date, spécialiste des affaires à forte composante humaine et surtout des dossiers *pro bono*.

Je suis longiligne (Prudence dirait plutôt maigrelet). J'aime tous les sports. En plus du badminton, je pratique le jogging, la course à pied et la musculation dans une salle qui n'est pas ouverte au public. Je suis doté d'un « charme de baroudeur » et du « contact facile propre à l'homme du monde ». Mon physique et mes manières font de moi l'« Anglais typique ». Capable de « disserter de façon convaincante sur une courte durée » et de m'« adapter aux circonstances », je ne me « laisse pas étouffer par des scrupules éthiques ». Je peux me montrer « irascible » et je « ne reste pas insensible aux charmes de la gent féminine ».

Je ne suis « pas fait pour le travail de bureau ni pour une vie sédentaire », ce qui est la litote du siècle. Je peux me montrer « buté » et je n'ai « pas de respect inné pour la discipline », ce qui peut être « à la fois un défaut et une qualité ».

Les citations ci-dessus sont extraites des rapports confidentiels sur mes capacités et mon comportement rédigés par mes anciens employeurs au fil des vingt-cinq dernières années. Vous serez aussi heureux d'apprendre que, si besoin, « on peut compter sur » moi pour faire preuve de la « dureté requise », sauf qu'on ne précise pas par qui ni à quel point. À l'inverse, ma « délicatesse » et ma « cordialité inspirent la confiance ».

Pour en revenir à des éléments plus factuels, je suis un citoyen britannique d'ascendance mêlée, enfant unique né à Paris, mon défunt père étant à l'époque de ma conception un major impécunieux des Scots Guards détaché au quartier général de l'OTAN à Fontainebleau, et ma mère la fille de Russes blancs de petite noblesse résidant à Paris. Par « Russes blancs », comprenez qu'elle avait aussi une bonne dose de sang allemand du côté de son père, qu'elle invoquait ou reniait au gré de ses humeurs. L'histoire veut que le couple se soit rencontré lors d'une réception organisée par les derniers vestiges du « gouvernement russe en exil » quand ma mère se disait encore étudiante en beaux-arts et que mon père approchait de la quarantaine. Le lendemain matin, ils étaient fiancés – du moins, c'est ainsi qu'elle me l'a raconté et, au vu d'autres choix de vie qu'elle a pu faire, je n'ai guère de raison de mettre sa parole en doute. Quand mon père prit sa retraite (l'armée la lui accorda d'autant plus volontiers que, au moment de son coup de foudre, il était déjà encombré d'une épouse et d'autres bagages), les jeunes mariés s'installèrent à Neuilly, dans une jolie maison blanche mise à disposition par mes grands-parents maternels où je naquis bientôt, permettant ainsi à ma mère de se trouver d'autres distractions.

J'ai gardé pour la fin l'érudite et distinguée personne qui fut ma répétitrice, nurse et *de facto* gouvernante adorée, Mme Galina, prétendument une comtesse spoliée originaire de la région de la Volga et héritière des Romanov. Sans trop savoir comment elle atterrit dans notre maisonnée dysfonctionnelle, je suppose qu'elle avait été la maîtresse d'un grand-oncle du côté de ma mère qui, après avoir fui Leningrad, comme on appelait la ville à l'époque, et bâti une deuxième fortune en tant que marchand d'art, avait consacré sa vie à collectionner les jolies femmes.

La cinquantaine bien sonnée quand elle arriva chez nous, grassouillette mais avec un sourire de chaton, Mme Galina portait de longues robes de soie noire froufroutante et fabriquait elle-même ses chapeaux. Elle occupait nos deux mansardes avec tous ses biens : son gramophone, ses icônes, un portrait de la Vierge noir comme suie qu'elle attribuait à Léonard de Vinci et d'innombrables boîtes remplies de lettres et de photographies de ses aïeux dans des paysages enneigés, petits princes et petites princesses entourés de chiens et de domestiques.

La deuxième grande passion de Mme Galina après mon bien-être, c'était les langues. Elle en parlait d'ailleurs plusieurs. J'avais à peine maîtrisé les rudiments de l'orthographe anglaise qu'elle m'enseignait l'alphabet cyrillique. Au coucher, elle me lisait le même livre pour enfants dans une langue différente chaque soir. Dans les cercles parisiens toujours plus restreints de descendants de Russes blancs et d'exilés de l'Union soviétique, elle exhibait son ange polyglotte. Il paraît que je parlais russe avec un accent français, français avec un accent russe et quelques bribes d'allemand avec un mélange des deux. Mon anglais, lui, reste celui de mon père pour le meilleur ou pour le pire. On me dit que j'ai même hérité de ses inflexions écossaises, moins marquées néanmoins que dans ses beuglements d'alcoolique.

Lors de ma douzième année, mon père succomba à un cancer et à la mélancolie. Avec l'aide de Mme Galina, j'en pris soin jusqu'à la fin, ma mère étant occupée par ailleurs avec le plus riche de ses admirateurs, un marchand d'armes belge pour lequel je n'avais aucune estime. Considéré comme superfétatoire dans le triangle malaisé qui suivit le décès de mon père, je fus expédié en Écosse, consigné pendant les vacances chez une tante paternelle sinistre dans les Borders et pendant l'année scolaire dans une pension spartiate des Highlands. Malgré tous les efforts de cette école pour ne pas m'instruire dans les matières autres que sportives, j'obtins mon billet pour une université dans la région industrielle des Midlands en Angleterre, où je connus mes premières expériences maladroites avec la gent féminine et décrochai un diplôme mention passable en études slaves.

Depuis vingt-cinq ans, je suis un membre actif du Secret Intelligence Service britannique. Pour les initiés, le Bureau.

*

Même aujourd'hui, mon recrutement dans le monde du secret me paraît écrit d'avance, car je n'ai aucun souvenir d'avoir envisagé une autre carrière ni même souhaité consacrer ma vie à autre chose que, peut-être, le badminton ou la varappe dans les Cairngorms. À l'instant où mon tuteur à l'université me sonda timidement autour d'un verre de vin blanc tiède sur mon éventuelle envie de faire quelque chose d'un peu « sensible » pour mon pays, je m'enflammai au souvenir d'un appartement sombre à Saint-Germain-des-Prés que Mme Galina et moi avions fréquenté tous les dimanches avant le décès de mon père. J'y avais ressenti pour la première fois le frisson des complots antibolcheviques quand mes cousins et oncles par alliance et mes grands-tantes au regard illuminé s'échangeaient des messages en provenance de la mère patrie où peu d'entre eux avaient mis les pieds – jusqu'au moment où, se rendant compte de ma présence, ils me faisaient jurer de garder le silence sur ces secrets souvent incompréhensibles que j'avais surpris. Là aussi naquit ma fascination pour l'Ours dont le sang coulait dans mes veines, pour sa diversité, son immensité et ses mœurs complexes.

Je reçus une lettre sans en-tête requérant ma présence dans un bâtiment à colonnades près de Buckingham Palace. Derrière un bureau aussi massif qu'un tank, un amiral de la Royal Navy en retraite me demanda quels sports je pratiquais. Ma réponse l'émut aux larmes.

« Ah, dire que j'ai joué au badminton avec votre cher père à Singapour ! Il m'a mis une sacrée raclée. Vous le saviez ?

– Non, monsieur, je l'ignorais », répondis-je en hésitant à m'excuser au nom de mon père.

La conversation dut aborder d'autres sujets, que j'ai oubliés depuis.

« Où est-il enterré, votre cher père ? demanda-t-il au moment où je prenais congé.

– À Paris, monsieur.

– Ah, très bien. Bonne chance à vous. »

Je reçus ensuite pour instruction de me présenter à la gare de Bodmin Parkway muni du *Spectator* de la semaine précédente. Ayant découvert que tous les invendus avaient été renvoyés au grossiste, je dus en voler un dans une bibliothèque locale. Un homme coiffé d'un feutre vert me demanda quand partait le prochain train pour Camborne. Je lui répondis que je n'étais pas en mesure de l'en informer car je me rendais moi-même à Didcot, puis le suivis de loin jusqu'à un parking où nous attendait une camionnette blanche. Au bout de trois jours de questions impénétrables et de dîners guindés lors desquels mes talents en société et ma résistance à l'alcool furent mis à l'épreuve, je fus convoqué devant le conseil réuni.

« Bien, Nat, attaqua une dame à cheveux gris assise à la place d'honneur. Nous vous avons posé toutes sortes de questions sur vous-même, mais peut-être en avez-vous pour nous, de votre côté ?

– Eh bien oui, justement, répondis-je après avoir affiché une expression d'intense réflexion. Vous m'avez demandé si vous pouviez compter sur ma loyauté. Puis-je compter sur la vôtre ? »

Elle sourit, bientôt imitée par tous les autres membres du conseil – ce sourire triste, entendu et intérieur qui est ce qui se rapproche le plus d'un étendard, pour le Service.

Résiste bien à la pression. Agressivité latente correcte. Avis très favorable.

*

Durant le dernier mois de ma formation en arts occultes, j'eus l'heureuse fortune de faire la connaissance de Prudence, ma future épouse. Notre première rencontre ne se déroula pas sous les meilleurs auspices. À la mort de mon père, un régiment de squelettes était sorti du placard familial. Des demi-frères et demi-sœurs dont je n'avais jamais entendu parler réclamaient leur part d'un héritage que les fidéicommissaires écossais avaient passé quatorze ans à contester, amener en justice et au final détourner. Un ami me recommanda un cabinet d'avocats de la City. Après avoir écouté mes griefs pendant cinq minutes, l'associé principal appuya sur une sonnette.

« C'est une de nos plus brillantes jeunes avocates », m'assura-t-il.

La porte s'ouvrit et une femme de mon âge entra, vêtue de ce tailleur noir intimidant en vogue chez les juristes, avec des lunettes de directrice d'école et de gros godillots noirs sur de tout petits pieds. Elle me serra la main et, sans m'accorder un autre regard, me précéda au son de ses godillots dans un petit bureau dont la porte en verre dépoli indiquait « Maître P. Stoneway ».

Elle me fit asseoir face à elle, coinça ses cheveux châtains derrière ses oreilles d'un geste strict et sortit d'un tiroir un bloc de papier jaune.

« Votre profession ?

– Je travaille au Foreign Office », répondis-je en rougissant malgré moi.

Ensuite, je me souviens de son dos bien droit, de son menton déterminé et d'un rayon de soleil qui ourlait le fin duvet sur sa joue tandis que je relatais tous les détails les plus sordides de notre saga familiale.

« Je peux vous appeler Nat ? me demanda-t-elle à la fin de ce premier entretien.

– Bien sûr.

– Appelez-moi Prue. »

Un nouveau rendez-vous fut fixé quinze jours plus tard, lors duquel, de la même voix impassible, elle m'informa de l'avancement du dossier.

« Nat, je me dois de vous signaler que, si tous les actifs au nom de votre père qui font l'objet de ce litige vous revenaient demain, ils ne suffiraient pas à régler ne serait-ce que les frais de mon cabinet, sans parler des créances encore en cours, annonça-t-elle, avant d'enchaîner sans me laisser le temps de lui dire que je ne l'ennuierais pas plus avant : Néanmoins, notre cabinet dispose d'un certain volume d'heures pour traiter à titre gracieux les dossiers qui en valent la peine. Et je suis heureuse de vous annoncer que le vôtre a été classé dans cette catégorie. »

Elle sollicita un autre rendez-vous à échéance d'une semaine, que je dus décaler car un agent letton devait être infiltré dans une station d'écoute de l'Armée rouge en Biélorussie. Dès mon retour sur le sol anglais, j'appelai Prue pour l'inviter à dîner et l'entendis me répondre sèchement que la politique de son cabinet stipulait que les relations avec les clients devaient rester strictement professionnelles. Néanmoins, elle avait le plaisir de m'informer que, à la suite de l'intervention de son cabinet, toutes les poursuites contre moi avaient été abandonnées. Je la remerciai profusément et lui demandai si, dans ce cas, elle avait le droit de dîner avec moi. Réponse : oui.

Je l'emmenai chez Bianchi. Sa robe d'été décolletée et ses cheveux dénoués attirèrent tous les regards dans le restaurant. Je me rendis bientôt compte que mon boniment habituel ne marchait pas. Nous avions à peine atteint le plat principal qu'elle me régalait d'une conférence sur la distinction entre droit et justice. Quand arriva l'addition, elle l'attrapa, calcula sa part jusqu'au dernier sou, ajouta 10 % pour le service et me donna de l'argent liquide sorti de son sac. Je protestai d'un ton faussement outré que je n'avais jamais vu intégrité plus éhontée, et elle faillit en tomber par terre de rire.

Six mois plus tard, avec l'autorisation préalable de mes employeurs, je lui demandai si elle envisagerait d'épouser un espion. Réponse : oui. Ce fut donc au tour du Service de l'inviter à dîner. Deux semaines plus tard, elle m'informa qu'elle avait décidé de mettre sa carrière d'avocate entre parenthèses et de suivre la formation du Bureau destinée aux conjoints sur le point d'être envoyés en environnement hostile. Elle tenait à ce que je sache qu'elle avait pris cette décision de son plein gré et non par amour pour moi. Elle avait beaucoup hésité, mais avait cédé à son sens du devoir envers la nation.

Elle valida sa formation haut la main. Une semaine plus tard, j'arrivais à l'ambassade de Grande-Bretagne à Moscou pour prendre le poste de second secrétaire (commercial), accompagné de mon épouse Prudence. Au bout du compte, Moscou fut notre seule affectation commune, pour des raisons qui ne déshonorent nullement Prue et que j'exposerai plus loin.

Pendant plus de deux décennies, d'abord avec Prue puis sans elle, j'ai servi ma souveraine sous couverture diplomatique ou consulaire à Moscou, Prague, Bucarest, Budapest, Tbilissi, Trieste, Helsinki et dernièrement Tallinn, pour recruter et gérer toutes sortes d'agents secrets. On ne m'a jamais convié dans les hautes sphères de la prise de décision et j'en suis fort aise. L'officier traitant est par nature un solitaire. Il reçoit ses ordres de Londres, certes, mais sur le terrain il est maître de son destin et de celui de ses agents. Et à l'orée de la cinquantaine, une fois ses années de service actif accomplies, quel reclassement possible pour le pro de l'espionnage allergique au travail de bureau dont le seul CV est celui d'un diplomate qui plafonne à l'échelon intermédiaire ?

*

Noël approche. Le jour de mon jugement dernier est arrivé. Au fin fond des catacombes du QG du Service près de la Tamise, je suis escorté jusqu'à une petite salle sans fenêtre et reçu par une femme souriante et intelligente d'âge indéterminé, Moira, de la DRH. Il y a toujours un je ne sais quoi d'étrange chez les Moira du Service. Elles en savent plus sur vous que vous-même, mais elles ne vous disent pas quoi ni si ça leur plaît.

« Alors, votre Prue a-t-elle survécu à la récente fusion de son cabinet ? demande-t-elle avec intérêt. J'imagine que cela a dû être compliqué pour elle. »

Merci, Moira, mais ça n'a pas été compliqué et bravo, vous avez fait vos devoirs, je n'en attendais pas moins de vous.

« Elle va bien ? Vous allez bien, tous les deux ? insiste-t-elle avec une touche d'inquiétude que je choisis de ne pas relever. Maintenant que vous êtes revenu au pays.

– Très bien, Moira. Nous sommes heureux d'être réunis, merci. »

À présent, veuillez me lire ma sentence de mort et terminons-en. Sauf que Moira a sa façon de faire. La suivante sur la liste est ma fille Stephanie.

« Et les affres de l'adolescence sont terminées, maintenant qu'elle est sagement à l'université ?

– En effet, Moira, merci. Ses professeurs sont ravis. »

Mais intérieurement, je songe : Allez, vas-y, dis-moi que mon pot d'adieu a été fixé un jeudi parce que le vendredi ça n'arrange personne, et envoie-moi avec ma tasse de café froid trois portes plus loin au service reconversion, qui me transmettra des offres tentantes dans l'industrie de l'armement, les sociétés militaires privées ou autres lieux de fin de vie pour les anciens espions, comme le National Trust, l'Automobile Association ou les écoles privées en quête d'intendants adjoints. Je suis donc pris de court lorsqu'elle m'annonce gaiement :

« Alors, Nat, nous avons un poste pour vous, en fait. En supposant que vous soyez partant. »

Partant ? Un peu, que je suis partant, Moira. Mais prudemment partant, quand même, parce que je crois deviner ce que tu vas me proposer. Un soupçon qui devient certitude quand elle se lance dans un discours du type « la menace russe contemporaine pour les nuls ».

« Je n'ai pas besoin de vous dire que le Centre de Moscou nous mène la vie dure à Londres, comme partout ailleurs. »

Non, Moira, tu n'as pas besoin de me le dire. Je le répète à la direction générale depuis des années.

« Ils sont plus agressifs que jamais, plus audacieux, plus interventionnistes et plus nombreux. Diriez-vous que c'est une évaluation adéquate ? »

Je le dirais, Moira, je le dirais d'autant plus que c'est ce que j'ai écrit dans mon rapport de fin de mission dans la belle Estonie.

« Et depuis que nous avons expulsé en masse leurs espions officiels (elle veut dire par là ceux qui agissent sous couverture diplomatique, comme moi), ils nous inondent de clandestins, poursuit-elle d'un ton indigné. Vous conviendrez avec moi que ce sont les plus pénibles de tous, et les plus difficiles à débusquer. Vous avez une question, je vois. »

Allez, lance-toi. Tente ta chance. Tu n'as rien à perdre.

« Eh bien, avant que vous n'alliez plus loin, Moira...

– Oui ?

– Je viens de me dire qu'il y aurait peut-être une place pour moi au département Russie. Ils ont toute une tripotée de jeunes technocrates brillants, nous le savons tous, mais un pompier volant aguerri, un russophone expérimenté comme moi, qui peut sauter dans un avion au débotté pour être le premier interlocuteur d'un transfuge russe potentiel qui se pointerait dans une station où personne ne parle un traître mot de cette langue ?

– Désolé, Nat, c'est impossible. Je vous ai déjà proposé à Bryn. Il s'y oppose tout net. »

Il n'y a qu'un seul et unique Bryn, au Bureau : Bryn Sykes-Jordan, de son nom complet, raccourci à Bryn Jordan pour plus de commodité, dirigeant à vie du département Russie et jadis mon chef de station à Moscou.

« Pourquoi, impossible ?

– Vous le savez très bien. La moyenne d'âge du département Russie est de trente-trois ans, même quand on y inclut Bryn. La plupart ont des doctorats, tous ont des esprits neufs, tous sont des as de l'informatique. Vous avez beau être parfait en tout point, vous ne remplissez pas tout à fait ces critères, n'est-ce pas, Nat ?

– Bryn n'est pas là, par hasard ? dis-je en dernier recours.

– Au moment où je vous parle, Bryn Jordan est sur la brèche à Washington, en train de faire ce que lui seul sait faire pour sauver notre relation spéciale si tendue à la suite du Brexit avec la communauté du renseignement du président Trump, et il ne doit être dérangé sous aucun prétexte, même par vous, à qui il envoie son bon souvenir et ses sincères condoléances. C'est clair ?

– Très clair.

– Toutefois, il y a un poste pour lequel vous êtes très qualifié. Surqualifié, même. »

Et c'est parti. La proposition cauchemardesque que je sentais venir depuis le début.

« Désolé, Moira, si c'est dans la section formation, je raccroche les gants. Merci beaucoup, c'est très gentil, mais non. »

Je semble l'avoir offensée, donc je réitère mes excuses et je l'assure de tout mon respect pour les merveilleux membres de la section formation, mais c'est vraiment non, merci. Sur quoi son visage affiche un sourire étonnamment chaleureux, bien qu'un peu navré.

« Il ne s'agit pas de la section formation, Nat, même si je suis bien sûre que vous y feriez des merveilles. Dom souhaite vous parler. Ou bien dois-je lui dire que vous raccrochez les gants ?

– Dom ?

– Dominic Trench, notre nouveau directeur du Central Londres, votre ancien chef de station à Budapest. Il dit que vous vous entendiez comme larrons en foire. Je suis sûre que ce sera toujours le cas. Pourquoi ce regard ?

– Vous êtes sérieusement en train de me dire que Dom Trench est directeur du Central Londres ?

– Je ne vous mentirais pas, Nat.

– Depuis quand ?

– Ça fait un mois. Quand vous étiez en train de roupiller à Tallinn plutôt que de lire nos newsletters. Dom vous recevra demain matin à 10 heures précises. Confirmez au préalable auprès de Viv.

– Viv ?

– Son assistante.

– Évidemment. »

3

« Nat ! Quelle mine radieuse ! Ça te fait du bien, le retour au bercail ! La pleine forme et l'air deux fois plus jeune que ton âge ! Toutes ces heures passées à la salle, ça paie, dis-moi ! s'écrie Dominic Trench en se levant d'un bond de son bureau directorial pour m'attraper la main droite entre les deux siennes. Prue va bien ?

– Au mieux de sa forme, Dom, merci. Et Rachel ?

– À merveille. Je suis l'homme le plus heureux du monde. Il faut absolument que je vous la présente, à Prue et à toi. On va s'organiser un petit dîner, tous les quatre. Tu vas l'adorer. »

Rachel. Pairesse du royaume, ténor du parti conservateur, deuxième épouse, union récente.

« Et les enfants ? dis-je prudemment, sachant qu'il en a deux de son adorable première épouse.

– Ils vont très bien. Sarah a de super résultats à South Hampstead. Objectif : Oxford.

– Et Sammy ?

– Petite période d'éclipse. Mais il en sortira très vite et il suivra les pas de sa sœur.

– Et Tabby, si je puis me permettre ? »

À savoir : Tabitha, sa première épouse, en pleine dépression au moment de leur séparation.

« Elle s'en sort comme un chef. Pas de nouveau compagnon en vue, a priori, mais l'espoir fait vivre. »

J'ai l'impression qu'il existe un Dom dans la vie de chacun : cet homme (c'est toujours un homme, semblerait-il) qui vous prend à part, vous intronise « unique ami au monde », vous abreuve de détails sur sa vie privée que vous préféreriez ignorer, vous demande votre avis et jure de le suivre alors même que vous ne lui en avez pas donné et, le lendemain matin, vous laisse tomber comme une vieille chaussette. Voilà cinq ans à Budapest, il fêtait ses trente ans, et rien n'a changé depuis : belle gueule de croupier, chemise à rayures et manchettes blanches avec boutons dorés, bretelles jaunes qui iraient mieux à un homme de vingt-cinq ans, sourire inoxydable, même habitude insupportable de joindre le bout de ses doigts en pyramide et de vous sourire d'un air entendu par-dessus en se carrant dans son siège.

*

« Eh bien, félicitations, Dom ! lui dis-je en désignant d'un geste les fauteuils en cuir et la table basse en céramique réservés aux grosses légumes.

– Merci, Nat, c'est gentil. J'en ai été le premier surpris, mais quand le devoir appelle, on répond. Café ? Thé ?

– Un café, je veux bien.

– Lait ? Sucre ? Le lait, c'est du soya, je dois te prévenir.

– Non, rien, Dom, merci. Pas de soya. »

Veut-il dire « soja » ? « Soya » serait la nouvelle appellation à la mode, ces temps-ci ? Il passe la tête par la porte à vitrage granité, dit quelques mots à Viv en un aparté théâtral et revient s'asseoir.

« Et le Central Londres a toujours les mêmes fonctions ? fais-je d'un ton détaché, me rappelant que Bryn Jordan l'a un jour décrit comme un refuge pour les chiens perdus du Bureau.

– Oui, oui, Nat, toujours.

– Donc toutes les stations annexes basées à Londres sont statutairement sous ton commandement ?

– Pas seulement à Londres, mais dans tout le pays sauf l'Irlande du Nord. Et, cerise sur le gâteau, on bosse en autonomie complète.

– D'un point de vue administratif, ou opérationnel aussi ?

– Qu'entends-tu par là ? répond-il en fronçant les sourcils comme si je me mêlais de ce qui ne me regarde pas.

– En tant que directeur du Central Londres, peux-tu autoriser toi-même des opérations ?

– C'est flou, Nat. À l'heure actuelle, toute opération proposée par une station annexe doit théoriquement être approuvée par le service régional concerné. Je suis en train de me battre contre cette règle. »

Il sourit. Je souris. Guerre des nerfs. En parfaite synchronisation, nous sirotons notre café sans soya et reposons nos tasses sur les soucoupes. Va-t-il me confier quelque détail intime sur sa nouvelle épouse ? Ou m'expliquer pourquoi je suis là ? Pas encore, apparemment. D'abord, nous devons évoquer le bon vieux temps, les agents que nous avions en commun, moi l'officier traitant, lui mon superviseur incompétent. Premier nom sur sa liste : Polonius, ancien du réseau Shakespeare. Voilà quelques mois, ayant à régler certaines affaires pour le Bureau à Lisbonne, j'ai fait un crochet par l'Algarve pour rendre visite à Polonius dans le pavillon neuf mal insonorisé construit près d'un terrain de golf que nous avons acheté pour lui dans le cadre de son plan de reconversion.

« Il va très bien, Dom, merci. Aucun problème avec sa nouvelle identité. Il s'est remis de la mort de sa femme. Il va bien, vraiment.

– J'ai comme l'impression qu'il y a un "mais", Nat.

– Eh bien, nous lui avions promis un passeport britannique, Dom, si tu t'en souviens. Il semble s'être perdu quelque part en route après ton retour à Londres.

– Je vais vérifier ça tout de suite, promet-il en se faisant un pense-bête pour appuyer ses dires.

– Et il est aussi un peu déçu qu'on n'ait pas pu faire entrer sa fille à Oxford ou Cambridge. Il trouve qu'il aurait suffi d'un petit coup de pouce de notre part et qu'on ne l'a pas fait. Ou plutôt que tu ne l'as pas fait, d'après lui. »

La culpabilité ne figure pas au répertoire de Dom. Il sait prendre l'air blessé et il sait prendre l'air impassible. Là, il opte pour l'air blessé.

« Mais, Nat, c'est à cause des facultés, maugrée-t-il d'un ton las. Tout le monde pense que les vieilles universités sont une entité unique, mais c'est faux. Il faut aller faire des ronds de jambe à chaque composante l'une après l'autre, en fait. Bon, je vais m'en occuper », m'assure-t-il en prenant une nouvelle note au stylo.

Deuxième sujet de conversation : Delilah, une députée hongroise septuagénaire haute en couleur qui a accepté le rouble russe avant de décider qu'elle préférait la livre anglaise quand celle-ci ne s'était pas encore effondrée.

« Delilah est en grande forme, Dom, merci. Un peu déçue de découvrir que mon successeur était une femme. Elle a dit que, tout le temps que j'avais été son officier traitant, elle pouvait au moins rêver à l'amour. »

Dom se fend d'un sourire et d'un haussement d'épaules au souvenir de Delilah et de ses nombreux amants, mais il ne rit pas. Gorgée de café. Tasse reposée sur la soucoupe.

« Nat, attaque-t-il d'un ton plaintif.

– Dom.

– Je pensais vraiment que tu aurais une sorte de coup de cœur.

– Ah oui ? Pourquoi donc ?

– Enfin ! Je te donne une occasion en or de restructurer à toi tout seul une station externe russe basée sur notre sol et restée trop longtemps dans l'ombre. Vu ton expertise, tu vas la remettre sur pied en, disons, six mois max ? C'est créatif, c'est opérationnel, c'est toi. Que demander de plus à ce stade de ta vie ?

– Désolé, mais je ne te suis pas, Dom.

– Tu ne me suis pas ?

– Non.

– Tu veux dire qu'ils ne t'ont rien dit ?

– Ils m'ont dit de venir te parler, et je te parle. J'en suis là.

– Tu es venu ici en aveugle ? Nom de Dieu ! Des fois, je me demande ce qu'ils foutent, ces connards de la DRH. C'est Moira que tu as vue ?

– Elle a peut-être pensé qu'il valait mieux que cela vienne de toi, Dom. Tu as bien dit "station externe russe basée sur notre sol et restée trop longtemps dans l'ombre" ? La seule que je connaisse, c'est le Refuge, et ce n'est pas une station externe, c'est une station annexe moribonde sous l'égide du Central Londres qui sert de dépotoir pour les transfuges sans valeur qu'on a réinsérés et les informateurs de cinquième zone qui partent en vrille. Aux dernières nouvelles, le Trésor était sur le point de le fermer, mais ils ont dû oublier. C'est vraiment ça que tu es en train de me proposer ?

– Le Refuge n'a rien d'un dépotoir, Nat, bien au contraire, surtout sous ma supervision. Il y a un ou deux agents qui ne sont pas de prime jeunesse, je te l'accorde, et des sources qui n'ont pas encore réalisé tout leur potentiel, mais il y a aussi du matériau de toute première classe pour quelqu'un qui sait où chercher. Et, bien sûr, quiconque gagne ses galons au Refuge a toutes les chances d'être considéré pour une promotion au département Russie.

– J'en conclus que c'est quelque chose que tu envisages ?

– De quoi ?

– De briguer une promotion au département Russie sur le dos du Refuge. »

Il fronce les sourcils avec une moue de désapprobation. Dom ne sait pas dissimuler. Le département Russie (et surtout sa direction), c'est le rêve de sa vie. Pas parce qu'il connaît le terrain, qu'il a de l'expérience dans le domaine ou qu'il parle russe, non, puisqu'il ne coche aucune de ces cases. C'est un trader de la City reconverti sur le tard, que des chasseurs de têtes sont allés chercher pour des raisons qui doivent lui échapper même à lui, sans la moindre qualification linguistique.

« Parce que si c'est ce que tu as derrière la tête, Dom, ce serait sympa de ne pas me laisser en carafe, cette fois, insisté-je par plaisanterie ou sous l'effet de la colère, je ne sais pas trop. Ou bien envisages-tu d'arracher l'étiquette sur mes rapports pour la remplacer par la tienne, comme à Budapest ? Je m'interroge. »

Dom y réfléchit, c'est-à-dire qu'il me regarde par-dessus ses doigts en pyramide, puis regarde à mi-distance, puis revient sur moi comme pour s'assurer que je suis toujours là.

« Voici mon offre, Nat, à prendre ou à laisser. En ma qualité de directeur du Central Londres, je te propose officiellement de succéder à Giles Wackford en tant que chef de la sous-station Refuge. Pendant toute la durée de cet emploi temporaire, tu seras sous mes ordres. Tu reprendras les agents et le budget de Giles dès ta nomination, ainsi que ce qui reste sur son compte de faux frais. Je te suggère de démarrer au plus vite et de repousser la fin de ta permission à une date ultérieure. Des questions ?

– Ça ne marche pas pour moi, Dom.

– Ah non ? Et pourquoi donc ?

– Je dois d'abord en discuter avec Prue.

– Et quand vous en aurez discuté ?

– Notre fille Stephanie va bientôt fêter ses dix-neuf ans. J'ai promis de les emmener pour une semaine au ski, Prue et elle, avant qu'elle retourne à Bristol.

– À quelle date ? demande-t-il en s'avançant pour scruter d'un regard appuyé un calendrier accroché au mur.

– Elle va attaquer son second semestre, là.

– Je te demande quand tu pars en vacances.

– À 5 heures samedi au départ de Stansted, si tu penses te joindre à nous.

– En supposant que Prue et toi ayez pu en discuter d'ici là et que vous soyez arrivés à une conclusion positive, j'imagine que je peux demander à Giles de garder la place jusqu'à lundi en huit, s'il évite de clamser entre-temps. Ça ferait ton bonheur, ça, ou toujours pas ? »

Bonne question. Mon bonheur ? Je travaillerais pour le Bureau et sur la cible russe, même si cela signifierait manger les miettes qui tomberaient de la main de Dom.

Reste à savoir si cela ferait le bonheur de Prue.

*

La Prue d'aujourd'hui n'est plus la « femme d'agent » dévouée d'il y a une vingtaine d'années. Toujours aussi altruiste et droite, oui, toujours aussi drôle quand elle se lâche un peu, et toujours aussi résolue à aider le monde entier, mais plus jamais dans le cadre des services secrets. La jeune avocate impressionnante durant ses formations à la contre-surveillance, aux transmissions secrètes et au remplissage ou au vidage de boîtes aux lettres mortes m'a bien accompagné à Moscou. Pendant quatorze mois éprouvants, nous avons partagé le stress permanent de savoir que nos échanges les plus intimes étaient écoutés, surveillés et analysés en quête de toute trace de faiblesse humaine ou de manquement à la sécurité. Sous la direction experte de notre chef de station, ce même Bryn Jordan qui aujourd'hui est en réunion de crise avec nos partenaires du renseignement à Washington, elle a tenu la vedette dans les mascarades mari-femme dont les scénarios visaient à tromper les oreilles de l'ennemi.

Mais pendant notre deuxième mission de suite à Moscou, Prue a découvert qu'elle était enceinte, et avec cette grossesse est arrivé un désenchantement soudain pour le Bureau et ses agissements. Une vie de duplicité ne l'attirait plus, à supposer qu'elle l'ait jamais attirée, pas plus qu'une naissance à l'étranger pour notre enfant. Nous sommes donc rentrés en Angleterre. Peut-être qu'après l'accouchement, elle changera d'avis, me disais-je, mais c'était mal connaître Prue. Le jour où Stephanie est née, le père de Prue est mort d'une crise cardiaque. Grâce à son héritage, elle a acheté cash une maison victorienne à Battersea avec un grand jardin où poussait un pommier. Si elle avait planté un drapeau et dit « J'y suis, j'y reste », le message n'aurait pas été plus clair. Notre fille Steff, comme nous l'avons bien vite surnommée, ne deviendrait jamais un de ces rejetons diplomatiques que nous avions trop souvent vus, abandonnés à des nounous, ballottés de pays en pays et d'école en école dans le sillage de leurs parents. Elle occuperait sa place naturelle dans la société, fréquenterait l'école publique, jamais le privé ni les pensions.

Et qu'allait faire Prue du restant de ses jours ? Reprendre sa vie là où elle l'avait interrompue. Devenir avocate des droits de l'homme, défendre les opprimés. Cette décision n'impliquait pas de rupture brutale. Prue comprenait mon amour de la reine, de la patrie et du Service ; je comprenais son amour du droit et de la justice des hommes. Elle avait tout donné au Service, elle se sentait incapable de plus. Elle n'avait jamais été le genre d'épouse impatiente d'assister au pot de Noël du chef ou aux obsèques de collègues appréciés ou à des soirées buffet pour les jeunes agents et leur famille. De mon côté, je n'avais jamais été très doué pour les réunions avec ses confrères juristes de gauche.

Ce qu'aucun de nous deux n'aurait pu prévoir, c'est que la Russie postcommuniste, contre toute attente et tout espoir, émergerait comme une menace forte et nette pour la démocratie libérale dans le monde entier. En conséquence, les missions à l'étranger se sont enchaînées pour moi et je suis devenu *de facto* un mari et un père absent.

Bref. Maintenant, j'étais de retour au bercail, comme l'avait aimablement formulé Dom. Cela n'avait pas été facile pour nous, et surtout pour Prue, qui avait toutes les raisons de souhaiter que je sois de retour pour de bon, avec l'ambition de vivre une nouvelle vie dans ce qu'elle appelait un peu trop souvent à mon goût le « monde réel ». Un de mes anciens collègues avait ouvert à Birmingham un club de réinsertion par le sport pour enfants défavorisés et il jurait n'avoir jamais été aussi heureux de sa vie. N'avais-je pas jadis parlé de faire quelque chose du genre ?

4

Pendant le reste de la semaine précédant notre départ matutinal de Stansted, pour des raisons d'harmonie familiale, je fais semblant de réfléchir à l'alternative qui se présente à moi : accepter le « boulot ennuyeux » que me propose le Bureau ou couper les ponts, comme Prue me le conseille depuis longtemps. Elle attend patiemment ma décision. Steff, quant à elle, déclare que cela lui est égal. À ses yeux, je ne suis qu'un rond-de-cuir incapable de se hisser au-delà du milieu de l'échelle. Elle m'aime, mais de haut.

« Ne nous voilons pas la face, mon brave ami, ils ne vont pas vous nommer ambassadeur à Pékin ou pair du royaume ! » lance-t-elle par boutade d'un ton snobinard lorsque le sujet est soulevé pendant un dîner.

Comme d'habitude, j'encaisse. Pendant toutes les années où j'occupais un poste de diplomate à l'étranger, j'avais au moins un statut. De retour dans la mère patrie, je me fonds dans la masse grise.

C'est seulement le deuxième soir de notre séjour à la montagne, alors que Steff est sortie frayer avec une bande de jeunes Italiens descendus dans le même hôtel et que Prue et moi savourons tranquillement une fondue au fromage avec deux verres de kirsch chez Marcel, que je suis pris d'une envie irrépressible de tout dire à Prue sur la proposition du Bureau. Tout dire, oui, vraiment tout, pas d'enfumage comme je l'avais prévu, pas de légende, mais la vérité vraie, ce qui est bien le minimum après tout ce que je lui ai imposé au fil des ans. À son expression de résignation patiente, je comprends qu'elle se doutait déjà que je n'étais pas près d'ouvrir ce club de réinsertion par le sport pour enfants défavorisés. Je me décide à lui donner quelques explications d'un ton grave.

« C'est une de ces stations annexes londoniennes un peu oubliées qui se repose sur ses lauriers depuis ses jours de gloire de la guerre froide et ne produit plus rien qui vaille. C'est un service à la dérive, à des années-lumière du centre névralgique, et mon boulot sera de le remettre d'aplomb ou bien de hâter sa fin prochaine. »

En ces rares occasions où Prue et moi parlons de façon détendue du Bureau, je ne sais jamais trop si je nage à contre-courant ou dans le sens du courant, donc j'alterne.

« Je croyais que tu avais toujours dit que tu ne voulais pas d'un poste de direction, objecte-t-elle. Que tu préférais être un second et ne pas avoir à gérer un budget ou à commander les autres.

– Oh, ce n'est pas vraiment un poste de direction, Prue, je serai toujours un second.

– Alors tout va bien, non ? Tu auras Bryn pour te maintenir sur les rails. Tu l'as toujours admiré, Bryn. Et moi aussi, d'ailleurs », ajoute-t-elle en oubliant élégamment ses propres réserves.

Nous échangeons des sourires nostalgiques au souvenir de notre brève lune de miel d'espions à Moscou, avec notre chef de station comme guide et mentor attentif.

« Je ne serai pas directement sous les ordres de Bryn. Il est tsar de toutes les Russies, maintenant. Un service accessoire comme le Refuge, c'est en dessous de ses responsabilités.

– Alors qui est l'heureux élu qui va hériter de toi ? »

Voilà qui dépasse un peu le niveau de transparence que j'avais en tête. Aux yeux de Prue, Dom est anathème. Elle l'a rencontré quand elle est venue me rendre visite à Budapest avec Steff. Il lui a suffi d'un regard porté sur sa femme dépressive et ses enfants pour le percer à jour.

« Officiellement, je dépendrai de ce qu'on appelle le Central Londres. Mais bien sûr, pour tout dossier important, ça remontera jusqu'à Bryn par la voie hiérarchique. Ça durera juste le temps qu'ils auront besoin de moi, Prue, pas un jour de plus », ajouté-je en guise de consolation, même si nous ne savons pas trop qui de nous deux j'essaie de consoler.

Elle mange un bout de pain sorti de la fondue, boit une gorgée de vin puis une de kirsch et, ainsi revigorée, tend les deux mains sur la table pour attraper les miennes. Devine-t-elle qu'il s'agit de Dom ? Le pressent-elle ? Ses fulgurances dignes d'une voyante sont parfois troublantes.

« Je vais te dire une bonne chose, Nat, annonce-t-elle après mûre réflexion. Tu as le droit de faire exactement ce que tu as envie de faire, pendant tout le temps que tu auras envie de le faire, et merde à tout le reste. De mon côté, j'en ferai autant. Et là, c'est mon tour de régler la note, alors voilà, je paie la totalité. Mets ça sur le compte de mon intégrité éhontée », termine-t-elle en reprenant la plaisanterie qui ne vieillit pas.

Dans cette bonne humeur ambiante, alors que nous sommes allongés au lit, que je la remercie pour son ouverture d'esprit au fil des ans, qu'elle me dit des choses gentilles sur moi en retour, que Steff se démène sur la piste de danse (du moins l'espérons-nous), je m'ouvre à Prue d'une idée qui me vient soudain : ce séjour est l'occasion idéale de révéler enfin à notre fille la véritable nature du travail de son père – ou du moins, de la révéler autant que me le permet le règlement de la direction générale. Il est en effet grand temps qu'elle l'apprenne, et plutôt par moi que par quelqu'un d'autre. Je pourrais ajouter (mais je m'en garde bien) que son dédain sans complexe à mon encontre depuis mon retour m'agace de plus en plus, ainsi que son habitude héritée de l'adolescence de me tolérer comme un boulet familial inévitable ou, à l'inverse, de se vautrer sur mes genoux comme si j'étais un vieux schnock à l'automne de sa vie, en général sous les yeux de son dernier admirateur en date. Et pour être parfaitement honnête, je suis également agacé par le fait que le prestige bien mérité de Prue en tant qu'avocate défenseuse des droits de l'homme ait conforté Steff dans sa conviction que je suis un bon à rien.

Au début, l'avocate-maman en Prue se méfie. Qu'est-ce que je me propose de dire à Steff exactement ? Il y a sans doute des limites. Quelles sont-elles au juste ? Qui les fixe ? Le Bureau ou moi ? Et comment ai-je l'intention de gérer ses questions éventuelles ? J'y ai pensé, à ça ? Et puis-je être certain que je ne me laisserai pas emporter ? Nous savons tous deux combien les réactions de Steff sont imprévisibles, or Steff et moi avons une fâcheuse tendance à nous taper mutuellement sur le système. Nous avons un long passif, de ce point de vue. Et cetera.

Comme toujours, les mises en garde de Prue sont fort sages et fondées. L'adolescence de Steff a été quelque peu cauchemardesque, Prue n'a pas besoin de me le rappeler. Garçons, drogues, engueulades, tous les maux classiques de notre époque, me direz-vous, sauf que Steff en avait fait une forme d'art. Alors que je gravitais entre différentes stations à l'étranger, Prue passait presque tout son temps libre à rencontrer proviseurs et profs principaux, à assister à des réunions de parents, à écumer livres, magazines et sites internet en quête de conseils sur la manière de gérer sa fille rebelle, et à culpabiliser.

Pour ma part, j'avais modestement fait mon possible pour partager cette charge : je revenais en avion pour le week-end, je consultais des psychiatres, des psychologues et toutes sortes de spécialistes. La seule chose sur laquelle ils semblaient s'accorder était que Steff brillait par son intelligence (ça, nous le savions déjà), s'ennuyait à mourir en compagnie de ses pairs, rejetait la discipline comme une menace contre son existence, jugeait ses profs insupportablement barbants et avait besoin d'un environnement intellectuel stimulant correspondant à son niveau. Je trouvais qu'ils enfonçaient des portes ouvertes, mais pas Prue, qui avait un peu plus confiance que moi dans les avis d'experts.

Quoi qu'il en soit, aujourd'hui, Steff l'a, son environnement intellectuel stimulant. À l'université de Bristol. Maths et philo. Et elle va attaquer son second semestre.

Alors, vas-y, dis-lui.

« Tu ne penses pas que tu ferais ça mieux que moi, ma chérie ? je suggère à Prue, gardienne de la sagesse familiale, dans un moment de faiblesse.

– Non, mon chéri. Puisque tu t'es décidé à le faire, ce sera beaucoup mieux si cela vient de toi. Rappelle-toi juste que tu t'emportes facilement, et surtout, surtout, ne lui fais pas le coup de l'autocritique. L'autocritique, ça la fera monter en mayonnaise direct. »

*

Ayant exploré plusieurs lieux possibles, un peu comme j'aurais planifié l'approche délicate d'une source potentielle, j'en conclus que le meilleur endroit, et aussi le plus naturel, serait la remontée mécanique peu fréquentée qui donne accès à une piste de slalom sur le versant nord du Grand Terrain. C'est un tire-fesses à l'ancienne, donc on monte côte à côte, pas besoin de contact visuel, personne à portée d'oreille, une forêt de pins à gauche, la vallée en contrebas à droite. Une descente rapide et pentue pour retourner à l'unique téléski, donc aucun risque de se perdre, une pause obligée dans la conversation au sommet, toute question sur ce qui a précédé devant automatiquement être remise à la prochaine remontée.

C'est une matinée d'hiver étincelante, avec une neige parfaite. Prue a prétexté une indisposition et est allée faire des courses.

Après une nuit sur la piste de danse avec ses jeunes Italiens jusqu'à pas d'heure, Steff semble fraîche comme une rose et contente de se retrouver seule un moment avec papa. Il va de soi que je ne vais pas entrer dans les détails de mon passé sulfureux au-delà de lui expliquer que je n'ai jamais été un vrai diplomate, que c'était juste une couverture, ce qui explique pourquoi je n'ai pas obtenu la pairie ou l'ambassade à Pékin, alors peut-être qu'elle pourrait la mettre en veilleuse, maintenant que je suis de retour, parce que ça commence sérieusement à me taper sur les nerfs.

J'aimerais lui dire pourquoi je ne lui ai pas téléphoné pour ses quatorze ans, car je sais qu'elle ne l'a toujours pas digéré. J'aimerais lui raconter que, tapi dans une neige épaisse du côté estonien de la frontière russe, je priais Dieu que mon agent arrive à franchir les lignes, caché sous un stock de planches de bois. J'aimerais lui expliquer comment c'était, pour sa mère et moi, de vivre ensemble sous surveillance continue en tant que membres de la station du Bureau à Moscou, de mettre jusqu'à dix jours pour remplir ou vider une boîte aux lettres morte et de savoir que, au moindre faux pas, notre agent risquait de crever en enfer. Mais Prue m'a clairement dit que notre mission à Moscou est une période à ne pas évoquer.

« Et je ne crois pas qu'elle ait besoin de savoir non plus qu'on a baisé devant les caméras des Russes, mon chéri », a-t-elle ajouté avec son franc-parler caractéristique, encore toute à la joie de nos retrouvailles conjugales.

*

Steff et moi nous installons sur le tire-fesses, et hop, c'est parti ! Pendant la première remontée, nous discutons de mon retour à la maison, de mes difficultés à reconnaître le vieux pays que j'ai servi pendant la moitié de ma vie, donc j'ai beaucoup de choses à apprendre, Steff, beaucoup de choses auxquelles je dois me réhabituer, je suis sûr que tu le comprends.

« Et nous, terminé les bouteilles en duty free quand on vient te rendre visite ! » se plaint-elle.

Nous partageons un joyeux éclat de rire père-fille avant de descendre du tire-fesses. Ensuite, glisse jusqu'en bas de la pente, Steff en éclaireur. En bref, un bon début à notre tête-à-tête.

« Et il n'y a aucune honte à servir ton pays dans quelque capacité que ce soit, mon chéri, m'a dit Prue. Toi et moi nous avons peut-être une vision différente du patriotisme, mais Steff, elle, y voit un fléau de l'humanité, juste après la religion. Alors surtout, pas d'humour. Pour Steff, les touches d'humour sur les sujets sérieux, c'est une dérobade. »

Nous reprenons le téléski. *Maintenant.* Pas de blagues, pas d'autocritique, pas d'excuses. Et je m'en tiens au script qu'on a mis au point avec Prue sans en dévier. En regardant droit devant moi, je prends un ton sérieux mais pas grave.

« Steff, ta mère et moi pensons qu'il est temps que tu saches quelque chose à mon sujet.

– Je suis une enfant illégitime.

– Non. Je suis un espion. »

Elle aussi regarde droit devant. Ce n'est pas exactement comme ça que j'avais prévu de démarrer, mais peu importe. Je sors mon topo préparé, elle m'écoute. Pas de contact visuel, donc pas de stress. Je fais court et simple. Voilà, Steff, maintenant tu sais. J'ai vécu un mensonge nécessaire, et c'est tout ce que j'ai le droit de te dire. J'ai peut-être l'air d'un loser, mais dans le Service, j'ai un certain statut. Elle ne pipe pas mot. Nous arrivons au sommet, nous nous détachons et nous redescendons la pente, toujours sans réaction de sa part. Elle est plus rapide que moi, ou plutôt elle aime le croire, donc je la laisse filer devant. Nous nous retrouvons au téléski.

Dans la file d'attente, nous n'échangeons pas un mot et elle ne me regarde pas, mais cela ne me déconcerte pas, car Steff vit dans son monde. Eh bien maintenant, elle sait que moi aussi, je vis dans le mien, et que ce n'est pas une voie de garage pour les ratés du Foreign Office. Étant devant moi, elle attrape la perche en premier. Nous sommes à peine partis qu'elle me demande d'une voix très terre à terre si j'ai déjà tué quelqu'un. Je glousse un peu et lui réponds mais non, Steff, absolument pas, Dieu merci (ce qui est la stricte vérité). D'autres oui, ne serait-ce que de façon indirecte, mais pas moi. Pas de près ni de loin, pas même sous pavillon de complaisance, comme on dit au Bureau.

« Si tu n'as tué personne, quelle est la pire chose que tu aies faite en tant qu'espion ? demande-t-elle du même ton neutre.

– Eh bien, sans doute de persuader des gens de faire des choses qu'ils n'auraient peut-être pas faites si je ne les en avais pas convaincus.

– Des mauvaises choses ?

– Ça se discute. Ça dépend du camp dans lequel on se situe.

– Comme quoi, par exemple ?

– Eh bien, trahir leur pays, déjà.

– Et toi, tu les as persuadés de faire ça ?

– S'ils ne s'en étaient pas déjà persuadés eux-mêmes, oui.

– Quand tu dis "des gens", tu veux dire des hommes, ou tu as persuadé des femmes aussi ? »

Pour qui a déjà entendu Steff parler féminisme, cette question est bien moins anodine qu'elle ne peut le paraître.

« Surtout des hommes, Steff. En très grande majorité. »

Nous sommes arrivés en haut. Une fois de plus, nous nous détachons et descendons, Steff devant. Une fois de plus, nous nous retrouvons en bas de la piste. Pas de queue, cette fois. Pendant les remontées précédentes, elle avait relevé ses lunettes sur son front, mais là elle les garde sur les yeux. Les verres sont à effet miroir, donc on ne peut pas voir à travers.

« Tu les persuadais comment, au juste ? reprend-elle dès que le téléski démarre.

– Eh bien, on ne parle pas d'instruments de torture non plus, hein ! dis-je, ce qui est une erreur grossière de ma part *(pour*

Steff, les touches d'humour sur les sujets sérieux, c'est une dérobade).

– Alors comment ? persiste-t-elle.

– Eh bien vois-tu, Steff, beaucoup de gens sont capables de faire beaucoup de choses pour l'argent, et beaucoup de gens sont capables de faire beaucoup de choses par dépit ou par vanité. Il y en a aussi qui sont prêts à agir pour un idéal et qui refuseraient de l'argent même si on le leur donnait de force.

– Quel genre d'idéal au juste, papa ? » me demande-t-elle derrière ses verres miroirs.

C'est la première fois depuis des semaines qu'elle m'appelle « papa ». Je remarque aussi qu'elle n'emploie pas de gros mots, ce qui est sans doute à prendre comme un signal d'alarme.

« Eh bien, par exemple, une vision idéaliste de l'Angleterre comme étant la mère de toutes les démocraties, ou bien un amour immodéré pour notre chère reine. Ce n'est peut-être plus une Angleterre qui existe pour nous, à supposer qu'elle ait jamais existé, mais pour cette personne oui, alors on entre dans son jeu.

– Et toi, tu penses encore ça de notre pays ?

– Avec certaines réserves.

– De grosses réserves ?

– Ben forcément, enfin ! dis-je, piqué au vif par sa façon de sous-entendre que je n'ai pas conscience de la débâcle actuelle. Un gouvernement conservateur sans majorité composé de bras cassés, un ministre des Affaires étrangères d'une ignorance crasse que je suis supposé servir, les travaillistes aux pâquerettes aussi, le délire absolu du Brexit… »

Je m'interromps. Moi aussi, j'ai des sentiments. Que mon silence indigné lui fasse comprendre le reste.

« Donc tu as bien de grosses réserves ? insiste-t-elle de son ton le plus noble. Même de très grosses réserves, c'est ça ? »

Trop tard, je comprends que je me suis mis à découvert, mais peut-être était-ce ce que je recherchais depuis le début : lui laisser la victoire, reconnaître que je ne suis pas à la hauteur de ses brillants professeurs, et comme ça on pourra tous retourner à notre vie d'avant.

« Voyons si j'ai bien saisi, reprend-elle alors que nous remontons une fois de plus. Pour l'amour d'un pays au sujet duquel tu as de grosses réserves, voire de très grosses, tu persuades des ressortissants d'autres pays de trahir leur propre pays, tout ça parce que eux n'ont pas les mêmes réserves que toi sur ton pays alors qu'ils en ont sur le leur, c'est bien ça ? »

Ce à quoi je réponds gaiement, en une exclamation qui concède une défaite honorable tout en plaidant le compromis :

« Mais ce ne sont pas des agneaux innocents, Steff ! Ils se portent volontaires, pour la plupart. Et nous veillons sur eux, sur leur bien-être. Si c'est de l'argent qu'ils veulent, nous leur en donnons un paquet. Si c'est Dieu, eh bien, vas-y pour Dieu ! Tout ce qui peut marcher, Steff. Nous sommes leurs amis, ils nous font confiance. Nous répondons à leurs besoins et eux aux nôtres. C'est comme ça que le monde fonctionne. »

Mais le fonctionnement du monde ne l'intéresse pas. Elle s'intéresse au mien, comme je le découvre lors de la remontée suivante.

« Quand tu disais aux autres qui ils devaient être, tu t'interrogeais des fois sur qui tu étais toi ? »

Même si je sens la moutarde me monter au nez malgré les mises en garde de Prue, j'arrive à répondre posément :

« Je savais seulement que j'étais du bon côté, Steff.

– Du bon côté ?

– Celui de mon Service, de mon pays, et du tien aussi d'ailleurs. »

Le temps qu'on en arrive à l'ultime remontée, j'ai réussi à recouvrer mon sang-froid.

« Papa ?

– Je t'écoute ?

– As-tu eu des relations, quand tu étais à l'étranger ?

– Des relations ?

– Avec des femmes.

– C'est ta mère qui t'a dit ça ?

– Non.

– Alors pourquoi tu te mêles pas de tes oignons, bordel ? dis-je d'un ton sec sans pouvoir me retenir.

– Parce que je suis pas ma mère, bordel ! » rétorque-t-elle avec la même violence.

C'est sur cette note discordante que nous nous détachons pour la dernière fois et retournons au village chacun de notre côté. Le soir, elle refuse les propositions de fiesta avec ses Italiens au prétexte qu'elle a besoin d'aller se coucher, ce qu'elle fait bel et bien après avoir descendu une bouteille de bourgogne rouge.

Le moment venu, je résume notre conversation à Prue en prenant soin d'omettre la dernière sortie de Steff. J'essaie même de nous convaincre tous les deux que cette petite discussion a été un succès, mais Prue me connaît trop bien. Sur le vol du retour à Londres le lendemain matin, Steff s'assied de l'autre côté de l'allée. Le surlendemain, veille de son retour à Bristol, prise de bec monumentale avec Prue : Steff n'en veut pas tant à son père d'avoir été espion, ni même d'avoir persuadé des gens (hommes ou femmes) de le devenir, qu'à sa propre *mater dolorosa* de lui avoir caché un secret aussi monumental, violant ainsi la loi sacrée de la confiance mutuelle entre femmes.

Quand Prue lui fait gentiment remarquer qu'il ne lui appartenait pas de lui révéler ce secret car ce n'était pas le sien mais le mien, et même pas vraiment le mien mais celui du Bureau, Steff sort en trombe de la maison, se réfugie chez son petit ami et en part seule pour Bristol, où elle arrive deux jours après le début du semestre en ayant pris soin d'envoyer ledit petit ami récupérer ses bagages à la maison.

*

Ed joue-t-il un rôle dans un épisode de ce soap-opéra familial ? Bien sûr que non. Comment serait-ce possible ? Il n'a pas quitté la perfide Albion. Et pourtant, il y a eu ce moment (une méprise, mais néanmoins mémorable) où un jeune homme a débarqué alors que Prue et moi savourions des *croûtes au fromage** et une carafe de vin blanc au chalet des Trois Sommets, qui surplombe tout le domaine. Ed, à s'y méprendre. En chair et en os. Pas un sosie, l'original.

Steff faisait la grasse matinée. Prue et moi étions partis skier assez tôt et comptions redescendre tranquillement puis aller faire une sieste. Et ne voilà-t-il pas que débarque ce simili-Ed coiffé d'un bonnet à pompon. Même taille, même air solitaire, agacé et un peu perdu. Il reste sur le seuil et bloque tout le monde derrière lui le temps de faire tomber la neige de ses après-skis, puis de relever son masque et de regarder la salle en clignant des yeux comme s'il avait perdu ses lunettes de vue. Je lève à moitié le bras pour lui faire signe, avant de me raviser.

Toujours aussi observatrice, Prue a surpris mon geste et quand, pour des raisons qui m'échappent encore, j'essaie de noyer le poisson, elle exige des explications franches et complètes. Je lui sers donc une version abrégée : il y a un jeune gars à l'Athleticus qui ne m'a pas lâché jusqu'à ce que j'accepte de jouer contre lui. Mais Prue veut en savoir plus. Qu'est-ce qui m'a tant frappé chez lui après une si brève rencontre ? Pourquoi ma réaction si spontanée en voyant arriver son sosie ? Ce n'est pas du tout mon genre !

À en croire Prue aujourd'hui (qui a toujours eu une meilleure mémoire que moi), j'égrène alors une série de réponses : un original, aurais-je dit ; une forme de bravoure en lui ; même quand un groupe un peu bruyant au bar l'avait gentiment charrié, il n'avait pas renoncé avant d'obtenir de moi ce qu'il voulait,

* Tous les mots en italique suivis d'un astérisque sont en français dans le texte. *(Note de la traductrice.)*

puis il était parti, ce qui revenait implicitement à leur dire d'aller se faire voir.

*

Quand on aime la montagne autant que moi, la quitter est toujours déprimant, mais la vision hideuse d'un immeuble délabré de trois étages en brique rouge dans une petite rue de Camden à 9 heures du matin par un lundi pluvieux alors qu'on n'a pas la moindre idée de ce qu'on va en faire en entrant, c'est le comble du déprimant.

Qu'une station annexe ait pu se retrouver dans ce coin perdu est un mystère, tout autant que son surnom ironique de « Refuge ». Une théorie veut que cet endroit ait été utilisé comme maison sûre pour les espions allemands capturés pendant la guerre de 39-45 ; une autre qu'un ancien chef y ait logé sa maîtresse ; une troisième que la direction générale ait décrété un beau jour que la sécurité serait mieux assurée en éparpillant les annexes partout dans Londres, puis ait oublié là le Refuge, étant donné sa totale insignifiance, lors du revirement de politique suivant.

Je monte les trois marches fissurées. La porte d'entrée à la peinture écaillée s'ouvre avant même que j'aie pu insérer ma vieille clé de marque Yale dans la serrure. Face à moi, Giles Wackford, aujourd'hui un obèse aux yeux chassieux, mais jadis l'un des officiers traitants les plus futés et redoutables de toute l'écurie du Bureau, à peine âgé de trois ans de plus que moi.

« Mon cher ami ! lance-t-il d'une voix encore chargée des vapeurs de whisky de la veille. Toujours aussi ponctuel ! Mes hommages, monsieur. Quel honneur ! Je n'aurais pas pu rêver mieux pour me succéder. »

Il me présente son équipe, répartie en binômes de travail dans divers bureaux le long d'un étroit escalier de bois :

Igor, Lituanien dépressif de soixante-cinq ans, jadis contrôleur du meilleur réseau dont le Bureau disposait dans les Balkans pendant la guerre froide, aujourd'hui réduit à gérer une escouade de femmes de ménage, portiers et sténos employés par des ambassades étrangères de pays modérément ennemis.

Ensuite *Marika*, la maîtresse estonienne d'Igor, paraît-il, veuve d'un agent du Bureau à la retraite décédé à Saint-Pétersbourg quand la ville s'appelait encore Leningrad.

Puis *Denise*, la fille écossaise de parents aux origines en partie norvégiennes, rondouillarde, pimpante et russophone.

Et enfin le petit *Ilya*, jeune Anglo-Finlandais russophone au regard perçant que j'ai recruté comme agent double à Helsinki voilà cinq ans. Il a continué à travailler pour mon successeur sur la promesse d'une réinstallation en Grande-Bretagne. À son arrivée, la direction générale n'en a eu que faire. C'est seulement après mes interventions répétées auprès de Bryn Jordan qu'ils ont accepté de l'engager comme membre de la forme de vie secrète la plus inférieure : assistant administratif avec autorisation de confidentialité de grade C. À ma vue, il pousse quelques cris de joie en finnois et me prend dans ses bras en une accolade à la russe.

Et, dans l'obscurité éternelle à laquelle est condamné le dernier étage, mon équipe logistique hétéroclite d'agents administratifs avec un profil biculturel et une formation opérationnelle basique.

Une fois terminé ce tour du propriétaire, Giles m'emmène dans son bureau qui sent le renfermé et, alors que je commence à douter de l'existence du numéro 2 qu'on m'a promis, toque cérémonieusement sur une porte en verre dépoli. Dans ce que je suppose avoir été jadis une chambre de bonne, je découvre la silhouette imposante de la jeune Florence, qui parle couramment le russe, visage aux traits affirmés, stagiaire de deuxième année, dernière recrue en date du Refuge et son plus bel espoir, à en croire Dom.

« Alors pourquoi n'a-t-elle pas été affectée d'emblée au département Russie ? lui avais-je demandé.

– Parce que nous l'avons jugée un tantinet immature, Nat, m'avait-il répondu d'un ton pompeux et emprunté, sous-entendant qu'il avait été au centre de la décision. Talentueuse, oui, mais nous avons estimé qu'il valait mieux lui laisser une année de plus pour s'adapter. »

Talentueuse, mais doit s'adapter. J'avais obtenu son dossier personnel auprès de Moira. Fidèle à ses bonnes habitudes, Dom en avait plagié la meilleure phrase.

*

Soudain, tous les projets du Refuge partent d'une initiative de Florence – du moins, c'est ainsi que je m'en souviens. Peut-être y eut-il d'autres idées méritantes, mais à l'instant où mon œil se posa sur une version préliminaire de l'opération Rosebud, ce fut le centre de notre tout petit univers, dont Florence était l'unique étoile.

De sa propre initiative, elle avait recruté la maîtresse délaissée d'un oligarque ukrainien résidant à Londres, nom de code Orson, qui avait des liens bien connus à la fois avec le Centre de Moscou et les éléments pro-Poutine du gouvernement ukrainien.

Son plan ambitieux, présenté avec un luxe de détails excessif, prévoyait qu'une équipe furtive de la direction générale s'introduise par effraction dans le duplex à 75 millions de livres d'Orson sur Park Lane, le truffe de micros du sol au plafond et procède à quelques mises à jour sur la batterie d'ordinateurs installés derrière une porte en acier à mi-hauteur de l'escalier de marbre montant jusqu'au salon panoramique.

En l'état actuel du dossier, les chances que Rosebud obtienne un feu vert du directorat des opérations me semblaient nulles. Les intrusions par effraction étaient un domaine hautement compétitif, et les équipes capables de les réaliser une denrée rare. En l'état, Rosebud ne serait qu'une petite voix inaudible sur un marché cacophonique. Néanmoins, plus je me plongeais dans le dossier préparé par Florence, plus j'étais convaincu que, avec une relecture impitoyable et un timing savant, Rosebud pourrait fournir des renseignements précieux pouvant mener à des actions. Et, ainsi que Giles avait tenu à m'en informer l'autre soir en partageant un Talisker dans la cuisine à l'arrière du Refuge, Rosebud avait en Florence un défenseur aussi implacable qu'obsessionnel.

« Cette fille s'est tapé toutes les recherches sur le terrain et toute la paperasse. Depuis le jour où elle a déniché Orson dans nos archives, elle vit Orson, elle rêve Orson, elle bouffe Orson. Je lui ai même demandé si elle avait une dent contre ce gus en particulier. Elle n'a pas ri. Elle a dit qu'il était un fléau pour l'humanité et devait être éliminé. »

Longue gorgée de whisky.

« Elle ne s'est pas contentée de se rapprocher d'Astra et d'en faire son amie pour la vie (Astra étant le nom de code de la maîtresse délaissée d'Orson), elle a aussi mis dans sa manche le gardien de nuit de l'immeuble de notre cible, au passage. Elle lui a servi une histoire comme quoi elle travaille incognito pour le *Daily Mail* dans le cadre d'un dossier sur le style de vie des oligarques londoniens. Le gardien de nuit tombe amoureux d'elle et croit tout ce qu'elle lui raconte. À la seconde où elle voudra jeter un coup d'œil dans le repaire du lion, pour 5 000 livres sorties de la caisse noire du journal, c'est quand elle veut. *Immature* mon cul, oui ! Elle a des couilles en béton. »

*

J'organise un déjeuner discret avec Percy Price, chef tout-puissant de la surveillance, service qui constitue un empire à lui tout seul. C'est un quinquagénaire hâve et taciturne, un ancien policier. Le protocole requiert que j'invite aussi Dom. Il devient vite évident que les deux hommes ne sont pas faits pour s'entendre, alors que Percy et moi avons de bonnes relations depuis longtemps. Il y a dix ans, avec l'aide d'une de ses équipes furtives et d'un agent dont j'étais l'officier traitant, nous avons volé un prototype de missile sur l'espace d'exposition russe d'une foire aux armes internationale.

« Mes gars n'arrêtent pas de croiser le chemin de cet Orson, là, se plaint-il d'un ton pensif. Chaque fois qu'on débusque un milliardaire douteux qui fricote avec les Russes, Orson est dans le paysage. Ce n'est pas nous qui gérons les dossiers – nous, on assure juste la surveillance, on surveille ce qu'on nous dit de surveiller –, mais je suis bien content que quelqu'un ait enfin décidé de s'intéresser à lui, parce que lui et sa bande, ils m'agacent depuis un bon moment. »

Percy promet de voir s'il peut nous trouver un créneau. Mais attention, Nat, ce sera très chaud, parce que si le directorat des opérations décide à la dernière minute qu'une autre demande est plus importante, ni lui ni personne n'y pourront rien.

« Et bien sûr, tout passe par moi, Percy », précise Dom, ce à quoi nous répondons tous les deux que oui, Dom, bien sûr.

Trois jours plus tard, Percy m'appelle sur mon portable professionnel. Apparemment, on va avoir un petit creux bientôt, Nat, on pourrait tenter le coup. Merci, Percy, je transmets à Dom comme il se doit (c'est-à-dire le plus tard possible, voire pas du tout).

Le cagibi de Florence se trouve littéralement à un pas de mon bureau. Je lui donne pour consigne de passer dorénavant tout le temps nécessaire à chouchouter la maîtresse délaissée d'Orson, nom de code Astra. Elle l'emmènera faire des virées à la campagne, du shopping et des déjeuners entre filles chez Fortnum and Mason's, le restaurant préféré d'Astra. Par ailleurs, elle cultivera encore plus avant le gardien de nuit de l'immeuble ciblé. Sans en informer Dom, j'autorise une petite prime de 500 livres à cette fin. Sous ma supervision, Florence va également rédiger une demande officielle pour qu'une première reconnaissance furtive du duplex d'Orson soit effectuée par une équipe du directorat des opérations. En impliquant le directorat dès cette étape préliminaire, nous envoyons un signal de sérieux.

*

Mon premier instinct a été d'apprécier Florence avec prudence. C'est une de ces filles de la bonne société qui a grandi avec des poneys et on ne sait jamais trop ce qui se passe dans sa tête. Steff la détesterait au premier regard, Prue s'inquiéterait. Elle a de grands yeux noisette qui n'expriment pas de joie. Pour masquer ses formes au travail, elle privilégie des jupes en laine trop larges ; chaussures plates, pas de maquillage. À en croire son dossier, elle habite chez ses parents à Pimlico et n'a pas de partenaire déclaré. Son orientation sexuelle est d'ailleurs *non renseignée*, selon son choix. Elle arbore à l'annulaire gauche une chevalière en or d'homme qui me fait l'effet d'un panneau « bas les pattes ». Elle se déplace à grands pas d'une démarche élastique. Elle a une voix chantante et un accent de la haute, mais elle jure comme un charretier. Je fais ma première expérience de ce mélange étonnant lors d'une discussion concernant l'opération Rosebud. Nous sommes cinq : Dom, Percy Price et moi-même, un monte-en-l'air prétentieux du Bureau du nom d'Eric et Florence, notre stagiaire. Le sujet du jour est de savoir s'il est possible de provoquer une coupure de courant qui ferait diversion le temps que l'équipe d'Eric effectue sa reconnaissance du duplex d'Orson. Florence, qui jusqu'à présent est restée silencieuse, s'anime soudain :

« Enfin, Eric, les ordinateurs d'Orson, vous croyez qu'ils fonctionnent avec des putain de piles ou quoi ? »

Le problème pressant qui m'occupe est de caviarder son brouillon de demande au directorat des opérations pour l'expurger de ses accents moralisateurs. Je ne suis certes pas le roi de la rédaction (mes rapports tendraient à prouver le contraire), mais je sais ce qui hérisse le poil de nos chers planificateurs. Quand je le lui explique franchement, elle s'emporte au point que je ne sais plus si je suis face à Steff ou à mon numéro 2 au travail.

« Oh, misère, soupire-t-elle. Vous allez me dire que vous n'aimez pas les adverbes ?

– Absolument pas. Ce que je suis en train de vous dire, c'est que le directorat des opérations et le département Russie se contrefoutent, comme vous le diriez, de savoir si Orson est l'homme le plus dépravé de la planète ou un modèle de vertu. Nous allons donc supprimer toutes les références aux "nobles causes" et aux sommes d'argent "obscènes" dérobées aux opprimés de ce monde. Nous nous en tenons aux motifs, aux résultats, aux évaluations des risques, à la possibilité de démentir, et nous veillons à ce que le logo du Refuge soit apparent sur la moindre page et pas remplacé après coup par celui de quelqu'un d'autre.

– De Dom, par exemple ?

– De personne. »

Elle repart à grands pas dans son cagibi et claque la porte. Pas étonnant que Giles ait eu le coup de foudre : il n'a pas de fille, lui. J'appelle Percy pour l'informer que le brouillon de proposition Rosebud est dans les tuyaux. Quand tous mes prétextes de procrastination sont épuisés, je fais à Dom un compte rendu complet et franc de nos avancées à ce jour (comprenez : je lui en donne juste assez pour qu'il ne fasse pas de vagues). Le lundi soir, avec un sentiment bien compréhensible de satisfaction, je dis bonsoir au Refuge et me mets en route pour l'Athleticus et ma rencontre de badminton tant attendue avec Edward Stanley Shannon, chercheur.

5

Si j'en crois mon agenda, qui n'a jamais contenu la moindre information que je n'aurais pas voulu laisser traîner dans le bus ou à la maison, Ed et moi avons disputé en tout quinze matchs de badminton à l'Athleticus, surtout le lundi mais pas toujours, parfois deux fois par semaine, quatorze avant la Chute et un après. (J'utilise le mot « Chute » de façon arbitraire. Cela n'a rien à voir avec le mur de Berlin ni avec Adam et Ève. Je ne suis pas certain que ce terme convienne, d'ailleurs, mais je n'en ai pas trouvé de meilleur.)

Quand j'arrive à l'Athleticus par le nord, j'aime terminer le trajet en traversant Battersea Park d'un bon pas ; quand je viens directement de chez moi, je n'ai que cinq cents mètres à faire. L'Athleticus a été mon club et mon refuge inattendu pendant une grande partie de ma vie d'adulte. Prue y voit ma « cabane dans les arbres ». Pendant mes missions à l'étranger, je ne résiliais pas mon abonnement et j'utilisais mes permissions au pays pour ne pas sortir du tournoi échelle. Dès que le Bureau me rappelait à Londres pour une réunion stratégique, je trouvais le temps de caser un match. À l'Athleticus, je suis simplement Nat, tout le monde se fiche de savoir ce que je fais comme métier et personne ne pose la question (même chose en sens inverse). Les membres chinois ou indo-pakistanais sont trois fois plus nombreux que nous autres. Steff refuse de jouer depuis le jour où elle a appris à dire « non », mais fut un temps où je l'amenais avec moi pour profiter de la piscine et manger une glace. Prue, toujours chic fille, acceptera si on lui propose, mais sans grande conviction et, récemment, en raison de tout son travail *pro bono* et des actions de groupe dans lesquelles son cabinet s'engage, plus du tout.

Nous avons un barman insomniaque d'origine chinoise et d'âge indéterminé prénommé Fred. Nous proposons une adhésion junior au tarif scandaleusement modique jusqu'à l'âge de vingt-deux ans. Après, c'est 250 livres par an plus un gros forfait à l'adhésion. Nous aurions dû fermer boutique ou augmenter encore plus la cotisation si un membre chinois prénommé Arthur n'avait pas fait un don anonyme de 100 000 euros un beau jour – et ce don a toute une histoire. En tant que secrétaire honoraire du club, je suis une des rares personnes à avoir pu remercier Arthur pour sa générosité. Un soir, on m'informa qu'il était assis au bar. De mon âge mais déjà grisonnant, vêtu d'un costume-cravate très chic, il avait les yeux perdus dans le vague et ne buvait rien.

« Arthur, nous ne savons pas comment vous remercier », commençai-je en m'asseyant près de lui.

Je m'attendais à ce qu'il tourne la tête, mais il resta immobile, les yeux braqués à mi-distance.

« C'est pour mon fiston, expliqua-t-il après une éternité.

– Votre fils est parmi nous ce soir ? demandai-je en observant un groupe de jeunes Asiatiques dans la piscine.

– Il ne l'est plus, non », répondit-il, toujours sans tourner la tête.

Il ne l'est plus ? Comment cela ?

Je fis des recherches discrètes. Avec les noms chinois, c'est compliqué. Un adhérent junior portait bien le même nom de famille que notre donateur, mais sa cotisation annuelle n'avait pas été réglée depuis six mois et il n'avait pas répondu à nos relances systématiques. Ce fut Alice qui réussit à faire le lien.

Kim, se rappela-t-elle. Un gamin maigrichon, très sérieux, adorable. Il a dit avoir seize ans, mais je lui en aurais donné soixante. Il est venu avec une dame chinoise très polie, peut-être sa mère, ou une nounou. Elle a payé cash un pack débutant pour six leçons. Le gamin, il n'a jamais réussi à toucher le volant, pas même les frappes faciles. Le coach a suggéré qu'il s'entraîne à la maison pour la coordination main-œil, le volant sur la raquette, et qu'il revienne quelques semaines plus tard. Mais il n'est jamais revenu, le môme, et la nounou non plus. On a supposé qu'il avait laissé tomber ou qu'il était rentré en Chine. Oh, mon Dieu, ne me dites pas que… Pauvre Kim, que Dieu le bénisse !

Je ne sais pas trop pourquoi je relate cet épisode dans le détail, sinon que j'adore cet endroit et ce qu'il représente pour moi depuis des années, et que c'est l'endroit où j'ai disputé mes quinze matchs contre Ed en les appréciant tous sauf le dernier.

*

Notre premier match du lundi ne part pas sous d'aussi bons auspices que le laisserait penser après coup notre bel historique. Je suis un homme ponctuel (maladivement ponctuel, d'après Steff). Pour ce rendez-vous fixé trois bonnes semaines plus tôt, Ed arrive essoufflé avec moins de trois minutes d'avance, vêtu d'un costume froissé, équipé de pinces à vélo aux chevilles et armé d'une mallette en similicuir. Il est d'une humeur exécrable.

N'oubliez pas que je ne l'ai vu qu'une fois, en tenue de badminton. N'oubliez pas non plus qu'il a une bonne vingtaine d'années de moins que moi, qu'il m'a lancé un défi à moi, le champion du club, sous le regard de mes camarades et que je l'ai relevé entre autres pour lui éviter de perdre la face. Notez également que j'ai passé la matinée à conduire mes premiers entretiens avec deux des agents les moins prometteurs et les moins productifs de Giles, deux femmes en l'occurrence, qui n'apprécient pas du tout ce changement de supérieur pour des raisons évidentes ; mon heure du déjeuner à remonter le moral de Prue, qui a reçu un mail désagréable de Steff exigeant que son portable, oublié sur la table de l'entrée, lui soit envoyé en recommandé à une adresse inconnue aux bons soins de Juno (c'est qui, Juno ?) ; et mon après-midi à expurger des commentaires gratuits sur le style de vie dépravé d'Orson alors que j'ai déjà demandé deux fois à Florence de les supprimer.

Enfin, n'oubliez pas que, au moment où Ed arrive dans le vestiaire tel un fugitif en cavale, cela fait dix minutes que je m'impatiente, déjà en tenue, les yeux rivés sur la pendule. Il commence à se déshabiller en marmonnant des propos à peine intelligibles sur « ce putain de chauffeur de camion allergique aux cyclistes » qui l'aurait insulté au feu rouge et sur ses employeurs, qui l'ont « gardé plus tard sans aucune raison, ces cons », ce à quoi je ne peux guère répondre que « c'est moche » avant de m'asseoir sur le banc pour observer dans le miroir la suite de ce processus chaotique.

Si je suis un homme moins détendu que celui qu'il a rencontré deux semaines plus tôt, le Ed que j'ai devant moi ressemble fort peu à l'adolescent attardé tout timide qui avait eu besoin du soutien d'Alice pour m'approcher. Libéré de sa veste, il se plie en deux à la taille sans baisser les genoux, ouvre son casier, en sort une boîte de volants et deux raquettes, puis un baluchon roulé composé de son maillot, de son short, de ses chaussettes et de ses tennis.

Je remarque qu'il a de grands pieds. Peut-être manquera-t-il de vitesse… Tandis que je me fais cette réflexion, il jette sa mallette marron dans le casier et referme à clé. Pourquoi à clé ? Il n'a pas encore fini de se changer. Dans trente secondes, il va ranger ses vêtements de ville dans ce casier avec le même empressement qu'il met à les enlever. Alors, pourquoi le fermer à clé maintenant, puisqu'il va devoir le rouvrir dans moins d'une minute ? Aurait-il peur qu'on lui chipe sa mallette pendant qu'il a le dos tourné ?

Ce type de réflexion n'exige pas d'effort conscient de ma part. C'est une *déformation professionnelle**. C'est ce qu'on m'a appris à faire et ce que j'ai fait tout au long de ma carrière, que l'objet de mon intérêt soit Prue en train de se maquiller devant sa coiffeuse à Battersea ou le couple d'âge mûr assis depuis trop longtemps dans le coin d'un café, qui se parle avec trop d'application et ne me regarde jamais.

Ed vient d'ôter sa chemise par la tête et exhibe son torse nu. Bonne condition physique, un peu osseux, pas de tatouage ni de cicatrice, aucun signe particulier, et vraiment très grand, vu ainsi en contre-plongée. Il enlève ses lunettes, déverrouille son casier, les jette à l'intérieur et referme à clé. Il enfile un T-shirt, puis le short long qu'il portait le jour où il m'a accosté et une paire de socquettes jadis blanches.

Il a maintenant les genoux à hauteur de mon visage. Sans ses lunettes, son visage paraît nu et encore plus juvénile que lors de notre première rencontre. Je lui donne au plus vingt-cinq ans. Il se penche au-dessus de moi pour se rapprocher du miroir mural. Il met ses lentilles de contact puis cligne des yeux. Je remarque que, lors de toutes ces contorsions successives, il n'a toujours pas plié les genoux. Tout s'articule aux hanches, aussi bien pour faire ses lacets que pour mettre ses lentilles. Donc, malgré sa grande taille, peut-être aura-t-il du mal à atteindre les volants qui arriveront bas et au large. Une fois de plus, il déverrouille son casier, y fourre son costume, sa chemise et ses chaussures, claque la porte, tourne la clé, la retire de la serrure, l'observe posée au creux de sa main, hausse les épaules, retire le ruban qui y est attaché, ouvre la poubelle d'un coup de pied, y jette le ruban et range la clé dans la poche droite de son short long.

« Prêt ? » lance-t-il comme si c'était moi qui nous avais fait attendre.

Nous partons vers le court, Ed en tête. Il tripote nerveusement sa raquette tant il est encore excédé, que ce soit à cause de son chauffeur de camion allergique aux cyclistes, de ses employeurs débiles ou d'un autre sujet d'irritation qui me reste inconnu. Il connaît le chemin. Je mettrais ma main à couper qu'il s'est entraîné ici en cachette, sans doute depuis le jour où il m'a lancé son défi. Mon travail requiert que je m'accommode de gens que j'éviterais sinon comme la peste, mais ce jeune homme met ma patience à rude épreuve et le court de badminton est l'endroit parfait pour une bonne explication.

*

Nous avons disputé sept manches très serrées, cette première fois. Même en championnat, je n'avais jamais été autant poussé dans mes retranchements ni aussi résolu à remettre un jeune adversaire à sa place. J'ai gagné quatre à trois, mais vraiment de justesse. Il était d'un bon niveau, quoique fortuitement irrégulier, ce qui m'a permis de prendre l'avantage. Malgré son jeune âge, j'avais le sentiment qu'il n'avait plus de marge de progression, en gardant à l'esprit son allonge favorisée par le fait qu'il me dépassait d'une tête. Et, heureusement, des sautes de concentration. Pendant une bonne dizaine de points il alternait rushes, smashes, plongeons, lobs, amortis et dégagements, tordant son corps selon des angles improbables, et j'avais bien du mal à tenir le rythme, mais pendant les trois ou quatre échanges suivants, il déconnectait : gagner ne semblait plus lui importer. Puis il ressuscitait, trop tard.

Du premier au dernier coup, pas un mot ne fut échangé, hormis son annonce factuelle du score, responsabilité qu'il s'était octroyée dès le premier point, et à l'occasion un « Merde ! » lâché en cas d'erreur. Au moment du match décisif, nous avions attiré une bonne dizaine de spectateurs, il y eut même quelques applaudissements à la fin. Et oui, il se déplaçait lourdement à cause de ses grands pieds. Et oui, ses frappes en main basse étaient brouillonnes et précipitées, malgré sa grande taille.

Tout cela étant dit, je dois reconnaître qu'il a joué et perdu avec une élégance inattendue, sans contester la moindre décision de ligne ni demander à rejouer un point, ce qui est loin d'être toujours le cas à l'Athleticus ou ailleurs. Et dès la fin du match, il affichait un large sourire, le premier que je lui voyais. Un sourire contrit, mais fair-play et d'autant plus agréable qu'il était inattendu.

« Excellent match, Nat, vraiment, m'assure-t-il d'un ton sincère en m'attrapant la main pour la serrer en la secouant vigoureusement de bas en haut. Vous avez le temps pour un petit shot ? C'est moi qui régale. »

Un petit shot ? Je ne suis plus dans le bain, il faut croire. Ou alors un shoot ? L'idée absurde qu'il m'offre de la drogue sortie de sa mallette me traverse l'esprit. Puis je comprends qu'il me propose simplement de boire un verre au bar, en homme civilisé, donc je lui réponds pas ce soir, Ed, désolé, je suis pris, mais merci beaucoup. Et c'était vrai : j'avais un nouveau rendez-vous de transfert, cette fois avec la dernière source de Giles, nom de code Stella, une emmerdeuse de première et peu fiable à mes yeux, mais que Giles reste convaincu d'avoir bien cernée.

« Une revanche la semaine prochaine ? demande Ed avec l'insistance que j'ai appris à attendre de lui. Je réserve de toute façon, et si l'un de nous doit annuler, ce n'est pas grave. Ça vous dit ? »

Ce à quoi je réponds, là encore de façon honnête, que je suis un peu débordé, donc une autre fois. En tout cas, c'est moi qui ferai la réservation, c'est à mon tour. Et de nouveau une de ses poignées de main façon pompe à eau. La dernière image que je garde quand nous nous séparons, c'est lui plié en deux, avec ses pinces à vélo, qui retire l'antivol de sa bicyclette antédiluvienne. Un passant lui dit qu'il bloque tout le trottoir et il lui répond d'aller se faire foutre.

J'ai dû annuler le lundi suivant par texto à cause de Rosebud, qui, grâce au rétropédalage réticent de Florence sur ses expressions de condamnation morale et à mon lobbying en coulisse, commençait à prendre corps. Ed m'a proposé le mercredi en remplacement, mais j'ai dû lui dire que j'étais coincé toute la semaine. Quand arriva le lundi suivant, nous étions encore dans l'expectative, donc j'ai dû annuler une nouvelle fois, en lui présentant toutes mes excuses, surtout que les jours suivants ne s'annonçaient pas mieux. Moi qui le traitais bien mal, j'étais d'autant plus soulagé de recevoir chaque fois un courtois « Pas de problème » en réponse. Le troisième vendredi soir, je ne savais toujours pas si j'allais pouvoir me libérer le lundi suivant ni aucun autre jour, ce qui aurait fait un total de trois annulations de suite.

C'est la fin de journée. L'équipe de garde au Refuge est déjà en train de s'installer pour le week-end. Le petit Ilya s'est une fois de plus porté volontaire, car il a besoin d'argent. Ma ligne professionnelle sonne. C'est Dom. J'ai bien envie de laisser sonner, mais je décroche quand même.

« Bonne nouvelle, Nat ! annonce-t-il de sa voix de tribun. Une certaine dame du nom de Rosebud a gagné les faveurs de nos seigneurs du département Russie. Ils ont fait suivre notre proposition au directorat des opérations pour examen et décision. Je te souhaite un bon week-end bien mérité, si tu me permets ce compliment.

– Notre proposition, Dom ? Ou bien la proposition du Central Londres tout seul ?

– Notre proposition conjointe, Nat, comme convenu. Le Refuge et le Central Londres avancent main dans la main.

– Et qui est l'auteur crédité pour cette proposition ?

– Ton intrépide numéro 2 est désignée comme auteur malgré son statut de stagiaire, et en cette capacité, c'est elle qui fera sa présentation formelle, en accord avec les habitudes du Service, dans la salle des opérations vendredi prochain à 10 h 30 précises. Satisfait ? »

Pas tant que je ne l'ai pas par écrit, mon gars. J'appelle Viv, qui s'avère être une alliée. Elle m'envoie la confirmation officielle par mail : Dom et moi partageons tout à égalité, Florence est l'auteur crédité. Une fois ce mail reçu, je me sens libre d'envoyer un SMS à Ed. Désolé de vous prévenir si tard, mais seriez-vous encore disponible pour le lundi qui vient, finalement ?

Il l'est.

*

Pas de costume gris maculé de sueur, cette fois, pas de pinces à vélo, pas de récriminations contre les chauffeurs de camion ou les employeurs débiles, pas de mallette en similicuir. Un jean, des tennis, une chemise sans cravate et un large sourire rayonnant sous le casque de vélo qu'il est en train d'enlever. Et je dois dire que, après trois semaines de travail intensif jour et nuit, ce sourire et la poignée de main en mode pompage me revigorent.

« Alors vous vous êtes dégonflé, mais finalement vous avez pris votre courage à deux mains, c'est ça ?

– Tout juste, j'en tremblais dans mes bottes ! » dis-je d'un ton badin alors que nous partons au pas de charge vers les vestiaires.

Le match se joue là encore à un cheveu. Mais aujourd'hui, pas de spectateurs, donc pas de pression autre que sportive. Comme la fois précédente, c'est serré jusqu'aux derniers échanges et, à ma grande frustration (mais aussi à mon grand soulagement, car qui voudrait d'un adversaire qu'il battrait à chaque fois ?), il me coiffe au poteau comme il faut, après quoi je suis encore plus rapide qu'il ne l'avait été pour lui proposer d'aller au bar pour ce shot. Le lundi, il n'y a pas foule mais, que ce soit par instinct ou par coutume, je vais tout droit vers mon coin habituel d'observateur, une table pour deux à plateau en fer installée à une certaine distance de la piscine, contre le mur, avec vue sur la porte.

De cet instant, sans qu'aucun de nous deux ne l'ait dit explicitement, cette table à l'écart devient ce que ma mère, dans ses instants allemands, aurait appelé notre *Stammtisch* (alors que mes *chers collègues** auraient plutôt parlé de « lieu du crime »), que ce soit pour nos lundis soir habituels ou des jours de semaine volés entre deux.

*

Je ne m'attendais pas à ce que cette première bière post-badminton aille plus loin que l'ordinaire : le perdant offre la première pinte, le gagnant la deuxième le cas échéant, on échange des amabilités, on fixe la date de la revanche, on se douche, on repart chacun de son côté. Et comme Ed était d'un âge où la vie commence à 21 heures, je partais du principe que nous boirions juste une pinte et que je rentrerais manger un œuf tout seul puisque Prue serait coincée à Southwark avec ses clients *pro bono* adorés.

« Vous êtes basé à Londres, Nat ? » demande Ed alors que nous nous attablons devant nos bières.

Je reconnais que oui.

« Quel domaine ? »

Voilà qui va plus loin que les conversations ordinaires au club, mais bon.

« Oh, un peu de tout. J'ai longtemps travaillé à l'étranger. Là, je suis rentré et je cherche, dis-je, avant d'ajouter pour faire bonne mesure, en réutilisant une explication bien rodée : En attendant, j'aide un vieil ami à remettre son affaire sur pied. Et vous, Ed ? Alice m'a laissé entendre que vous étiez chercheur ? C'est bien cela ? »

Il réfléchit à ma question comme si personne ne la lui avait jamais posée auparavant, l'air un peu irrité d'être ainsi catalogué.

« Chercheur, oui. Voilà. C'est moi… Ah, la recherche. Des données entrent, il faut les trier et les transmettre aux cadors, voilà.

– Vous travaillez sur l'actualité ?

– Oui, ça dépend. Les nouvelles du pays, les infos de l'étranger, les *fake news*.

– Dans le privé, j'imagine ? je demande en me rappelant son invective contre ses employeurs.

– Voilà, avec la mentalité qui va avec. On file droit ou on est mort. »

Je suppose qu'il a dit tout ce qu'il avait à dire sur le sujet, parce qu'il s'est replongé dans ses pensées. Mais bientôt il reprend, comme pour se consoler lui-même :

« Enfin, ça m'aura au moins permis de passer deux ans en Allemagne ! J'ai adoré le pays, mais pas trop le job, alors je suis rentré.

– Pour faire le même genre de travail ?

– Oui, enfin, dans un domaine différent, en l'occurrence. Je pensais que ce serait mieux.

– Mais en fait non ?

– Pas vraiment, non. Enfin bon, on survit, hein. On fait avec, voilà. »

Ce dialogue constitue la totalité de nos échanges sur nos occupations respectives, ce qui me convenait parfaitement et j'imagine à lui aussi, car je ne me rappelle pas que nous en ayons reparlé après cela, même si mes *chers collègues** s'entêtent à penser le contraire. Je me souviens en revanche du changement abrupt de sujet une fois évacuée la question de nos métiers.

Pendant un temps, Ed reste les yeux dans le vague et, à en juger par ses petites grimaces, en proie à un conflit intérieur.

« Je peux vous poser une question, Nat ? demande-t-il tout à trac, comme s'il venait d'en trouver le courage.

– Bien sûr.

– Parce que j'ai beaucoup de respect pour vous, en fait. Même si on ne se connaît pas depuis longtemps. On découvre vite les gens quand on joue contre eux.

– Allez-y.

– Merci. J'y ai longuement réfléchi, et à mes yeux, pour la Grande-Bretagne comme pour l'Europe et la démocratie libérale dans le monde entier, le Brexit pendant l'ère Trump et la dépendance totale que la Grande-Bretagne va avoir envers les États-Unis, qui sont en train de plonger dans le racisme institutionnel et le néofascisme, c'est un méga boxon à tous points de vue. Alors voilà ma question : êtes-vous globalement d'accord avec moi, ou bien vous ai-je choqué et vaudrait-il mieux que je me lève et que je m'en aille tout de suite ? »

Surpris par cet appel impromptu à mes sympathies politiques de la part d'un jeune homme que je connais à peine, je m'en tiens à ce que Prue nomme mon silence courtois. Pendant un moment, il regarde sans les voir les baigneurs qui pataugent dans la piscine, puis il revient à moi.

« Ce que je veux dire, c'est que je ne voudrais pas que nous partions sur un malentendu, étant donné que j'admire votre façon de jouer et votre façon d'être. Le Brexit est la plus importante décision à laquelle la Grande-Bretagne est confrontée depuis 1939, à mon avis. Les gens disent plutôt 1945, mais je ne sais pas trop pourquoi, franchement. Donc je voudrais juste savoir si vous êtes d'accord avec moi. Je sais que je suis un peu trop concerné. On me l'a déjà dit. Et puis, des tas de gens ne m'aiment pas non plus parce que je n'ai pas la langue dans ma poche.

– Au travail ? je demande, histoire de gagner un peu plus de temps.

– Mon travail, c'est un désastre, point de vue liberté de parole. À mon travail, il est impératif de n'avoir aucune opinion franche sur aucun sujet, sinon on se fait traiter en lépreux. J'ai donc pour politique de ne jamais l'ouvrir quand je suis au bureau, ce qui me vaut d'être considéré comme taciturne. Cela dit, je pourrais vous citer plein d'autres endroits où les gens n'aiment pas entendre les vérités qui fâchent, du moins venant de moi. Même quand ils se disent défenseurs de la démocratie à l'occidentale, ils préfèrent se la couler douce plutôt que de se comporter en opposants responsables à l'ennemi fasciste en progression. Mais vous n'avez toujours pas répondu à ma question. »

Je vais le dire tout net, exactement comme je l'ai répété *ad nauseam* à mes *chers collègues** : autant l'expression « méga boxon » ne figurait pas dans mon vocabulaire, autant le Brexit était depuis longtemps ma bête noire. Je suis un Européen de par ma naissance et mon éducation, j'ai du sang français, allemand, anglais et russe blanc dans les veines et je me sens chez moi aussi bien en Europe continentale qu'à Battersea. Quant à son argument plus général sur la puissance des suprémacistes blancs dans l'Amérique de Trump, eh bien, là encore nous étions du même avis, ainsi que beaucoup de mes *chers collègues**, même si par la suite ils préféreraient adopter une posture plus neutre.

Quoi qu'il en soit, j'avais quelques scrupules à lui fournir la réponse qu'il attendait. Première question, inévitable : est-il en train de me monter un bateau, est-il en train d'essayer de me tirer les vers du nez ou de me compromettre ? Assurément non. Pas ce jeune homme, jamais de la vie. Question suivante : puis-je me permettre d'ignorer l'écriteau accroché au miroir derrière le bar par notre barman chinois, le vieux Fred : « ICI, ON NE PARLE PAS BREXIT » ?

Enfin, puis-je oublier que je suis un fonctionnaire, même si j'en suis un secret, qui a juré de mettre en œuvre la politique de son gouvernement, pour autant qu'il en ait une ? Ou bien vais-je plutôt me dire : voilà un jeune homme sincère et courageux, excentrique, certes, et pas forcément du goût de tout le monde mais c'est tant mieux, qui a de belles valeurs, qui a besoin de quelqu'un pour l'écouter, qui a à peine sept ou huit ans de plus que ma fille (dont les opinions très à gauche sur tous les sujets font partie de notre vie de famille) et qui joue très correctement au badminton ?

Ajoutez à cela un autre facteur, que j'identifie seulement avec le recul, même s'il devait m'avoir frappé dès notre premier échange peu commun : la conscience d'être en présence de quelque chose de rare dans la vie que j'avais menée jusqu'alors, surtout chez un si jeune homme, à savoir une conviction sincère et non motivée par l'appât du gain, la jalousie, l'envie de revanche ou la mégalomanie. La vraie conviction, brute de décoffrage.

Fred le barman a pour habitude de verser d'un geste lent et déterminé ses bières blondes refroidies dans des flûtes gravées d'un blason, et c'est donc un tel verre qu'Ed tripotait du bout de ses longs doigts, la tête penchée, en attendant ma réponse. Je finis par la lui donner après avoir laissé passer assez de temps pour lui montrer que j'ai dûment réfléchi à sa question.

« Eh bien, Ed, disons les choses ainsi : oui, le Brexit est bien un méga boxon, même si je doute que nous puissions faire quoi que ce soit maintenant pour revenir en arrière. Cela vous convient, comme réponse ? »

Nous savons tous les deux que non. Mon prétendu « silence courtois » n'est rien comparé aux interminables pauses d'Ed que, au fil du temps, j'en suis venu à considérer comme une marque de fabrique de nos conversations.

« Et le président Trump, alors ? lance-t-il en crachant le nom comme s'il s'agissait du diable incarné. Considérez-vous comme moi que Trump est à la fois une menace et une idole pour tout le monde civilisé, en plus de présider à la nazification systématique et décomplexée des États-Unis ? »

Je crois avoir souri, mais je n'en ai pas vu d'écho sur son visage lugubre, qu'il me présente de profil, comme pour montrer qu'il a besoin de ma réponse par le son, sans aucune expression faciale pour la nuancer.

« Eh bien, peut-être d'une façon moins extrême que vous, mais oui, je suis d'accord là-dessus aussi, Ed. Cela dit, il ne restera pas éternellement président. Et la Constitution est là pour le cadrer et ne pas lui laisser la bride sur le cou. »

Mais il lui en faut plus.

« Et tous ces fanatiques bornés dont il s'est entouré ? Les chrétiens fondamentalistes qui pensent que Jésus a inventé la cupidité ? Eux ils ne sont pas près de disparaître, si ?

– Ed, quand Trump sera parti, ces gens se disperseront au gré du vent comme de la poussière. Alors, trinquons avec une deuxième pour oublier ! »

Je m'attends au large sourire qui efface tout, mais il ne vient pas. Au lieu de cela, j'ai droit à sa grande main osseuse qui se tend vers moi par-dessus la table.

« On est sur la même longueur d'onde, alors ? » demande-t-il.

Je lui serre la main, je confirme, et c'est seulement ensuite qu'il va nous chercher notre deuxième bière.

*

Au fil des douze lundis suivants, je me suis employé à ne jamais contester ou nuancer ses propos. À compter de cette deuxième fois (notée « match n° 2 » dans mon agenda) donc, aucune session post-badminton à notre *Stammtisch* ne se passait sans qu'Ed se lance dans un monologue politique sur le sujet brûlant du jour.

Et il a peu à peu raffiné ses analyses. Oublions sa première salve agressive. Ed ne l'était pas, lui, il se sentait juste profondément concerné, au point d'en devenir obsessionnel (même si c'est facile à dire avec le recul). Bien avant notre match n° 4, il s'était aussi révélé accro à l'actualité et très au fait de tous les soubresauts de l'arène politique mondiale, qu'il s'agisse du Brexit, de Trump, de la Syrie ou autre catastrophe de longue date, et il en faisait une affaire si personnelle qu'il eût été fort indélicat de ma part de ne pas le laisser s'épancher. Le plus beau cadeau qu'on puisse faire aux jeunes, c'est son temps, et je regrettais sans cesse de ne pas en avoir accordé assez à Steff. Peut-être les parents d'Ed n'avaient-ils pas été assez généreux non plus.

Au vu de notre différence d'âge et de ce qu'ils aiment à appeler mon « charme professionnel », mes *chers collègues** ont considéré que, en lui prêtant simplement attention, je l'avais embobiné. Ridicule ! Une fois qu'Ed m'a eu catalogué dans son bestiaire tout simple comme une oreille attentive, j'aurais aussi bien pu être un inconnu assis près de lui dans le bus. Même aujourd'hui, je n'ai pas souvenir que mes propres opinions, y compris les plus proches des siennes, aient eu le moindre impact sur lui. Il était simplement reconnaissant de s'être trouvé un public qui ne s'offensait jamais, ne s'opposait jamais, ne l'abandonnait jamais pour aller parler à quelqu'un d'autre, parce que selon moi il n'aurait pas pu se livrer longtemps à un vrai débat politique ou idéologique sans péter un câble. Le fait que ses avis sur tout étaient prévisibles avant même qu'il ouvre la bouche ne me dérangeait pas. Certes, il avait un unique cheval de bataille. Je connais cette espèce pour en avoir recruté un certain nombre. Il se passionnait pour la géopolitique. Il était jeune, très intelligent dans les limites de ses opinions arrêtées et, même si je n'ai jamais eu l'occasion de le vérifier, prompt à se mettre en colère quand on le contredisait.

Qu'ai-je tiré personnellement de cette relation, hormis nos duels serrés sur le court ? Encore une question que mes *chers collègues** m'ont posée à de multiples reprises pendant mon inquisition et à laquelle je n'avais alors pas de réponse toute prête. C'est ensuite que je me suis rappelé ce sentiment d'engagement moral que transmettait Ed, et qui avait agi sur moi comme un appel à ma conscience, suivi par le large sourire de chien battu qui faisait tout disparaître. Mis ensemble, ces deux éléments me donnaient l'impression de constituer une sorte de refuge pour une espèce en danger. Et j'ai dû présenter les choses ainsi à Prue quand j'ai suggéré de le faire venir à la maison pour un apéritif un soir ou un déjeuner dominical. Sauf que Prue, dans sa grande sagesse, ne s'est pas laissé persuader.

« J'ai comme l'impression que vous vous faites beaucoup de bien l'un à l'autre, mon chéri. Garde-le donc pour toi et laisse-moi en dehors de ça. »

J'ai volontiers suivi son conseil et l'ai gardé pour moi. Notre routine n'a jamais varié, même à la fin. Après nous être affrontés comme des beaux diables sur le court, nous récupérions nos vestes, parfois un foulard autour du cou, et nous rendions à notre *Stammtisch*, où le perdant allait direct commander au bar. Nous échangions des amabilités, parfois des commentaires sur tel ou tel fait de match. Il me demandait vaguement des nouvelles de ma famille, je lui demandais s'il avait passé un bon week-end – réponses neutres dans les deux cas. Puis venait un silence plein d'expectative de sa part que j'ai bien vite appris à ne pas remplir, et il se lançait dans son exposé du jour. J'acquiesçais, ou bien j'acquiesçais à moitié, ou au pire je disais quelque chose comme « Oh là là, Ed, du calme », et l'homme mûr que j'étais souriait face à la fougue de la jeunesse. En de rares occasions et toujours en prenant des gants, il m'est arrivé d'émettre des réserves quant à certains de ses avis les plus tranchés, mais avec circonspection, car mon instinct m'avait fait percevoir d'emblée toute sa fragilité.

Parfois c'était comme si quelqu'un d'autre parlait par sa bouche. Sa voix, pourtant bien timbrée quand il était lui-même, montait alors d'une octave, atteignait un palier et se confinait à cette unique note didactique, jamais bien longtemps, mais assez pour que je me dise : Tiens, tiens, je connais ce registre, Steff a le même. C'est celui contre lequel on ne peut pas argumenter parce qu'il s'autoentretient comme si on n'était pas là, donc mieux vaut se contenter de hocher la tête et d'attendre que ça passe.

Et le contenu de ses propos ? En substance, toujours le même cocktail. Le Brexit est un suicide collectif. Le peuple anglais se laisse entraîner vers un précipice par une bande de profiteurs élitistes bourrés de fric se faisant passer pour des hommes du peuple. Trump est l'antéchrist, Poutine aussi. Pour Trump, le gosse de riches qui a évité la conscription et a grandi dans une démocratie aussi belle que détraquée, il n'y a pas de rédemption dans ce monde-ci ou le suivant. Pour Poutine, qui n'a jamais connu la démocratie, il reste une lueur d'espoir. Ainsi parlait Ed, dont l'éducation non conformiste ressortait de plus en plus dans ces logorrhées.

Avez-vous noté une évolution, Nat ? m'ont demandé mes *chers collègues**. Ses opinions se sont-elles durcies ? Avez-vous eu l'impression qu'il trempait l'acier de sa résolution ? Là non plus, je n'ai pas pu le leur confirmer. Peut-être s'était-il fait plus libre et plus véhément dans ses propos après avoir consolidé sa confiance dans son auditoire, c'est-à-dire moi. Peut-être aussi étais-je devenu un auditoire plus réceptif à ses yeux au fil du temps, même si je n'ai pas souvenir d'avoir jamais été non réceptif.

Mais je reconnais volontiers que, lors des quelques séances à notre *Stammtisch* où je n'avais pas l'esprit accaparé par mes propres soucis (que ce soit à propos de Steff, de Prue, d'un nouvel agent qui faisait des siennes ou de l'épidémie de grippe qui avait laissé sur le carreau la moitié de nos officiers traitants pendant deux semaines), je lui accordais mon attention presque totale. Il a même pu m'arriver de réagir à l'une de ses diatribes, pas tant pour en réfuter le bien-fondé que pour en tempérer l'aplomb. Alors, à cet égard, sinon une évolution flagrante, du moins une meilleure compréhension de mon côté et une capacité croissante du côté d'Ed à accepter de rire parfois de lui-même.

Je dois aussi dire pour ma défense, et ce n'est pas une circonstance atténuante mais un simple fait, que je ne l'ai pas toujours écouté d'une oreille très attentive et qu'il m'est arrivé de déconnecter complètement. Quand j'étais sous pression au Refuge, ce qui se produisait de plus en plus souvent, je m'assurais que j'avais bien mon portable pro dans ma poche de pantalon avant d'aller à notre *Stammtisch* et je le consultais en douce pendant que lui continuait son soliloque.

Et lorsque l'innocence et la conviction juvéniles de ses sermons m'avaient assommé, au lieu de rentrer à la maison retrouver Prue après la dernière poignée de main façon pompage, je prenais le chemin le plus long à travers le parc pour laisser le temps à mes pensées de s'apaiser.

*

Un dernier mot sur ce que le badminton représentait pour Ed (et représente pour moi, d'ailleurs). Les non-pratiquants y voient une version soft du squash adaptée aux hommes en surpoids qui redoutent la crise cardiaque. Pour les adeptes, c'est le seul et unique sport qui existe. Le squash, c'est un jeu de massacre. Le badminton, c'est de la subtilité, de la patience, de la vitesse, des remontées impensables. C'est planifier sa prochaine attaque surprise pendant que le volant décrit tranquillement son arc. Contrairement au squash, le badminton transcende les distinctions de classe. Il n'est pas associé aux écoles privées, il n'a pas l'attrait de sports d'extérieur tels que le tennis ou le foot à cinq, il ne récompense pas un beau swing, il n'offre aucun pardon, il épargne les genoux mais abîme les hanches – et pourtant, selon des études scientifiques, il requiert des réactions plus vives que le squash. Les badistes sont généralement des solitaires qui ne cultivent guère la convivialité. Pour les autres sportifs, nous sommes un peu bizarres et sans amis.

Quand mon père était stationné à Singapour, il pratiquait, uniquement en simple, et il a représenté l'armée jusqu'à sa déchéance. Ensuite, il y a joué avec moi. Pendant les vacances d'été sur les plages de Normandie ou dans le jardin de Neuilly en utilisant la corde à linge comme filet, avec un gobelet en acajou rempli de scotch dans sa main libre. Le badminton, c'était ce qu'il faisait de mieux. Quand j'ai été expédié en Écosse dans cette école atroce, j'y ai joué, comme lui avant moi, et ensuite pour mon université des Midlands. Puis, en attendant ma première affectation à l'étranger, j'ai réuni un groupe d'autres stagiaires du Bureau et, sous le nom de code des Irréguliers, nous acceptions tous les adversaires qui se présentaient.

Et Ed ? Comment lui s'était-il converti au roi des sports ? Nous sommes assis à notre *Stammtisch*. Il contemple sa bière, comme lorsqu'il essaie de résoudre les problèmes du monde ou qu'il cherche désespérément à comprendre ce qui cloche avec son revers ou qu'il ne parle pas du tout mais broie du noir. Aucune question qu'on pouvait lui poser n'était simple. Tout devait être examiné depuis l'origine.

« En primaire, j'avais une prof de gym qui m'a emmené avec un copain à son club, un soir, dit-il enfin avec un large sourire. Et j'ai eu le déclic. La voir là, avec sa jupe courte et ses cuisses blanches luisantes… Voilà. »

6

Pour l'édification de mes *chers collègues**, voici l'intégralité des informations que j'avais glanées sur la vie d'Ed en dehors du court au moment de la Chute. Maintenant que j'en viens à les coucher sur le papier, leur quantité pourrait m'étonner, n'était le fait que je suis de nature et de formation quelqu'un qui sait écouter et mémoriser.

Il était issu d'une vieille famille méthodiste de mineurs du nord de l'Angleterre. Son grand-père était arrivé d'Irlande à la vingtaine. Quand les mines avaient fermé, son père s'était reconverti dans la marine marchande.

Ed : *Je ne l'ai pas beaucoup vu après ça. Il est rentré et il a eu un cancer qui semblait l'avoir attendu.*

Son père était aussi un communiste de la première heure qui avait brûlé sa carte du Parti au lendemain de l'invasion soviétique de l'Afghanistan en 1979. J'imagine qu'Ed a pris soin de lui jusqu'à sa mort.

Après le décès du père, la famille s'est installée près de Doncaster. Ed a décroché une place dans un collège d'élite, ne me demandez pas lequel. Sa mère consacrait ses rares loisirs à suivre des formations pour adultes jusqu'à ce qu'elles soient supprimées.

Ed : *Ma mère a de l'intelligence à revendre mais personne pour lui en faire crédit, sans compter qu'elle a dû s'occuper de Laura.*

Laura étant sa sœur, de dix ans sa cadette, en partie handicapée, qui a des difficultés d'apprentissage.

À l'âge de dix-huit ans, Ed a abjuré sa foi chrétienne pour se tourner vers ce qu'il appelait un « humanisme universel » et que j'ai interprété comme du non-conformisme sans Dieu, sauf que mon tact m'a retenu de le lui dire.

Après son établissement secondaire d'élite, il est allé à une « nouvelle » université (c'est lui qui la qualifiait ainsi avec une certaine condescendance), je ne sais pas laquelle. Informatique et allemand en option. Il n'a pas fait état de mention à son diplôme, donc passable, je suppose.

En ce qui concerne les filles (sujet délicat avec Ed, que je n'aurais jamais osé aborder sans y être invité), soit elles ne l'aimaient pas, soit il ne les aimait pas. Je soupçonne que son obsession pour les affaires du monde et d'autres petites excentricités n'en faisaient pas le compagnon idéal. Je soupçonne aussi qu'il n'avait pas conscience de son charme.

Et les amis, les gens avec qui il aurait dû refaire le monde ou simplement faire du sport, du jogging, du vélo, la tournée des pubs ? Ed n'en a jamais mentionné un seul, et je me demande s'il en avait. Je crois qu'au fond de lui, il voyait dans sa solitude une sorte de titre de gloire.

Il avait entendu parler de moi sur le circuit du badminton et m'avait décroché comme adversaire régulier. J'étais son gros lot. Il n'avait aucun désir de me partager avec quiconque.

Quand je lui ai demandé ce qui l'avait poussé à accepter un travail dans les médias alors qu'il les méprisait tant, il est d'abord resté évasif.

Ed : *J'ai vu une petite annonce, je suis allé à l'entretien. Ils nous ont fait passer un genre de test écrit, et puis ils ont dit, OK, c'est bon pour vous. Voilà.*

Mais quand j'ai voulu savoir s'il avait des collègues sympathiques, il a juste secoué la tête comme si la question n'était pas pertinente.

Et le rayon de soleil, dans l'univers par ailleurs solitaire d'Ed, d'après moi ? L'Allemagne. Toujours l'Allemagne.

Ed était un incurable germanophile. Je crois que moi aussi, ne serait-ce qu'en raison du sang allemand qui coulait malgré elle dans les veines de ma mère. Il avait passé une année à l'université de Tübingen et deux ans à Berlin à travailler pour son journal. L'Allemagne, c'était l'eldorado, et ses citoyens, les meilleurs Européens de tous. Ed, monté sur ses grands chevaux : *Aucune autre nation n'arrive à la cheville de l'Allemagne quand il s'agit de comprendre le sens profond de l'Union européenne.* Il avait envisagé de tout laisser tomber et de refaire sa vie là-bas, mais son histoire avec une doctorante à l'université de Berlin avait capoté. C'était grâce à elle qu'il avait écrit un mémoire sur la montée du nationalisme allemand dans les années 1920, car si j'ai bien compris, c'était son champ d'étude à elle. En tout cas, c'est sur la foi de cet aléa dans sa scolarité qu'il s'arrogeait le droit d'établir des comparaisons dérangeantes entre l'ascension des dictateurs européens et celle de Donald Trump. Quand on le lançait sur ce sujet, Ed était à son plus pontifiant.

Sa vision du monde ne faisait aucun distinguo entre les fanatiques du Brexit et les fanatiques de Trump. Tous racistes et xénophobes, ils vouaient le même culte à l'impérialisme nostalgique. Une fois embarqué sur ce thème, Ed perdait toute objectivité. Trumpistes et brexiteurs conspiraient pour le priver de son droit de naissance en tant qu'Européen. Si solitaire pouvait-il être par ailleurs, sur l'Europe il n'avait aucun scrupule à déclarer qu'il s'exprimait au nom de sa génération ou à critiquer la mienne.

Un jour où nous étions assis dans le vestiaire de l'Athleticus, épuisés après notre habituel match très disputé, il a plongé la main dans son casier pour en sortir son smartphone et a tenu à me montrer une vidéo du cercle restreint de Trump réuni autour d'une table et jurant fidélité éternelle à son cher dirigeant chacun à son tour.

« Ils prêtent serment au Führer, putain ! s'étouffe-t-il. C'est l'histoire qui se répète. Regardez un peu. »

Je regarde. Et oui, c'est à vomir.

Sans jamais lui avoir posé la question, je crois bien que c'était l'expiation par l'Allemagne de ses péchés passés qui parlait le plus à son âme de méthodiste sécularisé. L'idée qu'une grande nation ayant eu un moment de folie doive se repentir de ses crimes contre l'humanité. Quel autre pays a jamais fait une telle chose ? demandait-il. La Turquie s'est-elle excusée pour le massacre des Arméniens et des Kurdes ? L'Amérique s'est-elle excusée auprès du peuple vietnamien ? Les Britanniques se sont-ils repentis d'avoir colonisé les trois quarts du globe et réduit en esclavage d'innombrables personnes à travers le monde ?

La poignée de main façon pompage ? Il ne me l'a jamais dit, mais je devine qu'il l'avait adoptée à Berlin, quand il logeait dans la famille prussienne de sa petite amie, et que, par un étrange sentiment de loyauté, il avait conservé cette habitude.

7

Il est 10 heures en ce vendredi matin de printemps inondé de soleil, et tous les oiseaux s'en réjouissent. Nous étant retrouvés pour un café matinal, moi en provenance de Battersea et elle, j'imagine, de Pimlico, Florence et moi empruntons les quais de la Tamise pour rejoindre la direction générale. Dans le passé, quand je revenais de missions lointaines pour des réunions au Bureau ou une permission, il m'arrivait de trouver intimidant notre Camelot si visible avec ses multiples tours, ses ascenseurs silencieux, ses couloirs à l'éclairage cru d'hôpital et les touristes qui nous regardent depuis le pont.

Pas aujourd'hui.

Dans une demi-heure, Florence va faire la présentation de la première grande opération spéciale en trois ans du Central Londres, qui portera l'imprimatur du Refuge. Tailleur-pantalon élégant, maquillage très discret. Si elle a le trac, elle n'en laisse rien paraître. Cela fait trois semaines que nous travaillons jour et nuit au Refuge, assis côte à côte jusqu'au petit matin à la table à tréteaux branlante de la salle des opérations sans fenêtre, pour analyser des plans de la ville, des rapports de surveillance, des interceptions de conversations téléphoniques et de courriels et les dernières nouvelles de la maîtresse délaissée d'Orson, Astra.

C'est Astra qui nous a avertis qu'Orson allait utiliser son duplex de Park Lane pour impressionner deux blanchisseurs d'argent slovaques établis à Chypre et collaborant avec Moscou, propriétaires d'une banque privée à Nicosie avec une filiale dans la City de Londres, membres identifiés d'un syndicat du crime autorisé par le Kremlin qui opère à partir d'Odessa. Quand il a appris leur arrivée prochaine, Orson a fait faire un balayage électronique de son duplex qui n'a permis de repérer aucun micro. Il revient maintenant à l'équipe d'intrusion de Percy Price de remédier à ce manque.

Avec l'aval *in absentia* de son directeur Bryn Jordan, le département Russie a également commencé à s'activer. Un de ses agents s'est fait passer pour le rédacteur en chef de Florence au *Daily Mail* et a conclu le marché avec le gardien de nuit. Le fournisseur d'énergie d'Orson a été instamment prié de signaler une fuite. Une équipe de trois monte-en-l'air menée par le pompeux Eric a effectué une reconnaissance du duplex sous l'identité de techniciens de la compagnie du gaz et a pu photographier les serrures de la porte blindée en acier de la salle des ordinateurs. Le fabricant britannique a fourni des doubles des clés et des indications sur le décryptage de la combinaison.

Ne reste plus pour Rosebud qu'à obtenir le feu vert officiel d'un comité plénier de grosses légumes de la direction générale connues collectivement sous le nom de directorat des opérations.

*

Si tout contact physique en est exclu, au point que nous nous donnons toutes les peines du monde pour que nos mains ne se frôlent jamais, la relation entre Florence et moi n'en est pas moins proche, car il s'avère que nous avons plus de points communs que notre différence d'âge n'aurait pu nous le laisser croire. Son père, l'ancien diplomate, a enchaîné deux missions à l'ambassade de Grande-Bretagne à Moscou en y emmenant son épouse et ses trois enfants, dont Florence est l'aînée. Prue et moi les avons ratés à six mois près.

Inscrite à l'École internationale de Moscou, elle s'est prise de passion pour le russe avec toute l'ardeur de la jeunesse. Elle a même eu une Mme Galina dans sa vie : la veuve d'un poète « accepté » de l'époque soviétique qui disposait d'une datcha délabrée dans la vieille colonie d'artistes de Peredelkino. Le temps que Florence soit en âge d'être envoyée dans une pension anglaise, les chasseurs de têtes du Service l'avaient déjà repérée. Quand elle a passé ses épreuves de fin d'études secondaires, ils ont envoyé leur propre linguiste pour évaluer ses compétences en russe. Elle a obtenu la note la plus élevée possible pour une non-russophone, ce qui lui a valu d'être approchée dès l'âge de dix-neuf ans.

À l'université, elle a effectué ses études sous la supervision du Bureau et consacré une partie de toutes ses vacances à des missions d'entraînement de niveau basique : Belgrade, Saint-Pétersbourg et Tallinn, où nous aurions aussi pu nous rencontrer si elle n'y avait pas vécu sous couverture en tant qu'étudiante en foresterie et moi en tant que diplomate. Nous adorions tous deux courir – moi à Battersea Park et elle, à ma grande surprise, à Hampstead Heath. Quand je lui ai fait remarquer que Hampstead était bien loin de Pimlico, elle m'a répondu du tac au tac qu'il y avait un bus direct. Dans un moment d'oisiveté, j'ai vérifié, et c'est vrai : le 24.

Que savais-je d'autre sur elle ? Qu'elle avait un sens aigu de la justice qui me rappelait Prue. Qu'elle aimait le frisson du travail opérationnel, pour lequel elle avait un don hors norme. Que le Bureau l'exaspérait souvent. Qu'elle restait d'une discrétion farouche sur sa vie privée. Et qu'un soir, après une longue journée de travail, je l'ai aperçue, pliée en deux dans son cagibi, les poings crispés, en larmes. Une chose que j'ai apprise à mes dépens avec Steff : ne jamais demander ce qui ne va pas, juste la laisser respirer. J'ai donc laissé respirer Florence, je ne lui ai rien demandé, et la cause de ses larmes est restée son secret.

Aujourd'hui, son unique préoccupation dans la vie est l'opération Rosebud.

*

Mes souvenirs de cette réunion matinale de la fine fleur du Bureau me reviennent avec l'irréalité d'un rêve, la conscience de ce qui aurait pu être et la mémoire de choses vécues pour la dernière fois : la salle de conférences du dernier étage, avec ses lambris couleur miel et ses Velux inondés de lumière, les visages intelligents et attentifs tournés vers Florence et moi-même assis côte à côte à l'autre bout de la table, du côté des requérants. Tous les membres de notre auditoire me sont connus de mes vies précédentes, et chacun à sa façon mérite mon respect : Ghita Marsden, mon ancienne chef de station à Trieste, première femme non blanche à accéder au dernier étage ; Percy Price, le chef des activités de surveillance en constante expansion du Service ; Guy Brammel, le chef de la logistique au département Russie, cinquante-cinq ans, rusé, rondouillard, qui remplace pour l'occasion Bryn Jordan, coincé à Washington ; Marion, cadre de notre service frère, détachée pour l'opération ; deux des collègues les plus estimées de Guy Brammel, Beth (Caucase du Nord) et Lizzie (Ukraine prorusse) ; enfin, bon dernier à tous points de vue, Dom Trench, chef du Central Londres, qui met un point d'honneur à attendre pour entrer que tous les autres soient assis afin ne pas risquer d'être dirigé vers une place de seconde zone.

« Alors, Florence ! lance Guy Brammel d'un ton bonhomme depuis l'autre bout de la table. Faites-nous votre pitch, vous voulez bien ? »

Et la voilà soudain, debout à moins de deux mètres de moi dans son tailleur-pantalon, Florence, ma stagiaire deuxième année, talentueuse quoique lunatique, qui pérore devant ses aînés tandis que notre petit Ilya du Refuge, accroupi tel un elfe dans la cabine de projection avec un déroulé de la présentation, l'accompagne d'un diaporama.

Aujourd'hui, pas de vibrato passionné dans la voix de Florence, pas de trace des feux intérieurs qui se consument en elle depuis plusieurs mois, ni de la place réservée à Orson dans son enfer personnel. Je lui ai recommandé de masquer ses émotions et de châtier son langage. Percy Price, notre chef des guetteurs, est très pieux et n'apprécie pas du tout les bons vieux jurons anglo-saxons. Et j'imagine qu'il en va de même pour Ghita, même si elle est assez tolérante vis-à-vis de nos pratiques impies.

Florence s'en tient à son texte. En lisant le casier d'Orson, elle ne se montre ni indignée ni moralisatrice (travers dans lequel elle peut tomber d'un coup), mais exerce la même retenue que j'admire chez Prue lorsqu'il m'arrive de passer au tribunal dix minutes pour le simple plaisir de l'entendre réduire courtoisement en charpie la partie adverse.

D'abord Florence nous détaille la fortune inexpliquée d'Orson (énorme, offshore, gérée à Guernesey et dans la City, évidemment), ses autres propriétés à l'étranger (à Madère, Miami, Zermatt et sur la mer Noire), puis nous informe de sa présence inopinée à la réception organisée à l'ambassade de Russie à Londres en l'honneur de brexiteurs notoires, et de sa contribution de 1 million de livres à un fonds de campagne secret pour les partisans du Leave. Elle relate une rencontre clandestine à laquelle Orson a assisté à Bruxelles avec six hackers russes suspectés d'avoir massivement piraté des forums démocratiques occidentaux.

Tout cela et bien plus sans laisser transparaître ses émotions. Il faudra qu'elle en arrive à ses propositions quant à l'installation de micros cachés dans le duplex pour que son sang-froid l'abandonne. Le diaporama d'Ilya nous en indique une douzaine, signalés chacun par un petit point rouge. Et Marion interrompt la présentation.

« Florence, commence-t-elle d'un ton sévère. Je n'arrive pas à comprendre pourquoi vous suggérez d'utiliser des éléments techniques contre des enfants mineurs. »

Je ne crois pas avoir déjà vu Florence rester muette jusqu'à cet instant. En tant que chef de sa sous-station, je vole à son secours.

« Marion fait sans doute allusion à notre recommandation de mettre sur écoute toutes les pièces du duplex d'Orson indépendamment de l'identité de leurs occupants, dis-je à Florence en aparté, ce qui n'attendrit pas Marion.

– Je m'interroge sur la légitimité éthique de l'installation de matériel audio et vidéo dans une nursery. Sans parler de la chambre de la nounou, ce que je trouve tout aussi discutable, sinon plus. À moins qu'on veuille nous faire croire que les enfants et la nounou d'Orson sont d'un intérêt quelconque pour l'obtention de renseignements ? »

Florence a eu le temps de se ressaisir – ou plutôt, quand on la connaît aussi bien que moi, de se préparer au combat. Après une profonde inspiration, elle reprend la parole de sa plus douce voix de jeune fille de la bonne société.

« La nursery, Marion, c'est l'endroit où Orson amène ses associés quand il a quelque chose de très confidentiel à leur dire. La chambre de la nounou est la pièce où il baise ses putes quand les enfants sont en vacances à Sotchi avec la nounou et que sa femme est sortie faire son shopping chez Cartier. Or notre source, Astra, nous a raconté qu'Orson aime se vanter de son génie des affaires pendant qu'il tringle ses maîtresses. Nous avons estimé qu'il serait intéressant de l'entendre. »

Et ça passe. Tout le monde s'esclaffe, Guy Brammel le plus fort, et même Marion. Dom rit, ou plus exactement il sourit et secoue les épaules sans produire aucun son. Nous nous levons tous pour former de petits groupes près de la table des boissons. Ghita présente ses félicitations sororales à Florence. Une main invisible me saisit le bras, ce que je ne supporte pas même dans mes meilleurs jours.

« Quel succès, Nat ! Il y a de quoi être fier pour le Central Londres, pour le Refuge, et pour toi en particulier.

– Heureux que cela t'ait plu, Dom. Florence est un agent très prometteur. C'est bien que son statut d'auteur ait été reconnu. Ces choses-là passent trop souvent inaperçues.

– Et toi, la voix de la sagesse en arrière-plan, réplique Dom en ignorant ma petite pique. Je l'entendais presque, avec cette touche paternelle qui te caractérise.

– Eh bien merci, Dom, merci à toi. »

La courtoisie de ma réponse ne m'empêche pas de me demander ce qu'il cache dans sa manche.

*

Avec la satisfaction du travail bien fait, Florence et moi rentrons d'un pas tranquille par la voie piétonne le long du fleuve, sous le soleil, en nous disant l'un à l'autre (enfin, c'est surtout Florence qui le dit) que si Rosebud nous fournit ne serait-ce qu'un quart des résultats prévus, Orson pourra dire au revoir à son statut de suppôt de la Russie à Londres et aussi (ce qui est le vœu le plus cher de Florence) à ses monceaux d'argent sale planqués dans tout l'hémisphère Sud par la grâce du lavomatique perpétuel de la City.

Et puis, parce que nous n'avons pas mangé et que nous avons un peu perdu la notion du temps après toutes les nuits sacrifiées pour atteindre ce résultat, nous décidons de ne pas prendre le métro tout de suite mais d'entrer dans un pub. Nous trouvons une table dans un coin et, tout en dégustant des tourtes au poisson et une bouteille de bourgogne rouge (le préféré de Steff également, comme je ne peux m'empêcher de le signaler à Florence, sans compter qu'elles adorent toutes les deux le poisson), nous évoquons en des termes dûment opaques les échanges de la matinée, en fait bien plus longs et plus techniques que ce que j'en ai relaté ici, avec des contributions de Percy Price et d'Eric le monte-en-l'air pompeux sur le marquage et la surveillance des cibles, l'imprégnation des chaussures ou des vêtements, l'utilisation d'un hélicoptère ou d'un drone, et ce qui se passerait en cas de retour imprévu d'Orson et de son entourage au duplex alors que notre équipe y serait encore. Réponse : un policier en tenue les informerait poliment du fait que des cambrioleurs ont été signalés dans l'immeuble, alors mesdames, messieurs, pourriez-vous gentiment attendre dans le fourgon de police en buvant une bonne tasse de thé bien chaud pendant que nous poursuivons les recherches ?

« Alors ça y est, on a réussi ? demande Florence en buvant son deuxième ou troisième verre de rouge. Citizen Kane, votre grand jour est enfin arrivé !

– Ne vendons pas la peau de l'ours.

– Quel ours ?

– Une sous-commission du Trésor doit encore donner sa bénédiction.

– Sous-commission composée de… ?

– Un mandarin du Trésor, un des Affaires étrangères, un de l'Intérieur, un de la Défense, plus deux parlementaires cooptés qui feront ce qu'on leur dira.

– C'est-à-dire ?

– Donner leur blanc-seing à l'opération et transmettre à la direction générale pour activation.

– Putain, quelle perte de temps ! »

Nous retournons en métro au Refuge pour découvrir qu'Ilya, rentré avant nous, a répandu la nouvelle de cette grande victoire et fait de Florence l'héroïne du jour. Même Igor le bougon, le Lituanien de soixante-cinq ans, émerge de sa tanière pour serrer la main à Florence puis à moi, bien qu'il soupçonne en secret tout remplaçant de Giles d'être une taupe russe. Je me réfugie dans mon bureau, je jette ma cravate et mon veston sur une chaise et je m'occupe d'éteindre mon ordinateur quand mon portable privé me coasse dessus. Partant du principe que c'est Prue et espérant que ce soit enfin Steff, je fouille dans la poche de ma veste. En fait, c'est Ed, qui a l'air un peu désespéré.

« C'est vous, Nat ?

– Étonnant, non ? Et vous, vous devez être Ed.

– Oui, euh… Voilà, c'est à propos de Laura. Pour lundi. »

Laura, la sœur qui a des difficultés d'apprentissage.

« Ce n'est pas grave, Ed. Si vous êtes pris avec Laura, on annule et on reporte. N'hésitez pas, surtout, je regarderai mes disponibilités. »

Mais ce n'est pas le sens de son appel. Il se passe autre chose. Avec Ed, il se passe toujours autre chose. Si on attend assez longtemps, il finit par vous le dire.

« Voilà, c'est qu'elle veut jouer un double.

– Laura ?

– Au badminton, oui.

– Ah, au badminton.

– Quand ça la prend, elle se passionne pour ce sport. Elle n'est pas douée, attention. Je veux dire, vraiment pas douée du tout, mais bon, hyper enthousiaste.

– Pas de problème. Quoi, comme double ?

– Euh, un double mixte, avec une autre femme. Peut-être votre épouse ? »

Il connaît son nom mais semble incapable de le prononcer, donc je l'aide.

« Prue ?

– Oui, voilà, Prue.

– Ça ne va pas être possible, Ed, désolé. Je n'ai même pas besoin de lui poser la question. Le lundi, c'est sa permanence pour les clients défavorisés, vous vous rappelez ? Et vous, vous n'avez pas quelqu'un sous le coude ?

– Pas vraiment. Pas quelqu'un à qui je puisse demander. Laura est vraiment nulle, hein. »

Mon regard se pose sur la porte en verre dépoli qui me sépare du cagibi de Florence. Assise à son bureau, le dos tourné vers moi, elle aussi est en train d'éteindre son ordinateur. Soudain quelque chose la perturbe : j'ai arrêté de parler mais je n'ai pas raccroché. Elle se tourne, me regarde, se lève, ouvre la porte vitrée et passe la tête dans mon bureau.

« Vous avez besoin de moi ? demande-t-elle.

– Oui. Est-ce que vous jouez au badminton dans la catégorie "vraiment nulle" ? »

8

Dimanche soir, veille du double prévu avec Ed, Laura et Florence. Prue et moi passons un de nos meilleurs week-ends depuis mon retour de Tallinn. Ma présence à la maison au quotidien est encore une nouveauté pour nous, et nous avons bien conscience qu'elle nécessite un vrai travail de réadaptation. Prue adore son jardin. Moi, je suis bon à tondre la pelouse et manipuler des charges lourdes, et sinon, ma grande spécialité est de lui apporter son gin-tonic à 18 heures. L'action de groupe de son cabinet contre une multinationale pharmaceutique s'annonce bien et nous en sommes tous les deux ravis. Je suis un peu moins ravi de découvrir que nos dimanches matin sont sacrifiés au profit de « brunchs de travail » avec son équipe dévouée. Du peu que j'entends de leurs discussions, ils ont plus l'air de comploteurs anarchistes que d'avocats aguerris. Quand j'en fais la remarque à Prue, elle éclate de rire et me dit : « Mais c'est tellement ça, mon chéri ! »

Cet après-midi-là, nous sommes allés au cinéma. J'ai oublié ce que nous avons vu, sinon que le film m'a plu. Quand nous sommes rentrés, Prue a décrété que nous devrions préparer un soufflé au fromage ensemble. Steff y voit l'équivalent gastronomique de la danse de salon, mais nous adorons ça. Donc je râpe le fromage et elle bat les œufs en écoutant Fischer-Dieskau à plein volume, ce qui explique que nous n'entendions pas le *bip-bip* de mon portable pro jusqu'à ce que Prue enlève le doigt du bouton du mixeur.

« C'est Dom », lui dis-je, et elle fait la grimace.

Je me retire dans le salon et je ferme la porte, car la règle en vigueur est que si cela concerne le Bureau, Prue préfère ne rien savoir.

« Nat, désolé d'avoir l'outrecuidance de te déranger un dimanche. »

Je l'excuse, quoique sèchement. À son ton réjoui, je suppose qu'il va m'annoncer que nous avons obtenu le feu vert du Trésor pour Rosebud, information qui aurait parfaitement pu attendre lundi. Or, je me trompe.

« Non, nous n'avons pas la réponse *stricto sensu*, Nat, désolé. Mais je suis sûr que ça ne saurait tarder. »

Stricto sensu ? Ça veut dire quoi ? Comme « pas enceinte *stricto sensu* » ? Mais ce n'est pas la raison de son appel.

« Nat, je peux te demander un énorme service ? demande-t-il, et cette nouvelle manie de commencer une phrase sur deux par mon prénom me hérisse. Est-ce que par hasard tu serais libre demain ? Je sais que le lundi, ce n'est pas évident, mais juste cette fois ?

– Pour quoi faire ?

– Pour aller à Northwood à ma place. Au QG international. Tu y es déjà allé ?

– Non.

– Alors c'est l'occasion ou jamais. Nos amis allemands ont récupéré une super source active sur le programme de guerre hybride développé par Moscou. Ils réunissent un public de professionnels de l'OTAN. Je me suis dit que c'était pile-poil dans tes cordes.

– Tu veux que j'intervienne ou quoi ?

– Non, non, ouh là, surtout pas ! Ça tomberait comme un cheveu sur la soupe. C'est pan-européen à fond les ballons, donc la parole britannique ne serait pas bien reçue. La bonne nouvelle, c'est que je t'ai autorisé une voiture de luxe avec chauffeur. Il t'emmène, il t'attend le temps qu'il faut et il te ramène direct chez toi à Battersea après.

– Voyons, Dom, c'est du ressort du département Russie, pas du Central Londres ! Et encore moins du Refuge, enfin ! C'est comme si tu envoyais ta femme de ménage.

– Nat, Guy Brammel a eu accès aux infos et il m'a assuré en personne que le département Russie ne voyait pas l'utilité de sa présence à cette réunion. Ce qui veut dire que, dans les faits, tu représenterais non seulement le Central Londres mais aussi le département Russie d'un coup d'un seul. Je me suis dit que ça te plairait, c'est un double honneur. »

C'est tout sauf un honneur, c'est carrément la barbe. Néanmoins, que cela me plaise ou non, je suis aux ordres de Dom et je ne peux pas complètement y échapper.

« Bon, très bien. Ne t'embête pas avec la voiture, Dom, je prendrai la mienne. J'imagine qu'ils ont un parking, à Northwood ?

– Mais enfin, Nat, j'insiste ! C'est une réunion à l'échelle européenne. Le Bureau doit arborer son drapeau bien haut. J'ai lourdement insisté auprès du service voiturage. »

Je retourne dans la cuisine. Prue est assise à la table, lunettes sur le nez, en train de lire le *Guardian* en attendant que le soufflé monte.

*

C'est enfin le lundi soir, le soir du badminton avec Ed, le soir de notre match caritatif pour sa sœur Laura, et je dois reconnaître que je m'en réjouis. J'ai passé une journée atroce, incarcéré dans une forteresse souterraine de Northwood à écouter d'une oreille des experts allemands égrener des données. Entre deux séances, j'ai fait le planton près du buffet et présenté mes excuses pour le Brexit à un aréopage de professionnels européens du renseignement. Ayant été délesté de mon portable à l'arrivée, c'est seulement quand je rentre à Londres à bord de ma limousine avec chauffeur sous une pluie battante que je peux appeler Viv (Dom lui-même étant « indisponible », une nouvelle manie) pour m'entendre dire que la décision de la sous-commission du Trésor concernant Rosebud est « en suspens ». En temps normal, je ne m'en inquiéterais pas plus que cela, mais le *stricto sensu* de Dom me tarabuste.

C'est l'heure de pointe, il pleut, et un embouteillage s'est formé sur Battersea Bridge. Je demande au chauffeur de me conduire directement à l'Athleticus. Nous nous garons juste au moment où Florence, protégée par une cape en plastique, monte les marches du perron.

À partir de cet instant, je dois consigner scrupuleusement tout ce qui s'est passé.

*

Je sors en hâte de la limousine du Bureau et m'apprête à crier le nom de Florence quand je me rappelle que, en fixant ce rendez-vous, nous avons omis de nous mettre d'accord sur notre couverture. Qui sommes-nous ? D'où nous connaissons-nous ? Comment se fait-il que nous ayons été dans la même pièce quand Ed a téléphoné ? Tout cela restant à définir, nous devons nous concerter au plus vite.

Ed et Laura nous attendent dans le hall, Ed, très souriant, avec un ciré antédiluvien et un chapeau plat qui m'évoque son père marin, Laura fourrée dans les jupes de son frère et accrochée à sa jambe comme si elle ne voulait pas se montrer. Petite, râblée, les cheveux bruns courts et frisés, elle est vêtue d'un *Dirndl* bleu et arbore un sourire radieux. J'hésite sur la manière de la saluer (garder mes distances et faire bonjour d'un geste ou contourner Ed pour lui serrer la main) quand Florence se jette sur elle en s'écriant : « Waouh, Laura, j'adore votre robe ! Elle est nouvelle ? », ce à quoi Laura, enchantée, répond : « C'est Ed qui me l'a achetée en Allemagne » d'une voix grave et rauque en levant des yeux adorateurs vers son frère.

« C'est le top, pour ce style de robe », déclare Florence avant de lui attraper la main pour l'entraîner vers le vestiaire des filles avec un « À toute, les gars ! » par-dessus l'épaule. Ed et moi la regardons, médusés.

« Où l'avez-vous trouvée, celle-là ? marmonne Ed en essayant de masquer son vif intérêt, ce qui ne me laisse d'autre possibilité que de lui sortir une légende mal ficelée sans l'avoir soumise à Florence.

– C'est la super secrétaire d'une relation de travail, mais je n'en sais pas plus. »

Je m'en tiens là et me dirige vers le vestiaire des hommes avant qu'il puisse me poser d'autres questions.

Heureusement, une fois dans le vestiaire, il préfère se déchaîner contre l'abrogation par Trump du traité nucléaire conclu par Obama avec l'Iran.

« La parole des États-Unis est dorénavant déclarée officiellement nulle et non avenue, annonce-t-il. Nous sommes d'accord ?

– Absolument. »

Et surtout, continue comme ça jusqu'à ce que j'aie eu la possibilité de coincer Florence deux secondes, ce que je suis résolu à faire au plus vite, parce que l'idée qu'Ed puisse se mettre en tête que je suis autre chose qu'un homme d'affaires à mi-temps commence à m'inquiéter.

« Et ce qu'il vient de faire à Ottawa, vous savez ce que j'en dis ? enchaîne-t-il, toujours au sujet de Trump, tout en enfilant son short long.

– Quoi ?

– Il a réussi à donner le beau rôle à la Russie sur la question de l'Iran, et ça, c'est quand même du jamais-vu ! ironise-t-il avec une satisfaction consternée.

– Oui, c'est terrible. »

Plus tôt nous serons sur le court avec Florence, mieux ce sera. Peut-être aura-t-elle eu des nouvelles concernant Rosebud, et ça aussi il faut que je pense à le lui demander.

« Et nous, les Anglais, on tient tellement au libre-échange avec l'Amérique qu'on va dire oui Donald, non Donald, et on lui lèchera les bottes jusqu'en enfer, pas vrai Nat ? » lance-t-il en levant la tête pour braquer les yeux sur moi.

Alors j'acquiesce pour la deuxième ou la troisième fois en songeant que, d'habitude, il ne commence pas à refaire le monde avant que nous ne soyons assis avec nos bières à notre *Stammtisch*. Mais il n'en a pas encore fini, ce qui me va très bien.

« Cet homme n'est que haine. Il hait l'Europe, il l'a dit. Il hait l'Iran, il hait le Canada, il hait les traités. Et qu'est-ce qu'il aime ?

– Le golf ? »

Vieillot et plein de courants d'air, le court numéro 3 occupe un hangar à lui seul à l'arrière du club, ce qui veut dire pas de spectateurs ni de passants, et j'en conclus que c'est la raison pour laquelle Ed l'a réservé. Le but est de faire plaisir à Laura, pas d'attirer les badauds. Nous attendons les filles. Ed risquant de soulever l'épineuse question de mes liens avec Florence, je l'encourage à rester sur le sujet de l'Iran.

La porte du vestiaire des dames s'ouvre de l'intérieur. Laura en émerge seule et s'avance d'un pas maladroit comme pour un défilé de mode : short flambant neuf, baskets à carreaux immaculées, T-shirt « Che Guevara », raquette de qualité professionnelle encore dans son emballage.

Puis arrive Florence, ni dans sa tenue basique de bureau, ni dans son tailleur de réunion, ni dans des vêtements en cuir trempés de pluie : juste une jeune femme libérée, élancée, confiante, dans une jupe courte qui laisse paraître les cuisses blanches luisantes chères à Ed adolescent. Je le regarde à la dérobée. Pour ne pas paraître impressionné, il affiche son expression la plus désintéressée. Ma propre réaction tiendrait plutôt de l'indignation théâtrale : Allons, Florence, ce n'est pas permis d'avoir une telle allure ! Puis je me ressaisis et je redeviens un époux et père de famille responsable.

Nous formons les équipes de la seule façon logique : Laura et Ed contre Florence et Nat. En pratique, cela veut dire que Laura reste collée au filet et frappe tout ce qui lui arrive dessus ; Ed, lui, récupère tout ce qu'elle laisse passer. Cela veut dire aussi que, entre deux échanges, Florence et moi avons de multiples occasions de nous parler discrètement.

« Vous êtes la super secrétaire d'une relation de travail, lui dis-je alors qu'elle récupère un volant au fond du court. C'est tout ce que je sais sur vous. Je suis un ami de votre patron. Débrouillez-vous avec ça. »

Pas de réponse, mais je n'en attendais pas. Elle est parfaite. Ed est en train de s'occuper d'une des baskets de Laura qui s'est délacée, ou du moins le prétend-elle, parce que rien ne lui importe plus que l'attention de son frère. Du coup, je poursuis :

« Nous nous sommes croisés dans le bureau d'un copain à moi. Vous étiez assise à votre ordinateur quand je suis entré. À part ça, nous ne nous connaissons pas. Au fait, vous avez eu du nouveau sur Rosebud quand j'étais à Northwood ? »

Aucune réponse.

Notre échauffement se fait à trois en court-circuitant Laura au filet. Florence est une athlète-née : l'instinct des réactions opportunes, l'agilité d'une gazelle, une grâce indécente. Ed fait ses bonds et ses fentes habituels mais évite de lever les yeux entre deux points. Je soupçonne que son manque d'intérêt vis-à-vis de Florence est calculé : il ne veut pas contrarier sa petite sœur.

Un nouvel échange à trois jusqu'au moment où Laura se plaint d'être laissée de côté et que ce n'est pas drôle. Pause forcée le temps qu'Ed la console, accroupi devant elle. C'est le moment idéal pour que Florence et moi, debout face à face d'un air dégagé, les mains sur les hanches, peaufinions notre couverture.

« Mon ami votre employeur est négociant en matières premières et vous êtes une CDD de luxe. »

Au lieu de me signifier son accord, elle décide de se soucier de la détresse de Laura et des efforts d'Ed pour lui remonter le moral. Elle s'écrie « Allez, vous deux, ça suffit ! », court jusqu'au filet et décrète que nous allons changer de partenaires pour jouer les hommes contre les femmes dans un combat à mort, au meilleur de trois manches, elle sert en premier. Elle s'apprête à traverser le terrain quand je touche son bras nu.

« Ça vous va ? Vous m'avez entendu, oui ?

– J'en ai plein le cul de mentir, lâche-t-elle à voix haute en se retournant pour me jeter un regard furibond. À lui ou à n'importe qui d'autre, c'est compris ? »

Moi j'ai compris, mais Ed ? Heureusement, il n'a pas l'air d'avoir capté. Florence marche à grandes enjambées jusqu'à l'autre camp, retire la main de Laura de celle d'Ed et ordonne à ce dernier de me rejoindre. Nous entamons notre partie épique, l'éternel masculin contre l'éternel féminin. Florence massacre tous les volants qui lui arrivent dessus. Avec notre aide active, les femmes établissent leur suprématie sur nous les hommes puis, brandissant chacune leur raquette, retournent triomphantes vers leur vestiaire tandis qu'Ed et moi regagnons le nôtre.

Une peine de cœur ? Je me rappelle ses larmes solitaires, que j'ai vues sans le lui dire. Ou bien s'agirait-il de ce que les psys du Bureau appellent le syndrome du vase qui déborde, quand les choses dont on n'a pas le droit de parler prennent soudain plus de volume que celles dont on a le droit de parler et qu'on se laisse un moment submerger par le trop-plein ?

Je récupère mon portable pro dans mon casier, je sors dans le couloir, j'appelle Florence et je tombe sur un message électronique m'annonçant que la ligne est coupée. J'essaie encore deux fois en vain. Je retourne dans le vestiaire. Ed s'est douché et il est assis sur le banc avec une serviette autour du cou.

« Je me demandais…, commence-t-il du bout des lèvres, sans s'être rendu compte que j'ai quitté la pièce et que je suis revenu. Enfin, euh… seulement si vous êtes partant, hein. Peut-être qu'on pourrait dîner ensemble. Mais pas au bar, Laura n'aime pas. Dans un restau quelque part. Tous les quatre. C'est moi qui régale.

– Vous voulez dire, ce soir ?

– Oui, si vous êtes partant. Pourquoi pas ?

– Avec Florence ?

– Ben oui, tous les quatre.

– Comment savez-vous qu'elle est libre ?

– Elle l'est. Je lui ai demandé, elle a dit oui. »

Rapide réflexion, OK, donc oui je suis partant. Et à la seconde où l'occasion se présente, de préférence avant le repas plutôt qu'après, j'essaie de lui demander quelle mouche l'a piquée.

« Il y a un chinois au coin de la rue, le Golden Moon. Ils ferment tard. On peut essayer là. »

J'ai à peine terminé ma phrase que mon portable pro crypté fait résonner son coassement. Ah, enfin, Florence ! Ouf. Elle envoie valser les règles du Bureau, et l'instant d'après on part tous dîner ensemble.

Je prétexte que Prue a besoin de me parler et je sors à nouveau dans le couloir. Mais ce n'est ni Prue ni Florence. C'est Ilya, qui est de garde ce soir au Refuge, et je suppose qu'il appelle pour m'annoncer enfin la décision de la sous-commission concernant Rosebud, pas trop tôt.

Sauf que ce n'est pas la raison de son appel.

« Message entrant, Nat. De votre ami agriculteur, pour Peter. »

L'ami agriculteur, c'est Fourche, un doctorant en russe à l'université de York que j'ai hérité de Giles. Peter, c'est moi.

« Que dit-il ?

– Pourriez-vous aller le voir le plus vite possible ? Vous et personne d'autre. C'est hyper urgent.

– Il a dit ça, texto ?

– Je peux vous envoyer la transcription si vous voulez. »

Je retourne au vestiaire. Il n'y a pas photo, comme dirait Steff. Parfois nous sommes des salauds, parfois nous sommes de bons Samaritains, parfois nous sommes à côté de la plaque. Mais si on laisse tomber un agent dans le besoin, on le perd à jamais, aimait à dire mon mentor Bryn Jordan. Ed est toujours assis sur son banc, la tête penchée en avant. Il regarde fixement entre ses deux genoux écartés pendant que je vérifie les horaires de train sur mon portable. Le dernier train pour York quitte la gare de King's Cross dans cinquante-huit minutes.

« Je suis désolé, mais je vais devoir vous faire faux bond, Ed. Pas de chinois pour moi, finalement. J'ai quelque chose à régler avant que ça vire mal.

– Dommage, remarque Ed sans lever la tête pendant que je me dirige vers la porte. Hé, Nat ?

– Oui ?

– Merci, c'était très gentil de votre part. Et merci à Florence aussi. Je lui ai dit. Laura était aux anges. Je suis juste désolé que vous ne puissiez pas venir au chinois.

– Moi aussi. Prenez le canard laqué avec les crêpes et la sauce. Euh… qu'est-ce qui se passe ? »

Ed a ouvert les bras en un geste théâtral d'impuissance et il secoue la tête comme de désespoir.

« Vous voulez que je vous dise ? répond-il.

– Si c'est rapide, oui.

– Il faut que quelqu'un d'un peu couillu trouve un antidote contre Trump, sinon l'Europe est foutue.

– Peut-être, mais qui ? »

Pas de réponse. Il s'est replongé dans ses pensées, et moi je pars pour York.

9

Je fais ce que la décence impose. Je réponds à l'appel que tous les officiers traitants du monde emportent avec eux jusque dans la tombe. La mélodie peut varier, les paroles aussi, mais au bout du compte, c'est toujours la même chanson : Je ne peux plus me supporter, Peter, cette pression me tue à petit feu, Peter, le fardeau de ma traîtrise est trop lourd pour moi, ma maîtresse m'a quitté, ma femme me trompe, mes voisins me soupçonnent, mon chien vient de se faire renverser et toi, mon fidèle référent, tu es la seule personne au monde qui pourra me dissuader de m'ouvrir les veines.

Pourquoi accourons-nous à chaque fois, nous, les officiers traitants ? Parce que nous leur sommes redevables.

Cela étant dit, je n'ai pas la franche impression d'être redevable à l'agent Fourche, notoirement inactif, qui n'est donc pas ma priorité alors que je m'installe à bord d'un train retardé pour York dans une voiture peuplée d'enfants hurlants qui rentrent d'une sortie scolaire à Londres. Je pense surtout au refus de Florence d'endosser une légende pourtant aussi banale dans nos vies secrètes que de se brosser les dents. Je pense au feu vert pour l'opération Rosebud qui tarde à se concrétiser. Je pense à la réponse de Prue quand je l'ai appelée pour lui dire que je ne rentrerais pas ce soir et que je lui ai demandé si elle avait eu des nouvelles de Steff.

« Je sais juste qu'elle s'est installée dans un appart chic à Clifton et qu'elle ne m'a pas dit avec qui.

– À Clifton ? Et le loyer, c'est combien ?

– Nous n'avons pas à le savoir, apparemment. C'était un mail, communication à sens unique », précise-t-elle sans pouvoir cacher son inquiétude, pour une fois.

La voix soucieuse de Prue laisse bientôt place dans mon esprit à celle de Florence : *J'en ai plein le cul de mentir. À lui ou à n'importe qui d'autre, c'est compris ?* Ce qui me ramène à une question qui me turlupine depuis le coup de fil mielleux où Dom m'a proposé la voiture avec chauffeur, parce que Dom ne fait jamais rien sans raison, si tordue soit-elle. J'essaie encore deux fois le numéro du portable de Florence, et j'obtiens le même hurlement électronique. Mais mes pensées restent concentrées sur Dom : Pourquoi me voulais-tu hors de ton chemin aujourd'hui ? Serais-tu par hasard la raison pour laquelle Florence a décidé de ne plus mentir pour son pays, ce qui est une sacrée décision quand on a choisi comme profession de mentir pour son pays ?

Bref, c'est seulement après avoir dépassé Peterborough que, caché derrière un numéro gratuit de l'*Evening Standard*, je tape une suite infinie de chiffres et que je révise la triste histoire opérationnelle de l'agent Fourche.

*

Il s'appelle Sergueï Borissovitch Kouznetsov, et, au mépris de tous les principes de ma profession, je l'appellerai dorénavant Sergueï. Fils et petit-fils de tchékistes, né à Saint-Pétersbourg. Son grand-père, général décoré du NKVD, est enterré dans l'enceinte du Kremlin. Son père, ex-colonel du KGB, est mort de blessures subies en Tchétchénie. Parfait. Reste à savoir si Sergueï est le digne héritier de cette noble lignée. Les faits avérés parlent pour lui. Mais il y en a beaucoup. Certains diraient même trop.

À seize ans, il est envoyé dans une école spéciale près de Perm pour étudier la physique, mais aussi la « stratégie politique », euphémisme connu désignant l'art du complot et l'espionnage.

À dix-neuf ans, il intègre l'université d'État de Moscou. Après un diplôme mention très bien en physique et en anglais, il est sélectionné pour poursuivre ses études dans une école spéciale pour agents dormants. À en croire son témoignage, dès le premier jour de son cursus de deux ans, il résout de passer à l'Ouest quel que soit le pays occidental où on l'enverrait, ce qui explique pourquoi, sitôt après son arrivée à l'aéroport d'Édimbourg à 22 heures, il demande poliment à parler à un « officier supérieur du renseignement britannique ».

Ses motivations avouées pour ce faire sont inattaquables. Il affirme avoir vénéré depuis son plus jeune âge les stars de la physique et de l'humanisme qu'étaient Andreï Sakharov, Niels Bohr, Richard Feynman et notre Stephen Hawking national. Il a toujours rêvé de la liberté pour tous, de la science pour tous, de l'humanisme pour tous. Comment n'aurait-il pas pu détester ce barbare autocrate de Vladimir Poutine et ses œuvres néfastes ?

Toujours selon ses dires, Sergueï est homosexuel. Ce fait en lui-même, s'il avait été connu de ses camarades étudiants ou de ses enseignants, lui aurait instantanément valu d'être expulsé de la formation. Mais à l'en croire, ce n'est pas arrivé. Il a réussi à préserver une façade hétérosexuelle en flirtant avec des étudiantes et même en couchant avec une ou deux (uniquement pour entretenir sa légende, selon lui).

À l'appui de tout ce qui précède, regardez donc le trésor inattendu posé sur la table devant les responsables médusés de son débriefing : deux valises et un sac à dos renfermant la panoplie complète du parfait espion – carbones pour l'écriture secrète imprégnés des tout derniers produits chimiques, petite amie fictive à laquelle écrire au Danemark, le message secret devant être inscrit en invisible entre les lignes grâce à un carbone, appareil photo miniaturisé monté dans un porte-clés, 3 000 livres pour frais d'installation en billets de 10 et de 20 cachés dans le fond d'une valise, carnets d'encodage à usage unique et, pour la *bonne bouche**, numéro de téléphone parisien à appeler en cas d'urgence.

Et tout concorde, jusqu'à ses portraits au stylo de ses formateurs et de ses camarades sous pseudonyme, les ficelles du métier qu'on lui a enseignées, les entraînements qu'il a dû accomplir et sa mission sacrée d'agent dormant russe dévoué, qu'il nous a exposée tel un mantra : étudier sérieusement, gagner le respect de ses collègues scientifiques, épouser leurs valeurs et leur philosophie, publier dans leurs revues scientifiques. En cas d'urgence, ne jamais sous aucun prétexte essayer de contacter la *rezidentoura* défaillante de l'ambassade de Russie à Londres, parce que personne n'aura entendu parler de lui et que de toute façon les *rezidentouras* ne traitent pas avec les agents dormants, qui forment une élite à part, biberonnés quasiment depuis la naissance et contrôlés par leur équipe dédiée du Centre de Moscou. Laissez-vous porter par les événements, contactez-nous une fois par mois et rêvez chaque nuit de la mère Russie.

Le seul élément curieux, au point d'éveiller plus que la curiosité des responsables de son débriefing, c'est qu'il n'y a pas le moindre renseignement nouveau ou intéressant dans ce qu'il nous fournit. Toutes ses révélations nous ont déjà été révélées par de précédents transfuges : les personnalités, les méthodes d'enseignement, les ficelles du métier, jusqu'aux joujoux pour espions, dont deux sont même visibles en copie dans le musée noir de la suite réservée aux visiteurs distingués au rez-de-chaussée de la direction générale.

*

Malgré les réserves de l'équipe de débriefing, le département Russie, sous la direction du présentement absent Bryn Jordan, a accordé à Fourche l'accueil VIP transfuge : ils l'ont emmené au restaurant et à des matchs de foot, ils ont corédigé ses rapports mensuels à sa petite amie fictive au Danemark concernant ses collègues scientifiques, ils ont mis son logement sur écoute, ils ont hacké ses communications et l'ont placé par intermittence sous surveillance secrète. Et depuis, ils attendent.

Mais quoi ? Pendant six, huit, puis douze mois coûteux, pas un signe de ses officiers traitants du Centre de Moscou, pas une lettre avec ou sans sous-texte secret, pas un mail, pas un appel téléphonique, pas une phrase magique diffusée à une heure convenue à l'avance dans une émission de radio prédéterminée. L'ont-ils laissé tomber ? Est-il grillé ? Ont-ils découvert son homosexualité cachée et tiré leurs propres conclusions ?

Un mois infructueux après l'autre, la patience du département Russie s'amenuise, jusqu'au jour où Fourche est rétrocédé au Refuge pour « entretien et exploitation non active », ce qui, pour reprendre les termes de Giles, signifie « le toucher seulement avec une paire de gants en caoutchouc épais et avec une très longue paire de pincettes en amiante, parce que de toute ma carrière, je n'ai jamais vu quelqu'un puer autant l'agent triple que ce gamin ».

Il en a peut-être l'odeur, mais ça, c'était hier. Aujourd'hui, si j'en crois mon expérience, Sergueï Borissovitch n'est qu'un pauvre pion de plus dans le cycle infini des doubles-doubles-jeux russes qui a eu son heure et a été mis au rebut. Et maintenant, il a décidé qu'il est temps d'appuyer sur le bouton de l'appel au secours.

*

Les gamins bruyants sont partis à la voiture-bar. Seul sur mon siège en coin, j'appelle le portable que nous avons fourni à Sergueï et je tombe sur la voix calme et monocorde que j'ai déjà entendue pendant la cérémonie de transfert d'agent avec Giles en février. Je lui dis que je réponds à son appel. Il me remercie.

Je lui demande comment il va. Il va bien, Peter. Je l'informe que je ne serai pas à York avant 23 h 30. Souhaite-t-il me rencontrer ce soir ou bien cela peut-il attendre jusqu'au matin ? Il est fatigué, Peter, alors demain ce serait mieux, merci. « Urgence absolue », tu parles ! Je lui annonce que nous appliquerons notre « dispositif habituel » et tiens à m'assurer que cela lui convient, parce que l'agent sur le terrain, si suspect puisse-t-il être, doit toujours avoir le dernier mot quand il s'agit de logistique. Merci, Peter, le dispositif habituel lui convient, en effet.

Une fois dans ma chambre d'hôtel, où règne une odeur déplaisante, j'essaie une nouvelle fois le portable pro de Florence. Il est minuit passé. Encore le beuglement électronique. N'ayant pas d'autre numéro pour elle, j'appelle Ilya au Refuge. A-t-il reçu des informations tardives sur Rosebud ?

« Désolé, Nat, que dalle.

– Oui, bon, ce n'est pas une raison pour être si nonchalant », je lui balance avant de raccrocher, agacé.

J'aurais pu lui demander s'il avait eu des nouvelles de Florence, par hasard, ou s'il se trouve savoir pourquoi son portable pro est coupé, mais Ilya est jeune et impressionnable et je ne voudrais pas que la petite famille du Refuge commence à s'agiter. Tous les membres actifs doivent indiquer un numéro de fixe auquel les contacter en dehors des heures de bureau au cas où il n'y ait pas de réseau pour les mobiles. Le dernier que Florence a fourni était un numéro à Hampstead, où je me souviens qu'elle aime aller courir. Personne ne semble avoir remarqué que Hampstead ne cadre pas avec sa déclaration de logement chez ses parents à Pimlico, mais bon, comme elle me l'a dit, il y a toujours le bus 24.

Je compose le numéro de Hampstead, je tombe sur le répondeur et je dis que je suis Peter, du service sécurité clients, et que nous avons lieu de penser que son compte a été piraté, donc pourrait-elle me rappeler au plus vite dans son propre intérêt ? Je bois une bonne dose de whisky, puis j'essaie de dormir.

*

Le dispositif habituel que j'ai demandé à Sergueï de suivre remonte à l'époque où il était traité comme un agent double actif avec de sérieuses perspectives d'exploitation. Le point de rendez-vous est le parvis de l'hippodrome de York. Il doit arriver en bus, muni d'un exemplaire du *Yorkshire Post* de la veille, et son officier traitant l'attendra sur une aire de repos à bord d'une voiture du Bureau. Sergueï se mêlera à la foule pour laisser le temps à l'équipe de Percy Price de vérifier que la rencontre n'est pas surveillée par l'ennemi, ce qui est loin d'être aussi improbable que cela peut paraître. Une fois reçu le feu vert, Sergueï se dirigera vers l'arrêt de bus et examinera la feuille des horaires. Journal dans la main gauche : on annule. Journal dans la main droite : tout est OK.

Le dispositif mis au point par Giles pour la cérémonie de transfert avait, en revanche, été moins classique. Il avait insisté pour qu'elle ait lieu dans la chambre de Sergueï sur le campus universitaire, avec des sandwichs au saumon fumé arrosés d'une bouteille de vodka. Notre couverture, aussi épaisse que du papier à cigarette, si nous nous retrouvions obligés de nous justifier ? Giles était un professeur invité d'Oxford en expédition de chasseur de têtes et moi son esclave numide.

Bref, aujourd'hui nous renouons avec le dispositif habituel, sans saumon fumé. Je conduis une vieille Vauxhall, le summum de ce que pouvait me proposer la société de location vu les délais. Je suis à l'affût sans savoir ce que je cherche, un œil sur le rétroviseur pour tout surveiller. Le temps est au gris, il tombe une pluie fine qui devrait s'accentuer, selon les prévisions. La route qui mène à l'hippodrome est rectiligne et plate. Peut-être les Romains faisaient-ils aussi la course ici. Des palissades blanches défilent sur ma gauche. Un portail surmonté de drapeaux apparaît devant moi. En roulant au pas, je me faufile entre des passants venus faire leurs emplettes et d'autres sortis en promenade sous la pluie.

Je repère Sergueï dans un petit groupe qui attend à l'arrêt de bus. Il étudie un horaire jauni, son *Yorkshire Post* serré dans la main droite, et dans la gauche un étui d'instrument de musique qui n'est pas prévu au programme, avec un parapluie passé dans la poignée. Je m'arrête quelques mètres plus loin, je descends ma vitre et je crie : « Hé, Jack ! Tu te souviens de moi ? C'est Peter ! »

Il fait d'abord mine de ne pas avoir entendu, suivant en cela les recommandations du manuel, comme il convient après deux ans dans une école pour agents dormants. Il tourne la tête, perplexe, me voit, prend l'air surpris et ravi.

« Peter, mon ami ! C'est bien toi ? Je n'en crois pas mes yeux. »

OK, ça suffit, monte dans la voiture. Ce qu'il fait. Nous échangeons une accolade pour nos spectateurs. Il porte un imperméable Burberry neuf couleur taupe. Il l'enlève, le plie et le pose avec révérence sur le siège arrière mais garde son étui entre les genoux. Alors que nous nous éloignons, je vois un homme à l'arrêt de bus faire une grimace à la femme debout près de lui, du style : Vous avez vu ce que j'ai vu ? Cette pédale sur le retour qui embarque un joli petit gigolo en plein jour ?

Je vérifie si quelqu'un déboîte derrière nous, voiture, camionnette ou moto, mais ne repère rien. Selon le dispositif habituel, Sergueï ne sait pas à l'avance où il va être emmené, et je m'abstiens de l'éclairer. L'air plus maigre et plus torturé que dans mon souvenir, il a une tignasse de cheveux noirs et des yeux tristes et las. Il tambourine sur la plage avant du bout de ses doigts effilés. Dans sa chambre à l'université, il tambourinait déjà sur l'accoudoir en bois de son fauteuil. Cette veste en Harris Tweed toute neuve est trop large pour ses épaules.

« Qu'y a-t-il dans l'étui ?

– Du papier, Peter. Pour vous.

– Du papier et rien d'autre ?
– S'il vous plaît. C'est très important.
– Heureux de l'apprendre. »

Il n'est pas perturbé par la sécheresse de ma réponse. Peut-être s'y attendait-il. Peut-être s'y attend-il toujours par principe. Peut-être me méprise-t-il, comme je soupçonne qu'il méprisait Giles.

« En dehors du papier dans l'étui, avez-vous sur vous ou dans vos vêtements quoi que ce soit dont je devrais connaître l'existence ? Rien qui puisse filmer, enregistrer ou autre ?

– S'il vous plaît, Peter, non. J'ai de très bonnes nouvelles. Vous allez être content. »

Nous en restons là jusqu'à l'arrivée. Avec le vacarme du moteur diesel et de la carrosserie ancienne, j'ai peur qu'il me déballe des choses que je ne pourrais pas entendre, et mon portable pro ne peut pas enregistrer ou transmettre au Refuge. Nous parlons en anglais, et nous parlerons en anglais jusqu'à ce que j'en décide autrement. Giles ne parlait pas russe. Je ne vois pas l'intérêt de faire savoir à Sergueï que tel n'est pas mon cas. J'ai choisi une colline à trente kilomètres de la ville qui, paraît-il, offre une jolie vue sur la lande, mais tout ce que nous arrivons à voir lorsque je coupe le moteur de la Vauxhall, ce sont des nuages gris et la pluie soutenue qui cingle le pare-brise. Selon les règles du métier, nous aurions déjà dû nous mettre d'accord, au cas où nous serions dérangés, sur qui nous sommes, quand et où nous nous reverrons, et a-t-il quelques angoisses urgentes ? Mais il a déjà posé l'étui à plat sur ses genoux pour en déboucler les lanières et en sortir une enveloppe matelassée brune format A4 non cachetée.

« Le Centre de Moscou a enfin pris contact avec moi, Peter. Au bout d'une année entière ! déclare-t-il avec un mélange de dédain académique et d'excitation contenue. C'est capital, à l'évidence. Mon Anette à Copenhague m'a envoyé une magnifique lettre érotique écrite en anglais et, avec notre carbone secret, une lettre de mon officier traitant au Centre de Moscou que j'ai traduite pour vous. »

Et il me tend l'enveloppe d'un geste formel.

« Une seconde, Sergueï, dis-je en la prenant, mais sans regarder à l'intérieur. Que ce soit bien clair. Vous avez reçu une lettre d'amour de votre amie au Danemark, vous avez appliqué le produit chimique pour faire apparaître le sous-texte caché, vous l'avez décodé et vous en avez traduit le contenu pour moi en anglais, tout seul, sans aide, c'est bien ça ?

– C'est correct, Peter. Notre patience à tous les deux est récompensée.

– Quand avez-vous reçu cette lettre du Danemark ?

– Vendredi midi. Je n'en croyais pas mes yeux.

– Et aujourd'hui nous sommes mardi. Vous avez attendu jusqu'à hier après-midi pour contacter mon bureau ?

– Tout ce week-end, pendant que je travaillais dessus, je ne pensais qu'à vous. Jour et nuit, j'étais tellement content de développer et de traduire tout ça dans ma tête, en regrettant seulement que notre bon ami Norman ne soit pas là pour se réjouir avec nous. »

Norman était le nom de code de Giles.

« Donc la lettre de vos officiers traitants à Moscou est en votre possession depuis vendredi. L'avez-vous montrée à qui que ce soit dans l'intervalle ?

– Non, Peter. Veuillez regarder dans l'enveloppe. »

J'ignore sa requête. Rien ne le choque donc plus ? Son statut d'universitaire le place-t-il à un niveau supérieur à celui des simples espions ?

« Et pendant que vous développiez, que vous décodiez et que vous traduisiez, il ne vous a pas traversé l'esprit que vos ordres sont de signaler instantanément toute réception de lettre ou autre communication de la part de vos officiers traitants russes à votre officier traitant ici...

– Mais bien sûr que si. C'est exactement ce que j'ai fait, dès que j'ai décodé...

– … avant qu'aucune action ne soit entreprise par vous, nous ou quiconque ? Raison pour laquelle l'équipe de débriefing a confisqué votre produit révélateur dès votre arrivée à Édimbourg il y a un an, histoire que vous ne puissiez pas agir tout seul. »

Après une pause assez longue pour que ma colère (pas totalement simulée) s'apaise et sans avoir reçu d'autre réponse qu'un soupir tolérant face à mon ingratitude, j'enchaîne :

« Comment avez-vous fait pour le produit chimique ? Vous avez fait un saut au magasin le plus proche pour acheter une liste d'ingrédients telle que quiconque entendait se serait dit, ah super, il veut déchiffrer une lettre secrète ? Il y a peut-être une droguerie sur le campus, d'ailleurs ? »

Nous restons assis un moment à écouter tomber la pluie.

« S'il vous plaît, Peter, je ne suis pas stupide. J'ai pris un bus jusqu'en ville. J'ai réparti mes achats sur plusieurs magasins, j'ai payé en liquide, je n'ai parlé à personne, j'ai été discret. »

Même impassibilité, même supériorité innée. Oui, cet homme pourrait très bien être le fils et le petit-fils de distingués tchékistes.

*

Je consens enfin à regarder dans l'enveloppe.

D'abord, j'en retire deux longues lettres, la couverture et le sous-texte carbone. Sergueï a photocopié ou photographié toutes les étapes du développement et a classé et numéroté les tirages dans l'ordre pour moi.

Puis l'enveloppe ornée de timbres danois, avec son nom et son adresse sur le campus tracés par une écriture féminine non anglaise, ainsi que, au dos, le nom et l'adresse de l'expéditrice : Anette Pedersen, n° 5, au rez-de chaussée d'un immeuble d'une banlieue de Copenhague.

Ensuite, le texte apparent en anglais, six pages manuscrites denses de la même main de jeune fille que l'enveloppe, qui louent ses prouesses sexuelles en termes puérils et affirment que le simple fait de penser à lui suffit à lui donner un orgasme.

Après, le texte caché, colonne après colonne de groupes de quatre chiffres, et la version en russe, décodée avec son bloc à usage unique.

Et enfin, par égard pour moi, le non-russophone, sa traduction en anglais du texte russe décodé. Je fronce les sourcils en regardant la version russe, que j'écarte d'un geste en feignant l'incompréhension, prends la traduction anglaise, que je lis deux ou trois fois tandis que Sergueï affecte une certaine satisfaction et passe les mains sur la plage avant pour tromper son stress.

« Moscou vous ordonne de vous installer à Londres dès le début des vacances d'été, fais-je remarquer d'un ton nonchalant. Pourquoi, à votre avis ?

– C'est elle qui le dit, corrige-t-il d'une voix rauque.

– Elle ?

– Anette.

– Vous me dites qu'Anette est une vraie femme, et pas juste un agent du Centre de Moscou qui se fait passer pour une femme ?

– Je la connais.

– Vous connaissez Anette, la vraie ? C'est ça ?

– Oui, Peter. La femme qui se fait appeler Anette pour rester discrète.

– Et comment en êtes-vous arrivé à cette découverte extraordinaire, si je puis me permettre ? »

Il réprime un soupir pour laisser entendre qu'il va entrer sur un terrain où je ne suis pas équipé pour le suivre.

« À l'école des agents dormants, cette femme nous faisait un cours d'une heure chaque semaine, tout en anglais. Elle nous préparait pour les activités secrètes en Angleterre. Elle nous a raconté beaucoup d'affaires intéressantes et nous a donné beaucoup de conseils et de courage pour notre travail secret.

– Et vous me dites qu'elle s'appelait Anette ?

– Comme tous les instructeurs et tous les étudiants, elle n'avait qu'un nom de travail.

– Qui était ?

– Anastasia.

– Donc, pas Anette ?

– C'est accessoire. »

Je serre les dents sans rien dire. Au bout d'un moment, il reprend du même ton supérieur :

« Anastasia est une femme d'une intelligence considérable qui est capable aussi de parler de physique avec complexité. Je l'ai décrite en détail à vos agents de débriefing. Vous semblez ne pas avoir eu cette information. »

C'est vrai. Il a en effet décrit Anastasia. Mais pas en des termes aussi précis et enthousiastes, et certainement pas comme pouvant incarner une future correspondante prénommée Anette. Pour les agents du débriefing, il s'agissait d'un apparatchik du Centre de Moscou parmi tant d'autres qui faisait un tour à l'école des dormants pour soigner son image.

« Et vous pensez que la femme qui se faisait appeler Anastasia à l'école des dormants vous a personnellement écrit cette lettre ?

– J'en suis persuadé.

– Seulement le texte caché, ou la lettre apparente aussi ?

– Les deux. Anastasia est devenue Anette. C'est un signal de reconnaissance à mon intention. Anastasia, notre instructrice expérimentée du Centre de Moscou, est devenue Anette, ma maîtresse passionnée de Copenhague qui n'existe pas. Et je connais son écriture. Quand Anastasia nous faisait cours à l'école des dormants, elle nous a dispensé des conseils sur les astuces pour écrire en alphabet romain sans trahir l'influence du cyrillique. Tout ce qu'elle nous a appris n'avait qu'un seul but, nous permettre de nous assimiler à notre ennemi occidental. “Avec le temps, vous deviendrez comme eux. Vous penserez comme eux. Vous parlerez comme eux. Vous aurez les mêmes sentiments qu'eux et vous écrirez comme eux. Ce n'est que dans le secret de votre cœur que vous resterez l'un des nôtres." Comme moi, elle était issue d'une vieille famille tchékiste. Son père et son grand-père. Elle en était très fière. Après son dernier cours, elle m'a pris à part et m'a dit : "Vous ne connaîtrez jamais mon nom, mais vous et moi nous sommes du même sang, nous sommes purs, nous sommes de l'ancienne Tchéka, nous sommes la Russie, je vous félicite de tout mon cœur pour votre belle vocation." Et elle m'a pris dans ses bras. »

Est-ce à cet instant que de vagues échos de mon propre passé opérationnel ont commencé à résonner dans ma mémoire ? Sans doute, car mon premier instinct a été de changer le sujet de la conversation.

« Quelle machine à écrire avez-vous utilisée ?

– Une mécanique, Peter. Je n'utilise rien d'électronique. C'est ce qu'on nous a appris à l'instruction. L'électronique, c'est trop dangereux. Anastasia, enfin Anette, elle n'aime pas l'électronique non plus. Elle est traditionnelle, et elle souhaite que ses élèves le soient aussi. »

En exploitant mes compétences soigneusement exercées en self-control, j'affecte d'ignorer l'obsession que nourrit Sergueï pour cette Anette ou Anastasia et je reprends ma lecture de son texte secret décodé et traduit.

« Vous devez louer une chambre ou un appartement pour juillet et août dans un des trois quartiers sélectionnés pour vous dans le nord de Londres, c'est ça ? Et votre officier traitant, selon vous cette ancienne instructrice, vous donne les détails. Comment analysez-vous ces instructions ?

– C'est comme ça qu'elle nous a appris. Pour préparer un rendez-vous secret, il est essentiel de prévoir différents lieux. C'est la seule façon de gérer d'éventuels changements logistiques et d'assurer la sécurité. C'est aussi sa maxime opérationnelle.

– Vous êtes déjà allé dans l'un de ces quartiers ?

– Pour un week-end en mai, seulement.

– Avec qui ?

– C'est accessoire, Peter.
– Non, pas d'accord.
– Une relation.
– Homme ou femme ?
– C'est accessoire.
– Donc, un homme. Cet ami a un nom ? »

Pas de réponse. Je poursuis ma lecture.

« Quand vous serez installé à Londres pour les mois de juillet et d'août, vous prendrez le nom de Markus Schweizer, journaliste indépendant suisse allemand, pour lequel on vous fournira tous les documents nécessaires. Connaissez-vous un Markus Schweizer ?

– Je ne connais personne de ce nom, Peter.
– Avez-vous déjà utilisé cet alias ?
– Non, Peter.
– Vous connaissez un Markus Schweizer de nom ?
– Non, Peter.
– Était-ce le nom de l'ami que vous avez amené à Londres ?
– Non, Peter. Et je ne l'ai pas amené. Il m'a accompagné.
– Mais vous parlez allemand ?
– Je me débrouille.
– Plus que ça, d'après les agents de débriefing. Ils ont dit que vous le parliez couramment. Mais ce qui m'intéresse, c'est de savoir si vous avez une explication à ces instructions de Moscou. »

Je l'ai de nouveau perdu. Il est parti dans une contemplation à la Ed, le regard fixé sur le pare-brise trempé. Soudain, il fait une déclaration.

« Peter, je suis au regret de vous annoncer que je ne pourrai pas être ce Suisse. Je n'irai pas à Londres. C'est une provocation. Je démissionne.

– Je veux savoir pourquoi Moscou vous demande d'incarner le journaliste indépendant suisse allemand Markus Schweizer pendant deux mois cet été dans un quartier du nord de Londres sélectionné parmi trois, dis-je en ignorant cette sortie.

– Pour faciliter mon assassinat. Déduction évidente quand on connaît les pratiques du Centre de Moscou, ce qui n'est peut-être pas votre cas. En fournissant au Centre une adresse à Londres, je leur indique où et comment me liquider. C'est une pratique normale dans le cas de traîtres suspectés. Moscou se fera un plaisir de choisir une mort douloureuse pour moi. Je n'irai pas.

– C'est un peu élaboré comme façon de faire, vous ne trouvez pas ? dis-je sans me laisser émouvoir. Vous faire venir à Londres juste pour vous tuer... Pourquoi ne pas vous attirer dans un endroit désert comme ici, creuser un trou, vous tirer dessus et vous enterrer dedans ? Et puis faire savoir à vos amis à York que vous êtes bien rentré à Moscou et hop, le tour est joué ? Pourquoi ne me répondez-vous pas ? Votre revirement ne serait-il pas lié à cet ami dont vous refusez de me parler ? Celui que vous avez emmené à Londres ? J'ai même l'impression de l'avoir rencontré. Je me trompe ? »

Je risque le tout pour le tout en établissant ainsi un lien entre deux choses qui tient peut-être du coq-à-l'âne, mais je me suis rappelé un épisode survenu pendant le transfert convivial avec Giles, dans la chambre d'étudiant de Sergueï. La porte s'est ouverte sans qu'on ait frappé, un jeune souriant avec une boucle d'oreille et un catogan a passé la tête à l'intérieur et commencé à dire « Eh, Serge, tu aurais un... » mais s'est interrompu en nous voyant, a lâché un « Oups ! » et a refermé la porte derrière lui comme pour dire qu'il n'était même pas entré.

Dans un autre recoin de mon cerveau, la pleine puissance du souvenir m'est entre-temps revenue. Anastasia alias Anette, ou quelque autre nom qu'elle puisse porter, n'est plus une vague silhouette de mon passé, mais une vraie personne d'une stature et d'une efficacité opérationnelles remarquables, qui ressemble beaucoup à la description de Sergueï.

J'enchaîne d'un ton plus doux :

« Sergueï, si ce n'est pas ça, pourquoi ne voulez-vous pas incarner Markus Schweizer à Londres cet été ? Avez-vous prévu des vacances avec votre ami ? C'est une vie stressante que vous menez. Nous comprenons très bien ce genre de chose.

– Ils veulent juste me tuer.

– Et si vous avez en effet prévu des vacances et que vous arrivez à me dire qui est votre ami, alors peut-être pourrons-nous trouver un arrangement mutuellement acceptable.

– Je n'ai rien prévu de tel, Peter. Je crois qu'en fait, c'est vous qui vous projetez. Peut-être que vous avez prévu des choses pour vous. Je ne sais rien sur vous. Norman était gentil avec moi. Vous, vous êtes un mur. Vous êtes Peter. Vous n'êtes pas mon ami.

– Alors qui est votre ami ? Allons, Sergueï, nous sommes humains. Après un an tout seul en Angleterre, ne me dites pas que vous n'avez trouvé personne avec qui sortir ? D'accord, vous auriez dû nous avertir, mais passons. Partons du principe que ce n'est pas si grave. Juste un compagnon de vacances. Un partenaire pour l'été. Pourquoi pas ?

– Ce n'est pas un partenaire pour l'été ! aboie-t-il, outré, en tournant le visage vers moi. C'est l'ami de mon cœur !

– Eh bien dans ce cas, c'est exactement le genre d'ami dont vous avez besoin et nous devons trouver le moyen de lui faire plaisir. Pas à Londres, mais nous trouverons quelque chose. C'est un étudiant ?

– Un doctorant. Il est *koultourny*, précise-t-il, avant de traduire : cultivé dans tous les sujets artistiques.

– En physique lui aussi ?

– Non, en littérature anglaise. Vos grands poètes. Tous les poètes.

– Il sait que vous avez été un agent russe ?

– Il me mépriserait.

– Même si vous travaillez pour les Anglais, maintenant ?

– Il déteste le mensonge.

– Alors nous n'avons pas à nous inquiéter. Écrivez-moi son nom sur ce bout de papier. »

Il prend mon carnet et mon stylo, me tourne le dos et écrit.

« Et son anniversaire, que vous connaissez sûrement. »

Il obéit, arrache la page, la plie en deux et me la tend d'un geste impérieux. Je la déplie pour y jeter un coup d'œil, la range dans l'enveloppe matelassée avec les autres documents et récupère mon carnet.

« Bien, Sergueï, dis-je d'un ton nettement plus chaleureux. Nous allons résoudre la question de votre Barry dans les jours à venir. De façon satisfaisante. Et de façon créative, j'en suis certain. Comme ça, je n'aurai pas besoin de dire au ministère de l'Intérieur de Sa Majesté que vous avez cessé de collaborer avec nous, n'est-ce pas ? Cela contreviendrait aux termes de votre séjour. »

Un nouveau torrent de pluie balaie le pare-brise.

« Sergueï accepte », annonce-t-il.

*

J'ai roulé un peu avant de me garer sous un bosquet de châtaigniers où le vent et la pluie sont moins féroces. Assis près de moi, Sergueï adopte une posture de détachement suprême et fait semblant de contempler le paysage.

« Parlons un peu plus de votre Anette, je lui suggère d'un ton décontracté à l'extrême. À moins que nous lui redonnions le nom d'Anastasia, sous lequel vous l'avez connue quand elle vous dispensait des cours ? Parlez-moi un peu plus de ses talents.

– C'est une linguiste accomplie, une femme d'une grande qualité, d'une excellente éducation et d'une grande maîtrise dans l'art du secret.

– Son âge ?

– Je dirais la cinquantaine. Cinquante-trois, peut-être. Pas belle, mais avec beaucoup de classe et de charisme. Dans le visage aussi. Une telle femme pourrait croire en Dieu. »

Sergueï aussi croit en Dieu, a-t-il expliqué à l'équipe de débriefing. Mais sa foi ne supporte pas de médiation. En tant qu'intellectuel, il ne porte pas le clergé dans son cœur.

« Sa taille ?

– Je dirais un mètre soixante-cinq.

– Quel genre de voix ?

– Anastasia ne nous parlait qu'en anglais, qu'elle maîtrisait parfaitement.

– Vous ne l'avez jamais entendue parler russe ?

– Non, Peter.

– Pas un mot ?

– Non.

– Et allemand ?

– Elle n'a parlé allemand qu'une fois, pour réciter du Heine. C'est un poète romantique allemand, qui était juif.

– Dans votre esprit aujourd'hui, ou peut-être quand vous l'écoutiez, comment la placeriez-vous géographiquement ? Quelle région ? »

J'avais supposé qu'il y réfléchirait en prenant son temps de façon ostensible, mais il répond du tac au tac.

« Mon impression était que cette femme, avec son port de tête, ses yeux sombres et son teint mat, mais aussi la cadence de sa parole, venait de Géorgie. »

Je m'oblige à ne pas réagir, à rester mon moi professionnel médiocre.

« Sergueï ?

– Oui, Peter ?

– À quelle date vos vacances avec Barry sont-elles prévues ?

– Tout le mois d'août. Ce sera pour visiter vos lieux de culture et de liberté spirituelle à pied, comme des pèlerins.

– Et vos cours à l'université reprennent quand ?

– Le 24 septembre.

– Alors pourquoi ne pas repousser vos vacances à septembre ? Dites-lui que vous avez un projet de recherches important à Londres.

– Je ne peux pas faire ça. Barry voudra m'accompagner. »

Mais j'ai déjà en tête de multiples autres options.

« Alors que dites-vous de cela ? C'est juste une idée. Nous vous envoyons une lettre officielle sur du papier à en-tête de, disons, la faculté de physique de Harvard pour vous féliciter de votre excellent travail à York. Nous vous offrons une bourse de recherche de deux mois sur le campus de Harvard en juillet et août, tous frais payés plus une rémunération. Vous pourriez la montrer à Barry et, dès que vous auriez terminé votre séjour à Londres en tant que Markus Schweizer, vous pourriez reprendre avec lui où vous en étiez et partir vous détendre avec tous ces jolis dollars que Harvard vous aura donnés pour votre projet de recherche. Ça pourrait marcher, ça ? Qu'en dites-vous ?

– À condition que la lettre soit crédible et la rémunération réaliste, je pense que Barry serait fier de moi. »

Certains espions sont des poids légers se faisant passer pour des poids lourds, d'autres des poids lourds malgré eux. Sauf si ma mémoire enflammée me trompe, Sergueï vient de se hisser dans la catégorie poids lourds.

*

Toujours assis à l'avant de la voiture, nous discutons en professionnels de la réponse que nous allons envoyer à Anette de Copenhague. Un premier jet du texte caché assure le Centre que Sergueï obéira à ses instructions. Quant au texte de couverture, je le confie à son imagination érotique en stipulant seulement que, tout comme le texte caché, il le soumette à mon approbation avant de l'envoyer.

Ayant estimé (notamment pour mon confort personnel) que Sergueï serait sans doute plus à l'aise avec une femme, je l'informe qu'il travaillera dorénavant sous la tutelle de Jennifer (alias Florence) pour toutes les questions de routine et que j'enverrai Jennifer à York pour qu'ils fassent connaissance. Quelle couverture conviendrait le mieux à leur future relation ? Peut-être pas petite amie, puisque Jennifer est grande et séduisante et que Barry pourrait s'en offenser. Je resterai l'officier traitant de Sergueï, et Jennifer me fera des rapports réguliers. Et je me rappelle avoir pensé que, vu le comportement étrange de Florence sur le court de badminton, je lui faisais là le cadeau d'une opération stimulante de gestion d'agent pour lui remonter le moral et tester ses capacités.

Dans une station-service en banlieue de York, j'investis dans deux sandwichs œuf-cresson et deux bouteilles de limonade. Giles, lui, aurait sans doute prévu un panier de pique-nique de chez Fortnum and Mason's. Une fois notre casse-croûte terminé et les miettes récupérées dans la voiture, je dépose Sergueï à un arrêt de bus. Il esquisse une accolade, mais je préfère lui serrer la main. À ma surprise, il est encore assez tôt dans l'après-midi. Je rapporte la voiture au loueur et j'ai la chance d'attraper un train rapide qui me ramène à Londres à temps pour emmener Prue dîner à l'indien du coin. Puisque les affaires du Bureau sont un sujet tabou, notre conversation porte sur les pratiques honteuses des multinationales pharmaceutiques. Une fois rentrés, nous regardons le journal de Channel 4 en replay et sur cette note banale nous allons au lit, mais j'ai beaucoup de mal à m'endormir.

Florence n'a toujours pas répondu à mon message vocal. Selon un mail de Viv aussi tardif qu'énigmatique, le verdict de la sous-commission du Trésor sur Rosebud doit « tomber incessamment, mais est toujours en attente ». Si je ne juge pas ces augures aussi inquiétants que j'aurais dû, c'est que je me réjouis encore de l'improbable chaîne de connexions que Sergueï et son Anette m'ont révélée. Je me rappelle un aphorisme de mon mentor Bryn Jordan : quand on reste assez longtemps dans l'espionnage, l'histoire se répète.

10

Dans le métro qui m'emmène à Camden Town tôt ce mercredi matin, je m'emploie à sérier les différentes tâches qui m'attendent. Jusqu'à quel point dois-je sanctionner l'insubordination de Florence ? La signaler aux ressources humaines et convoquer un tribunal disciplinaire en bonne et due forme présidé par Moira ? Surtout pas ! Mieux vaut régler la question avec elle en tête à tête, à huis clos. Et pour le côté positif des choses, lui confier le dossier en pleine évolution de l'agent Fourche.

En entrant dans le vestibule tristounet du Refuge, je suis frappé par un silence inhabituel. Le vélo d'Ilya est bien là, mais pas Ilya. Où sont-ils tous ? Je monte jusqu'au premier palier : pas un bruit. Toutes les portes fermées. Je monte au second. La porte du cagibi de Florence est scellée avec du gros scotch. Un panneau rouge « Entrée interdite » est collé dessus, la poignée couverte de cire. La porte de mon bureau, elle, est grande ouverte. Sur ma table, deux documents.

Le premier est une note interne de Viv signalant à divers destinataires que, après mûre considération par la sous-commission compétente du Trésor, l'opération Rosebud est annulée pour cause de risques disproportionnés.

Le second est une autre note interne, celle-ci de Moira, informant tous les services concernés que Florence a démissionné du Service lundi et que la procédure de départ définitif a été activée conformément aux règles du ministère de l'Intérieur régissant les ruptures de contrat.

*

D'abord, on réfléchit ; on gérera la crise après.

Selon Moira, Florence a présenté sa démission à peine quatre heures avant de venir disputer le double avec Ed et Laura à l'Athleticus, ce qui explique en grande partie son comportement étrange. Qu'est-ce qui l'a poussée à la démission ? À première vue, l'annulation de l'opération Rosebud, mais ne nous précipitons pas. Ayant relu de près les deux documents pour la troisième fois, je sors sur le palier, je place mes mains en porte-voix et je crie :

« Tout le monde dehors ! Maintenant ! »

Mon équipe sort prudemment de derrière les portes closes et j'entreprends d'assembler les pièces du puzzle de mon mieux avec ce que chacun sait ou veut bien dire.

Vers 11 heures le lundi matin, alors que j'étais relégué à Northwood, Florence a informé Ilya qu'elle avait rendez-vous avec Dom Trench à son bureau. Selon Ilya, qui est en général une source fiable, elle semblait plus inquiète qu'impatiente.

Vers 13 h 15, alors qu'Ilya était en haut pour assurer la garde au bureau des communications pendant que les autres membres de l'équipe sandwichaient en bas en consultant leur téléphone portable, Florence est apparue à la porte de la cuisine au retour de son rendez-vous avec Dom.

Denise l'Écossaise, qui a toujours été la plus proche de Florence dans l'équipe et a souvent pris en charge ses agents quand celle-ci était occupée ailleurs ou en congé, me raconte, médusée :

« Elle est restée plantée là pendant de longues minutes à nous regarder comme si on était des malades mentaux, Nat.

– A-t-elle dit quelque chose ?

– Pas un mot. Elle nous regardait, c'est tout. »

Florence est ensuite montée à son cagibi, a fermé la porte derrière elle et (selon Ilya) « en est ressortie cinq minutes plus tard avec un sac plastique de supermarché qui contenait ses tongs, la photo de sa mère décédée qu'elle avait sur son bureau, son gilet pour quand le chauffage ne marche pas et des trucs de fille qu'elle gardait dans son tiroir ». Comment Ilya avait réussi à voir toute cette panoplie d'un seul coup d'œil m'échappe, mais accordons-lui une certaine licence poétique.

Ensuite, me raconte Ilya sur sa lancée, « Florence m'embrasse trois fois, à la russe, me fait un câlin en plus et me dit que c'est pour nous tous – le câlin. Alors je lui dis : Mais qu'est-ce qui se passe, Florence ? parce qu'on a tous appris qu'il ne fallait pas l'appeler Flo. Et elle me répond : C'est rien, Ilya, sauf que le navire a été arraisonné par les rats et que c'est moi qui le quitte. »

Faute d'autre témoignage, voilà donc quels furent les derniers mots de Florence avant son départ du Refuge. Elle a eu son entrevue avec Dom à la direction générale, elle lui a remis sa démission, elle est retournée au Refuge pour y récupérer ses affaires et, vers 15 h 05, s'est retrouvée dans la rue et sans emploi. Quelques minutes après son départ, deux représentants mutiques de la Sécurité intérieure (non pas les rats qui ont repris le navire, mais les furets, comme on les surnomme) sont arrivés dans une camionnette verte du Bureau, ont saisi son ordinateur et son armoire de classement en acier, puis demandé à chaque membre de mon équipe tour à tour si elle leur avait confié quoi que ce soit à garder ou évoqué les raisons de son départ. Ayant reçu les assurances requises sur ces deux points, ils ont scellé son bureau.

*

Je demande à chacun de se remettre au travail comme d'habitude (un vain espoir), puis je sors, tourne au coin de la rue et marche d'un bon pas pendant dix minutes avant de m'installer dans un café et de commander un double expresso. Respire lentement. Fais le tri dans les priorités. J'essaie une fois encore le portable de Florence à tout hasard. Mort de chez mort. Le numéro de Hampstead donne un message différent, par la voix dédaigneuse d'un jeune homme de la haute. « Si vous essayez de joindre Florence, elle n'est plus à ce numéro, alors au revoir ! » J'appelle Dom et je tombe sur Viv :

« Malheureusement, Dom enchaîne les rendez-vous toute la journée, Nat. Je peux vous aider, peut-être ? »

Merci, Viv, mais ça m'étonnerait. Ses rendez-vous enchaînés, c'est à domicile ou en ville ?

Est-elle sur le point de céder ? Oui.

« Dom ne prend aucun appel, Nat », m'informe-t-elle avant de raccrocher.

*

« Nat, très cher ! lance Dom sur un ton d'extrême surprise, avec sa nouvelle habitude d'utiliser mon prénom comme une arme offensive. Tu es toujours le bienvenu. Nous avions rendez-vous ? Demain, ça t'irait ? Je suis un peu débordé, là, pour ne rien te cacher. »

Et il a des papiers étalés partout sur son bureau pour le prouver, ce qui vient me confirmer qu'il a attendu ma visite toute la matinée. Dom ne sait pas gérer les conflits, ce que nous n'ignorons ni l'un ni l'autre. Sa vie consiste à avancer en crabe entre deux problèmes qu'il refuse d'affronter. Je referme la porte et m'assieds sur un luxueux fauteuil. Dom est toujours plongé dans sa paperasse.

« Tu restes là ? demande-t-il au bout d'un moment.

– Si ça ne te dérange pas, Dom. »

Il prend un nouveau dossier dans sa corbeille de courrier entrant, l'ouvre, s'absorbe dans son contenu.

« C'est dommage, pour Rosebud », dis-je après un temps de silence convenable.

Il ne m'entend pas tellement il est concentré.

« C'est dommage pour Florence, aussi. Le Service perd là une de ses meilleures spécialistes de la Russie. Je peux voir le rapport ? Peut-être que tu l'as sous la main ?

– Le rapport ? répète-t-il, toujours tête baissée. De quoi parles-tu ?

– Du rapport de la sous-commission du Trésor. Celui sur les risques disproportionnés. Je peux le voir, s'il te plaît ? »

La tête se lève un peu, mais pas trop. Le dossier ouvert devant lui réclame toute son attention.

« Nat, je me dois de t'informer que, en tant qu'employé temporaire du Central Londres, tu n'as pas l'habilitation nécessaire pour ce niveau. D'autres questions ?

– Oui, Dom, d'autres questions. Pourquoi Florence a-t-elle démissionné ? Pourquoi m'as-tu envoyé à Northwood à la chasse au dahu ? Tu prévoyais de lui faire des avances ? »

Cette dernière question lui fait redresser la tête d'un coup.

« J'aurais cru que c'était plutôt ton rayon que le mien.

– Alors pourquoi ? »

Il se carre dans son siège. Il laisse ses doigts se trouver et former leur pyramide. Le speech préparé peut commencer.

« Nat, comme tu t'en doutes, on m'a communiqué à l'avance la décision de la sous-commission de façon strictement confidentielle.

– Quand ?

– Tu n'as pas à le savoir. Je peux poursuivre ?

– Je t'en prie.

– Florence n'est pas ce que l'on pourrait appeler une personne très mature, comme tu le sais aussi bien que moi. C'est même la raison principale pour laquelle elle n'a pas eu d'avancement. Talentueuse, personne ne le nie et surtout pas moi. Toutefois, il m'a semblé évident lors de sa présentation de l'opération Rosebud qu'elle en prenait la réussite trop à cœur – je dirais même trop personnellement – pour son bien et pour le nôtre. J'avais espéré qu'en la prévenant en amont de l'annonce officielle, je pourrais limiter sa déception.

– Donc tu m'as envoyé à Northwood pendant que tu lui tenais la main. Comme c'est attentionné. »

Dom ne sait pas non plus gérer l'ironie, surtout pas quand il en fait l'objet.

« Concernant la question plus générale de son départ soudain de notre Bureau, nous devrions nous en féliciter. Sa réaction à la décision de la sous-commission d'annuler Rosebud pour des raisons d'intérêt national a été excessive, hystérique. Le Service peut s'estimer heureux qu'elle soit partie. Et maintenant, raconte-moi ce qui s'est passé avec Fourche hier. Un numéro de virtuose de notre vieux Nat, si je puis me permettre. Comment interprètes-tu les instructions de Moscou ? »

Cette sale manie qu'a Dom de passer d'un sujet à un autre pour éviter les tirs ennemis… Mais en l'occurrence, cela m'arrange. Je ne me considère pas comme fourbe en temps normal, mais Dom fait ressortir ce qu'il y a de meilleur en moi. La seule personne qui pourrait me dire ce qui s'est passé entre Florence et lui, c'est Florence, or elle n'est pas disponible. Alors je choisis l'attaque directe.

« Comment moi, je comprends ces instructions ? Il vaudrait mieux demander comment le département Russie les comprend, riposté-je d'un ton aussi hautain que le sien.

– C'est-à-dire ? »

Hautain, mais ferme. Je suis un vétéran de la Russie qui refroidit les ardeurs d'un collègue inexpérimenté.

« Fourche est un agent dormant, Dom, au cas où tu l'aurais oublié. Il est ici pour longtemps. Il est dormant depuis tout juste un an. Il était donc temps que le Centre de Moscou le réveille, le sorte de la naphtaline, lui donne une mission fictive et vérifie qu'il est toujours bien là, à son service. Une fois qu'il l'aura prouvé, il retournera dormir à York. »

Dom semble sur le point de me contredire mais se ravise.

« Donc notre stratégie, en supposant que tes prémisses soient exactes, ce que je n'accepte pas forcément, c'est quoi, au juste ? lance-t-il.

– On observe et on attend.

– Et pendant qu'on observe et qu'on attend, on informe le département Russie de ce qu'on est en train de faire ?

– Si tu veux qu'ils reprennent l'affaire et qu'ils éliminent le Central Londres du tableau, c'est le moment idéal. »

Il fait la moue et détourne le regard comme pour consulter une autorité supérieure.

« Très bien, Nat, nous observons et nous attendons, comme tu le suggères, tranche-t-il. Je compte sur toi pour me tenir pleinement informé de tous les développements futurs, si minimes soient-ils, à l'instant où ils arriveront. Et merci d'être passé, ajoute-t-il avant de se replonger dans les papiers sur son bureau.

– Il y a un mais, dis-je sans bouger de mon siège.

– Un mais ?

– Il y a un sous-texte aux instructions données à Fourche qui me laisse penser que nous pourrions être face à un peu plus qu'une simple mission fantôme destinée à maintenir un agent dormant à l'affût.

– Tu viens de dire exactement le contraire.

– C'est parce qu'il y a un élément dans l'histoire de Fourche pour lequel tu n'as pas l'habilitation nécessaire.

– N'importe quoi ! Quel élément ?

– Et n'essaie pas d'ajouter ton nom à la liste des habilités, sinon le département Russie aura besoin de savoir pourquoi. J'imagine que tu ne souhaiterais pas plus que moi en arriver là.

– Et pourquoi donc ?

– Parce que si mon intuition se confirme, même si cela reste à voir, il pourrait s'agir d'une occasion en or pour le Refuge et le Central Londres de monter une opération sous nos deux noms sans sous-commission du Trésor pour la faire capoter. Tu m'écoutes maintenant, ou tu préfères que je repasse à un moment qui t'arrangera mieux ? »

Il soupire et pousse ses papiers de côté.

« Tu connais peut-être les grandes lignes de l'affaire de mon ancien agent Pivert, ou bien tu es trop jeune ? lui dis-je.

– Bien sûr que je connais l'affaire Pivert. J'ai lu le dossier, comme tout le monde. Trieste, leur *rezident*, un ancien du KGB, un agent aguerri sous couverture diplomatique. Tu l'as recruté en jouant au badminton, si je me souviens bien. Au bout d'un moment, le naturel est revenu au galop et Pivert est repassé à l'ennemi, à supposer qu'il l'ait jamais quitté. Tu n'as pas franchement de quoi te vanter, là-dessus. Que vient faire Pivert dans cette conversation ? »

Pour une recrue tardive, Dom a potassé très sérieusement. J'enchaîne.

« Pivert a été une source fiable et précieuse jusqu'à la dernière année où il a travaillé pour nous.

– Que tu dis ! D'aucuns seraient d'avis contraire. On peut en venir au fait, oui ?

– J'aimerais discuter avec lui des instructions que le Centre de Moscou a données à Fourche.

– Avec qui ?

– Avec Pivert. Voir ce qu'il en pense. Avoir un avis informé.

– Tu as perdu la tête ?

– Peut-être.

– Je confirme : tu as complètement perdu la tête ! Pivert est officiellement considéré comme toxique. Cela veut dire que personne dans ce service n'a le droit de le contacter sans l'autorisation écrite expresse du chef du département Russie, qui se trouve être en pourparlers à Washington. On ne peut pas faire confiance à Pivert, c'est un judas, un criminel russe sous couverture.

– Ça veut dire non ?

– Un peu, que ça veut dire non ! Avec effet immédiat. Je vais coucher cette décision sur papier avec copie à la commission de discipline.

– En attendant, si tu permets, j'aimerais prendre une semaine de congés pour aller jouer au golf.

– Tu n'as jamais tenu un club de golf de ta vie.

– Au cas où Pivert accepterait de me rencontrer, et s'il s'avère qu'il a un avis intéressant sur les instructions que le Centre de Moscou a envoyées à Fourche, tu pourras toujours décider que tu m'avais donné l'ordre de lui rendre visite, finalement. Et dans l'intervalle, je te suggère d'y penser à deux fois avant d'écrire cette affreuse lettre à la commission de discipline. »

Je suis déjà à la porte quand il me rappelle. Je me contente de tourner la tête vers lui.

« Nat ?

– Oui ?

– Qu'est-ce que tu espères tirer de lui ?

– Avec un peu de chance, rien que je ne sache déjà.

– Mais alors pourquoi y aller ?

– Parce que personne ne sollicite le directorat des opérations sur une simple intuition, Dom. Le directorat fonde ses décisions sur des renseignements solides, vérifiés et approuvés au moins deux fois. C'est ce qu'on appelle des "preuves", au cas où tu ne connaîtrais pas le terme. Ce qui veut dire qu'ils ne sont pas du genre à se laisser impressionner par les élucubrations nombrilistes d'un agent de terrain mis au rebut au fin fond de Camden ou de son chef du Central Londres sans grande expérience.

– Tu as vraiment perdu la tête », répète Dom avant de se retrancher derrière ses dossiers.

*

Je suis de retour au Refuge. Une fois à l'abri des tristes mines de mon équipe derrière la porte fermée de mon bureau, j'entreprends de rédiger une lettre à mon ancien agent Pivert, alias Arkady. En ma qualité imaginaire de secrétaire d'un club de badminton à Brighton, je l'invite à faire venir dans notre belle station balnéaire une équipe mixte. Je lui propose des dates et des horaires pour les matchs et un logement gratuit. Le système des codes ouverts, plus ancien que la Bible, repose sur des principes préétablis entre le rédacteur et le destinataire. Le principe préétabli entre Arkady et moi ne doit rien à l'encodage, il stipule que chaque affirmation contient son contraire. Ainsi, je ne l'invite pas, je sollicite une invitation de sa part. Les dates auxquelles mon club fictif se propose d'accueillir ses joueurs sont celles auxquelles j'espère qu'il pourra me recevoir. Mes propositions d'hébergement sont une demande respectueuse pour savoir s'il accepte et si oui, où nous pourrons nous retrouver. Les horaires des matchs indiquent que son jour sera le mien.

Dans un paragraphe qui s'approche autant de la réalité que notre couverture le permet, je lui rappelle les relations amicales qui perdurent depuis si longtemps entre nos deux clubs malgré l'évolution constante des tensions dans le monde. Enfin, je signe Mme Nicola Halliday, car, durant les cinq années de notre collaboration, Arkady m'a connu sous le nom de Nick, même si mon vrai nom figurait en toutes lettres sur la liste officielle des attachés consulaires de Trieste. Mme Halliday ne fournit pas son adresse. Arkady ne manque pas d'endroits où m'écrire s'il décide de le faire.

Puis je me recule sur mon siège et me résigne à une longue attente, parce que Arkady ne prend jamais de grandes décisions à la hâte.

*

Si je redoutais ce à quoi je m'exposais avec Arkady, j'appréciais de plus en plus mes duels au badminton avec Ed et nos *tours d'horizon** politiques à la *Stammtisch*, alors même que, à mon agacement admiratif, Ed me battait maintenant à plate couture.

Ce changement me sembla survenir du jour au lendemain. Il était soudain plus rapide dans son jeu, plus libéré, plus heureux, et la différence d'âge entre nous ne pouvait plus être niée. Il me fallut une ou deux séances pour arriver à me réjouir de ses progrès en toute objectivité et me féliciter malgré moi d'y avoir eu ma part. En d'autres circonstances, j'aurais pu lui trouver un adversaire plus jeune, mais cette proposition l'offensa tant que j'abandonnai l'idée.

Les problèmes plus importants, eux, ne se laissaient pas résoudre si facilement. Chaque matin, je vérifiais auprès des adresses de couverture du Bureau si Arkady m'avait répondu. Rien. Et au cas où Arkady ne m'aurait pas causé assez de soucis comme ça, il fallait y ajouter Florence. Elle avait été en termes amicaux avec Ilya et Denise mais, malgré toute mon insistance, ils n'en savaient pas plus sur sa localisation ou ses agissements que les autres membres de l'équipe. Quant à Moira, si elle avait un contact pour Florence, j'étais bien la dernière personne à laquelle elle le communiquerait. Chaque fois que j'essayais de comprendre pourquoi Florence, dont ce n'était vraiment pas le genre, avait pu abandonner ses agents chéris, je me heurtais à un mur. Chaque fois que j'essayais d'imaginer sa rencontre cruciale avec Dom Trench, même chose.

Après réflexion, je tentai ma chance auprès d'Ed, bien conscient que c'était sans grand espoir. Mon histoire de couverture approximative faisait que Florence et moi-même ne nous connaissions pas en dehors de cette rencontre inventée dans le bureau de mon ami inventé et de cette unique partie de badminton avec Laura. La seule autre chose qui jouait en ma faveur était l'intuition croissante qu'Ed et Florence avaient éprouvé une attirance mutuelle lors de cette rencontre, mais puisque je savais maintenant dans quel état d'esprit Florence était venue à l'Athleticus, il paraissait peu probable qu'elle ait été d'humeur à se laisser séduire.

Nous sommes assis à notre *Stammtisch*. Nous avons terminé notre première pinte et Ed est allé nous en chercher une autre. Il vient de m'écrabouiller 4-1 à sa grande satisfaction, fort compréhensible quoi qu'il m'en coûte.

« Alors, le chinois, c'était comment ? dis-je au moment opportun.

– Quel chinois ? demande Ed, comme toujours concentré sur autre chose.

– Le Golden Moon, le restaurant chinois du coin, enfin ! On devait aller dîner tous les quatre et j'ai dû m'éclipser à cause d'une urgence au travail, vous vous rappelez ?

– Ah oui ! Très bien. Elle a adoré le canard laqué. Laura, je veux dire. Elle était ravie. Les serveurs ont été aux petits soins pour elle.

– Et l'autre fille ? Comment s'appelait-elle, déjà ? Florence ? Elle était sympa, finalement ?

– Ah oui, Florence. Très sympa, oui. »

Est-il en train de se refermer comme une huître, ou bien est-ce juste sa timidité habituelle ? Je persiste.

« Vous n'auriez pas son numéro, par hasard ? Mon ami m'a appelé, celui pour qui elle travaillait. Il a dit qu'elle était géniale et qu'il pensait à lui proposer un CDI, sauf que l'agence d'intérim refuse de lui fournir ses coordonnées. »

Ed réfléchit un moment. Il fronce les sourcils. Il fouille sa mémoire, ou du moins prétend le faire.

« Ben tiens, c'est typique. Ces salopards dans les agences, ils préféreraient la garder pieds et poings liés pour le restant de ses jours, s'ils pouvaient. Enfin, désolé, mais je ne peux pas vous aider, là-dessus. Voilà. »

Et il enchaîne sur une diatribe contre notre ministre des Affaires étrangères, « cet enfoiré d'élitiste narcissique sorti d'Eton qui n'a pas la moindre conviction chevillée au corps sinon ses propres intérêts », et cetera.

*

S'il y a une quelconque consolation à retirer de cette interminable période d'attente en dehors de nos matchs du lundi soir, c'est Sergueï, alias Fourche. Du jour au lendemain, il est devenu l'agent le plus précieux du Refuge. Dès la fin de son année universitaire, Markus Schweizer, journaliste freelance suisse, s'est installé dans le premier de ses trois quartiers du nord de Londres. Son plan, dûment approuvé par Moscou, est de tester chacun d'entre eux l'un après l'autre et de faire son rapport. Privé de Florence, je lui ai attribué Denise comme contact, joyau de l'instruction publique et passionnée depuis l'enfance par tout ce qui est russe. Sergueï l'a adoptée comme une sœur. Pour seconder Denise, je valide le soutien d'autres membres de l'équipe du Refuge. Leur couverture ne pose pas de problème. Ils peuvent se présenter comme des journalistes débutants, des acteurs au chômage ou rien du tout. Si la *rezidentoura* londonienne de Moscou devait mettre sur le terrain toute sa cavalerie de contre-surveillance, elle rentrerait bredouille. Les exigences incessantes de Moscou concernant les moindres éléments topographiques mettraient à rude épreuve le plus zélé des agents dormants, mais, comme aucun détail n'est inutile aux yeux d'Anette alias Anastasia, Sergueï assure, et Denise et Ilya sont là pour l'épauler, en veillant à toujours utiliser son portable pour prendre les photographies requises. Dès qu'une nouvelle série de consignes arrive du Centre de Moscou, Sergueï rédige ses réponses en anglais et je les valide. Il les traduit ensuite en russe et je les valide aussi, mais en secret, avant qu'il les encode avec un de ses carnets à usage unique. Il est ainsi théoriquement responsable de ses propres erreurs, et la correspondance tendue qui s'ensuit avec le Centre a le sceau de l'authenticité. Le service des contrefaçons a bien fignolé l'invitation de la faculté de physique de Harvard. Barry, l'ami de Sergueï, est dûment impressionné. Grâce à l'intervention de Bryn Jordan à Washington, un professeur de physique à Harvard traitera toutes les questions qui pourraient provenir de Barry ou d'autres. J'envoie à Bryn un courrier personnel de remerciement qui reste sans réponse.

Et de nouveau, l'attente.

J'attends que le Centre de Moscou arrête de tergiverser et se décide pour un lieu et un seul dans le nord de Londres. J'attends que Florence refasse surface pour m'expliquer ce qui l'a poussée à abandonner sa carrière et ses agents. J'attends qu'Arkady accepte. Ou pas.

Et puis, comme de bien entendu, tout arrive en même temps. Arkady répond – une réponse qui ne brille pas par son enthousiasme, mais une réponse quand même. Envoyée non pas à Londres, mais à son adresse de couverture préférée à Berne. Une enveloppe banale libellée au nom de N. Halliday, timbre tchèque, tapée à la machine, contenant une carte postale de la station thermale tchèque de Karlovy Vary et une brochure en russe pour un hôtel à dix kilomètres de cette même ville. Et, plié à l'intérieur, un formulaire de réservation avec des cases à cocher : dates requises, type de chambre, heure d'arrivée prévue, allergies. Des croix préimprimées dans certaines cases m'informent que je suis attendu à la réception à 22 heures ce lundi. Étant donné la chaleur de notre relation antérieure, on peinerait à imaginer une réponse plus tiède, mais au moins, cela veut dire : « Viens. »

Muni de mon passeport toujours valide au nom de Nicholas George Halliday (que j'étais censé rendre à mon retour en Angleterre sauf que personne ne me l'a réclamé), je réserve un vol pour Prague le lundi matin et paie avec ma carte de crédit personnelle. J'envoie un mail à Ed pour annuler notre rendez-vous badminton à mon grand regret. Il me répond : « Dégonflé ! »

Le vendredi après-midi, je reçois un SMS de Florence sur mon téléphone privé, qui me dit que nous pouvons « parler si vous le souhaitez » et me donne un numéro différent de celui d'où provient son texto. Je l'appelle depuis un portable prépayé, tombe sur la boîte vocale et me découvre soulagé de ne pas avoir à lui parler en personne. Je laisse un message promettant de rappeler d'ici quelques jours, et je me fais l'impression d'être un autre que moi.

À 18 heures le même soir, j'envoie un « message à tous » au Refuge avec copie aux ressources humaines pour les informer que je prends une semaine de congés du 25 juin au 2 juillet. Si j'avais besoin de motifs familiaux pour me justifier, je n'aurais pas besoin d'aller chercher bien loin, car Steff, après des semaines de silence radio, nous a annoncé qu'elle débarquait pour déjeuner dimanche avec « une personne végétarienne ». Il y a des moments propices aux réconciliations prudentes. En ce qui me concerne, celui-ci n'en est pas un, mais je sais reconnaître mon devoir.

*

Je suis dans notre chambre, en train de préparer ma valise pour Karlovy Vary, c'est-à-dire que j'inspecte mes vêtements en quête d'une étiquette de blanchisserie ou de tout autre détail qui ne cadrerait pas avec Nick Halliday. Après une longue conversation téléphonique avec Steff, Prue est montée m'aider à faire mes bagages tout en me racontant les nouvelles. Sa première question n'est pas de nature à instaurer l'harmonie.

« Tu as vraiment besoin de trimballer ton équipement de badminton à Prague ?

– Les espions tchèques y jouent tout le temps. Alors, cette personne végétarienne, homme ou femme ?

– Homme.

– On le connaît ou pas ? »

Parmi les nombreux amis de Steff, il n'y en a eu que deux avec lesquels j'ai réussi à communiquer. Tous les deux gays.

« Celui-ci, c'est Juno, si tu t'en souviens, et ils partent au Panama ensemble. Juno est le diminutif de Junaid, m'a-t-elle dit, ce qui signifie apparemment “guerrier”. Je ne sais pas si cela le rend plus intéressant à tes yeux ?

– Peut-être.

– Leur vol part de Luton à 3 heures du matin, donc ils ne coucheront pas ici, tu seras soulagé de l’apprendre. »

Bien vu. Un nouveau petit ami dans la chambre de Steff et la fumée des joints qui filtre sous sa porte ne s’accordent pas avec ma vision du bonheur familial, surtout pas quand je suis en partance pour Karlovy Vary.

« Qui choisirait d’aller au Panama, enfin ? dis-je d’un ton irrité.

– Eh bien, Steff. Et pas qu’un peu. »

Me méprenant sur le ton de sa voix, je fais volte-face pour la dévisager.

« Hein ? Elle part définitivement ?

– Tu sais ce qu’elle m’a dit ? lance Prue avec un grand sourire.

– Pas encore.

– Qu’on pourrait préparer une *quiche** ensemble. Elle et moi, toutes les deux. Pour le déjeuner. Juno adore les asperges et il ne faut surtout pas parler de l’islam parce qu’il est musulman et qu’il ne boit pas.

– Le bonheur.

– Ça doit bien faire cinq ans que Steff et moi n’avons pas cuisiné ensemble. Elle estimait que c’était à vous, les hommes, d’être en cuisine, et pas à nous, tu te rappelles ? »

Essayant de mon mieux de me mettre dans l’esprit du moment, je passe au supermarché acheter du beurre doux et du pain au bicarbonate de soude, les deux incontournables du régime alimentaire de Steff, ainsi qu’une bouteille de champagne frappée pour me repentir de ma mauvaise grâce, même si Juno n’aura pas le droit d’en boire. Et si Juno n’en aura pas le droit, je suppute que Steff non plus, parce que, telle que je la connais, elle doit être en bonne voie de se convertir à l’islam.

Je reviens des courses et les trouve debout dans l'entrée. Deux choses se passent alors en simultané. Un jeune Indien courtois et bien habillé s'avance et me décharge de mes sacs de courses tandis que Steff me prend dans ses bras, pose la tête sur mon épaule, se recule et s'écrie : « Papa ! Regarde, c'est Juno ! Il n'est pas formidable ? » L'Indien courtois s'avance de nouveau, cette fois-ci pour m'être formellement présenté. Entre-temps, j'ai remarqué une bague d'apparence non anodine à l'annulaire de Steff, mais avec elle, j'ai appris qu'il valait mieux attendre qu'on m'informe.

Ces dames partent en cuisine préparer la quiche. J'ouvre le champagne et je leur en apporte une coupe à chacune, puis je retourne dans le salon pour en proposer aussi à Juno, parce que je ne prends pas toujours au pied de la lettre les instructions de Steff concernant ses chéris. Il accepte sans hésiter et attend que je l'invite à s'asseoir. Voilà qui me place en territoire inexploré. Il dit craindre que tout cela ne nous ait pris par surprise. Je l'assure qu'avec Steff, rien ne nous surprend jamais, et il semble soulagé. Je lui demande pourquoi le Panama, et il m'explique qu'il est diplômé de zoologie et que le Smithsonian l'a invité à faire une étude de terrain sur les grandes chauves-souris volantes de l'île de Barro Colorado dans le canal de Panama, et Steff l'accompagne.

« Mais seulement si je suis dépourvue de tout parasite, papa, intervient Steff, vêtue d'un tablier de cuisine, en passant la tête par la porte. Je dois être désinfectée par fumigation, je n'ai pas le droit de souffler sur quoi que ce soit et je ne peux même pas porter mes nouvelles chaussures sexy, hein, Juno ?

– Si, elle peut les porter, mais avec des surchaussures, m'explique-t-il. Et la fumigation, ce n'est pas vrai. Tu en rajoutes, Steff.

– Et aussi, il faut qu'on fasse attention aux crocodiles en débarquant, mais Juno me portera, pas vrai, Juno ?

– Et priver ces pauvres crocos d'un bon repas ? Certainement pas. Nous allons là-bas pour préserver la faune. »

Steff éclate de rire et referme la porte. Pendant le déjeuner, elle ne cesse d'exhiber sa bague de fiançailles dans tous les sens, mais surtout à mon intention, puisqu'elle a déjà tout raconté à Prue dans la cuisine.

Juno explique qu'ils attendent que Steff ait fini ses études, ce qui va prendre plus longtemps que prévu parce qu'elle s'est réorientée en médecine. Steff n'avait pas encore trouvé le temps de nous mentionner ce détail, à Prue et à moi, mais nous avons aussi appris à ne pas réagir avec excès à ce genre de révélations concernant ses choix de vie.

Juno aurait voulu me demander officiellement sa main, mais Steff a affirmé que sa main n'appartenait à personne d'autre qu'elle. Il me la demande quand même, assis en face de moi à table, et je réponds que c'est leur décision à eux seuls et qu'ils peuvent prendre tout leur temps, ce qu'ils promettent de faire. Ils veulent des enfants (« Six », précise Steff), mais plus tard, et en attendant, Juno aimerait nous présenter ses parents, tous deux enseignants à Mumbai, qui prévoient de venir en Angleterre pour Noël. Et Juno peut-il se permettre de me demander quel est mon métier, parce que Steff a été très vague et que ses parents voudront savoir ? Est-ce dans la fonction publique ? Steff n'avait pas l'air trop sûre.

Avachie sur la table, une main sous le menton et l'autre dans celle de Juno, Steff attend ma réponse. Je ne l'avais pas crue capable de garder pour elle notre conversation sur le téléski et je n'avais pas jugé correct de le lui demander. Mais à l'évidence, elle l'a fait.

« Oui, oui, fonction publique, je réponds avec un petit rire. Aux Affaires étrangères. En gros, je joue les VRP pour Sa Majesté avec un statut diplomatique.

– Conseiller commercial, alors ? insiste Juno. Je peux leur dire ça ? Conseiller commercial pour la Grande-Bretagne ?

– Ce serait très bien. Un conseiller commercial rentré au pays et qu'on a mis au rebut.

– Mais non, mon chéri, proteste Prue. Nat se dévalorise toujours.

– C'est un serviteur dévoué de la Couronne, Juno, intervient Steff. Un serviteur de la Couronne qui déchire sa race, même. Pas vrai, papa ? »

Après leur départ, Prue et moi nous disons que peut-être tout cela était un conte de fées, mais que, s'ils se séparaient demain, Steff aurait quand même passé un cap pour devenir la fille que nous la savons être depuis le début. Après avoir fait la vaisselle, nous allons nous coucher tôt parce que nous avons besoin de faire l'amour et que j'ai un vol le lendemain à l'aube.

« Et alors, tu nous caches quelqu'un, à Prague ? » lance Prue d'un ton badin sur le seuil de la porte.

Je lui ai dit Prague pour une conférence. Je ne lui ai pas dit Karlovy Vary pour une escapade avec Arkady.

*

Si j'ai gardé pour la fin un détail de cette période d'attente en apparence interminable, c'est que, à l'époque, je n'y ai attaché aucune importance. Le vendredi après-midi, juste au moment où le Refuge s'apprêtait à fermer pour le week-end, le service Recherche intérieure, organisme notoirement léthargique, communiqua son compte rendu sur les trois quartiers du nord de Londres figurant sur la liste de Sergueï. Après un certain nombre d'observations inutiles sur les cours d'eau, les églises, les lignes électriques, les points d'intérêt historique ou architectural, il signalait dans une note en bas de page que les trois « quartiers sous analyse » étaient reliés par une même piste cyclable qui allait de Hoxton au centre de Londres, et fournissait une carte à grande échelle avec le trajet de la piste cyclable indiqué en rose. Je l'ai devant les yeux en écrivant ces lignes.

11

Peu de textes évoquent (et j'espère qu'il en sera longtemps ainsi) les agents qui consacrent les plus belles années de leur vie à espionner pour notre compte, touchent leur salaire, leurs primes et leur parachute doré puis, sans faire d'histoires, sans avoir été grillés, sans être passés à l'ennemi, se retirent pour une vie tranquille dans le pays qu'ils ont loyalement trahi ou dans un environnement tout aussi accueillant.

Pivert, alias Arkady, était de ceux-là. Ancien chef de la *rezidentoura* du Centre de Moscou à Trieste, joueur de badminton et agent anglais. Décrire son autorecrutement à la cause de la démocratie libérale, c'est retracer le parcours chaotique d'un homme bien (de mon point de vue, qui n'est certes pas celui de tout le monde) pris dès sa naissance dans le tourbillon de l'histoire russe contemporaine.

Le gamin des rues, fils illégitime d'une prostituée juive de Tbilissi et d'un prêtre orthodoxe géorgien, est secrètement élevé dans la foi chrétienne, puis repéré par ses professeurs marxistes comme étant un élève hors du commun. Il se fait pousser un deuxième cerveau et se convertit instantanément au marxisme-léninisme.

À seize ans, de nouveau repéré mais cette fois par le KGB, il suit l'entraînement des agents sous couverture et se voit confier la mission d'infiltrer les éléments chrétiens contre-révolutionnaires d'Ossétie du Nord. En tant que chrétien converti (ou pas), il est parfaitement qualifié pour cette mission. Nombre de ceux sur lesquels il fait des rapports terminent fusillés.

En reconnaissance de son excellent travail, il est intégré tout en bas de l'échelle du KGB, où il se forge une réputation d'agent obéissant toujours prêt à rendre une « justice sommaire ». En parallèle, il suit des cours du soir en dialectique marxiste avancée et apprend des langues étrangères, ce qui le rend éligible pour du travail de renseignement à l'étranger.

Une fois là-bas, il prête main-forte dans certaines opérations « hors cadre légal », euphémisme désignant les assassinats. Avant qu'il ne soit trop vicié, il est rappelé à Moscou pour suivre une formation dans les arts moins martiaux de la fausse diplomatie. En tant que fantassin de l'espionnage sous couverture diplomatique, il œuvre dans les *rezidentouras* de Bruxelles, Berlin et Chicago, effectue des reconnaissances et des contre-surveillances sur le terrain, assiste certains agents sans jamais les rencontrer, remplit et vide d'innombrables boîtes aux lettres mortes et continue à participer à la « neutralisation » d'ennemis réels ou supposés de l'État soviétique.

Néanmoins, la maturité venant, tout son zèle patriotique ne suffit pas à l'empêcher de réévaluer son parcours de vie, depuis sa mère juive jusqu'à son adhésion éperdue au marxisme-léninisme en passant par sa renonciation incomplète au christianisme. Et malgré la chute du mur de Berlin, sa vision d'un âge d'or de la démocratie libérale à la russe, du capitalisme populaire et de la prospérité pour tous prend son envol au-dessus des décombres.

Quel rôle jouera Arkady dans cette régénération tant attendue de la mère patrie ? Il sera ce qu'il a toujours été : son pilier et son défenseur. Il la sauvera des saboteurs et des profiteurs, qu'ils soient étrangers ou locaux. Il comprend que l'histoire est capricieuse. Rien ne perdure si on ne se bat pas pour. Le KGB n'est plus. Tant mieux. Un nouveau service d'espionnage idéaliste protégera tout le peuple russe et pas seulement les oligarques.

Il faudra son ancien compagnon d'armes Vladimir Poutine pour assener l'ultime désenchantement en écrasant d'abord les velléités d'indépendance de la Tchétchénie, puis en agressant sa Géorgie bien-aimée. Poutine, ex-espion de cinquième ordre devenu autocrate, analyse tout en termes de *konspiratsia*. Grâce à lui et à son gang de stalinistes non repentis, la Russie n'avance pas vers un avenir radieux, elle repart en arrière vers son passé sombre et délirant.

« Vous êtes l'homme de Londres ? » hurle-t-il en anglais près de mon oreille.

Nous sommes deux diplomates (techniquement consuls), un Russe, un Britannique, assis pendant une danse lors de la fête organisée annuellement pour le réveillon par le principal club sportif de Trieste, où nous avons disputé cinq parties de badminton en trois mois. C'est l'hiver 2008. Depuis les événements du mois d'août, la Géorgie a le pistolet de Moscou braqué sur la tempe. L'orchestre joue des succès des années 1960 avec un tel entrain qu'aucun espion ni micro caché n'a la moindre chance de capter notre conversation. Le chauffeur et garde du corps d'Arkady, qui a observé tous nos matchs depuis la galerie et nous a même suivis jusque dans le vestiaire, se trémousse avec une nouvelle conquête à l'autre bout de la piste.

Je réponds « Oui, je suis l'homme de Londres », mais je ne m'entends même pas en raison du vacarme. J'attends cet instant depuis notre troisième partie, quand je lui ai fait des ouvertures impromptues. Il me semble évident qu'Arkady l'attendait aussi.

« Alors, dites à Londres qu'il est d'accord », m'ordonne-t-il.

Il ? Il veut dire l'homme qu'il est sur le point de devenir.

« Il travaille uniquement pour vous, poursuit-il, toujours en anglais. Il jouera contre vous ici encore dans quatre semaines avec une grande amertume, à la même heure, un seul match. Il vous défiera officiellement par téléphone. Dites à Londres qu'il aura besoin de raquettes identiques avec une poignée creuse.

Ces raquettes seront échangées au moment opportun dans le vestiaire. Vous arrangerez ça pour lui. »

Je lui demande ce qu'il souhaite en retour.

« La liberté pour son peuple. Pour tout son peuple. Il n'est pas matérialiste. Il est idéaliste. »

Recrutement en douceur s'il en est. Au bout de deux ans à Trieste, il nous quitte pour le Centre de Moscou, qui en fait son numéro 2 du service Europe du Nord. Pendant la durée de son séjour là-bas, il refuse tout contact. Quand il est envoyé à Belgrade sous couverture culturelle, mes maîtres au département Russie préfèrent éviter qu'on me remarque au même endroit. Ils me nomment donc consul commercial à Budapest et je le gère de là-bas.

Ce n'est que dans les dernières années de sa carrière que nos analystes commencent à repérer dans ses rapports certains signes d'exagération, puis carrément d'invention, qu'ils prennent plus au sérieux que moi. Je n'y vois guère qu'un agent qui vieillit, qui fatigue, qui se démotive un peu mais ne veut pas couper le cordon. Une fois que les deux patrons d'Arkady (le Centre de Moscou en grande pompe et nous plus discrètement) l'ont célébré et couvert de médailles en reconnaissance de son dévouement total à nos causes respectives, nous apprenons par d'autres sources que, ses deux carrières touchant à leur fin, il a diligemment posé les jalons d'une troisième en détournant une part de la richesse criminelle de son pays à une échelle que ses employeurs russes et britanniques n'auraient pu imaginer dans leurs cauchemars les plus fous.

*

Le car parti de Prague s'enfonce plus profond dans l'obscurité et les noires collines de part et d'autre se dressent plus haut contre le ciel nocturne. Je n'ai pas le vertige, mais j'ai la peur du vide et je me demande ce que je fais là et pourquoi je me suis embarqué sur un coup de tête dans cette expédition que je n'aurais jamais entreprise de mon plein gré dix ans auparavant ni infligée à un collègue moitié moins âgé que moi. Pendant les formations d'agent de terrain, en buvant un scotch à la fin d'une longue journée, nous discutions du facteur peur : comment limiter les risques et jauger sa peur en proportion, sauf que nous ne disions pas « peur », nous disions « courage ».

Le car s'emplit de lumière quand nous débouchons sur l'artère principale de Karlovy Vary, anciennement Carlsbad, ville d'eaux préférée de la nomenklatura russe depuis Pierre le Grand, qu'elle s'est accaparée aujourd'hui en pleine propriété. Hôtels de luxe, thermes, casinos et bijouteries illuminées flottent de chaque côté de la rue. Entre eux coule un canal qu'enjambe une noble passerelle. Voilà vingt ans, quand je suis venu ici rencontrer un agent tchétchène qui jouissait de vacances bien méritées avec sa maîtresse, la ville s'employait encore à éliminer la triste peinture grise du communisme soviétique, l'hôtel le plus somptueux était le Moskva et le luxe se nichait dans des maisons de convalescence isolées où, quelques années plus tôt, les cadres du parti et leurs nymphes venaient se prélasser à l'abri du regard des prolétaires.

Il est 21 h 10. Le car atteint la gare routière. Je descends et commence à marcher. Ne jamais avoir l'air de ne pas savoir où l'on va. Ne jamais traînasser exprès. Je suis un touriste fraîchement arrivé. Je suis un piéton, tout en bas de l'échelle. Je découvre mon environnement comme le ferait tout bon touriste. J'ai un sac de voyage sur l'épaule, d'où émerge le manche de ma raquette de badminton. Je suis l'un de ces marcheurs de la classe moyenne anglaise à l'air un peu benêt, à ceci près qu'il me manque le guide sous pochette en plastique accroché au cou. J'admire une affiche du Festival du film de Karlovy Vary. Peut-être devrais-je prendre un billet ? L'affiche voisine vante les vertus curatives des célèbres thermes. Aucune affiche n'annonce que la ville est également célèbre pour être le point de ralliement préféré de l'élite du crime organisé russe.

Le couple devant moi n'arrive pas à avancer à un rythme normal. La femme derrière moi porte un gros sac en toile. J'ai parcouru toute la rue sur ce trottoir, il est temps de traverser la noble passerelle et de déambuler sur celui d'en face. Je suis un Anglais à l'étranger qui n'arrive pas à décider s'il va offrir à sa femme une montre en or Cartier, une robe Dior, un collier de diamants ou des copies de meubles de la Russie impériale à 50 000 dollars l'ensemble.

J'arrive sur le parvis illuminé du Grand Hôtel et Casino Pupp, anciennement le Moskva. Les drapeaux de toutes les nations ondulent dans la brise du soir. J'admire les plaques en laiton au sol sur lesquelles sont gravés les noms d'illustres clients passés et présents. Goethe est descendu ici ! Sting aussi ! Je me dis qu'il est temps de prendre un taxi, et en voilà un qui s'arrête à moins de cinq mètres.

Une famille d'Allemands s'en extirpe. Bagages assortis à motifs écossais. Deux vélos d'enfant tout neufs. Le chauffeur me fait un signe de tête. Je monte à côté de lui et jette mon sac de voyage à l'arrière. Parle-t-il russe ? Froncement de sourcils. *Niet*. Anglais ? Allemand ? Un sourire, mais il secoue la tête. Je ne connais pas un mot de tchèque. Sur des routes sinueuses et non éclairées, nous gravissons les collines boisées, puis redescendons abruptement. Un lac apparaît à notre droite. Une voiture déboule pleins phares à contresens. Mon chauffeur ne dévie pas. La voiture finit par céder.

« Russie riche, siffle-t-il. Les Tchèques pas riches. Oui ! »

Et sur ce mot, « oui », il écrase les freins et oriente la voiture sur ce que je crois être une aire de repos jusqu'à ce que je voie plusieurs faisceaux de projecteurs de sécurité qui nous emprisonnent.

Le chauffeur baisse sa vitre et crie quelque chose. Un blond d'une vingtaine d'années avec une cicatrice en étoile sur la joue passe la tête par la fenêtre, jette un coup d'œil à mon sac de voyage avec son étiquette British Airways, puis me regarde.

« Votre nom, s'il vous plaît, monsieur ? s'enquiert-il en anglais.

– Halliday. Nick Halliday.

– Entreprise ?

– Halliday & Company.

– La raison de votre séjour à Karlovy Vary, je vous prie ?

– Je suis venu jouer au badminton avec un ami à moi. »

Il donne un ordre en tchèque au chauffeur. Nous roulons sur une vingtaine de mètres, passons devant une très vieille femme coiffée d'un foulard qui pousse un chariot et nous arrêtons devant un bâtiment de style ranch avec un perron à colonnes ioniques en marbre, aux marches recouvertes d'un tapis doré et balisées par des cordons de soie rouge. Deux hommes en costume se tiennent debout sur la première. Je paie mon chauffeur, récupère mon sac sur la banquette arrière et, sous leur regard torve, monte l'escalier doré royal jusqu'au vestibule, où flotte cette odeur de sueur, d'essence, de tabac brun et de parfum pour femme qui dit à chaque Russe qu'il est chez lui.

Je patiente, debout sous un lustre, le temps qu'une fille impassible en tailleur noir examine mon passeport, qu'elle a soustrait à ma vue. Derrière une paroi vitrée, dans un bar enfumé indiquant « complet », un vieillard portant une toque kazakhe fascine son public de disciples aux traits orientaux, tous des hommes. La fille au comptoir regarde par-dessus mon épaule. Le blond à la cicatrice est debout derrière moi. Il a dû me suivre sur le tapis doré. Elle lui tend mon passeport, il l'ouvre, compare la photographie à mon visage, me dit « Veuillez me suivre, monsieur Halliday » et m'emmène dans un immense bureau orné d'une fresque de femmes nues et pourvu de baies vitrées donnant sur le lac. Je compte trois chaises vides devant des ordinateurs, deux miroirs muraux, une pile de cartons fermés par une ficelle rose et deux jeunes hommes athlétiques en jean, baskets et chaîne en or autour du cou.

« Ce n'est qu'une formalité, monsieur Halliday, explique le jeune à la cicatrice alors que ses deux acolytes s'approchent. Nous avons eu quelques mauvaises expériences. Nous sommes désolés. »

Nous Arkady ? Ou nous la mafia azerbaïdjanaise qui, selon le dossier de la direction générale que j'ai consulté, a construit cet établissement grâce aux bénéfices du trafic d'êtres humains ? Selon ce même dossier, voici une trentaine d'années, les mafiosi de Russie sont convenus que Karlovy Vary était trop joli pour qu'ils s'y entretuent. Mieux valait en faire un havre de sécurité pour leur argent, leur famille et leurs maîtresses.

Les gorilles me réclament mon sac de voyage. Le premier tend les mains pour le prendre, le deuxième reste aux aguets. Quelque chose me dit qu'ils ne sont pas tchèques mais russes, sans doute des anciens des forces spéciales. S'ils sourient, attention. Je leur remets mon sac. Dans le miroir, le jeune homme à la cicatrice paraît plus jeune que je ne l'avais cru, et je devine que son assurance n'est que comédie. Mais ses deux compères qui examinent mon sac de voyage n'ont pas besoin de jouer la comédie, eux. Ils tâtent la doublure du sac, démontent ma brosse à dents électrique, reniflent mes chemises, appuient sur les semelles de mes baskets. Ensuite, ils grattent la poignée de ma raquette de badminton, en décollent à moitié la protection en toile, tapent dessus, la secouent et font même une imitation de service avec. Les a-t-on briefés, ou bien est-ce leur instinct qui leur souffle : si c'est quelque part, quoi que cela puisse être, ce sera là ?

Ils remettent toutes mes affaires n'importe comment dans mon sac et le jeune à la cicatrice les aide pour essayer de limiter le fouillis. Ils veulent maintenant me palper. Je lève les bras, mais pas complètement, juste assez pour leur signifier que je suis prêt, donc qu'ils y viennent. La nature de mon geste incite le premier à me regarder d'un autre œil. Il s'avance d'un pas plus prudent, tandis que son comparse reste sur ses gardes à un mètre derrière lui. Les bras, les aisselles, la taille, le torse, demi-tour puis le dos. Enfin, il s'agenouille pour me tâter l'entrejambe et l'intérieur des cuisses, puis il s'adresse au jeune en russe. Je fais semblant de ne pas comprendre, puisque je ne suis qu'un simple joueur de badminton anglais. Le garçon à la cicatrice en forme d'étoile traduit pour moi.

« Ils souhaitent que vous enleviez vos chaussures, s'il vous plaît. »

Je défais mes lacets et leur tends mes chaussures. Ils en prennent une chacun, les plient en deux, les palpent et me les rendent. Je les remets l'une après l'autre.

« Ils demandent pourquoi vous n'avez pas de téléphone portable, s'il vous plaît ?

– Je l'ai laissé chez moi.

– Pourquoi, s'il vous plaît ?

– J'aime voyager sans bagages », dis-je d'un ton badin.

Le jeune traduit. Personne ne sourit.

« Ils demandent aussi que je prenne votre montre, votre stylo et votre portefeuille et que je vous les rende quand vous partirez. »

Je lui remets stylo et portefeuille, puis je retire ma montre de mon poignet. Après un sourire moqueur à la vue de cette babiole japonaise d'une valeur de 5 livres, les gorilles me regardent d'un œil perplexe, comme pris d'un regret de ne pas m'en avoir assez fait subir. Le garçon, avec une autorité inattendue, leur dit en russe d'un ton sec :

« Assez. C'est bon. Terminé. »

Ils haussent les épaules avec un rictus incrédule et sortent par les baies vitrées en me laissant seul avec le jeune.

« Vous devez jouer au badminton avec mon père, monsieur Halliday ? me demande-t-il.

– Qui est votre père ?

– Arkady. Je suis Dimitri.

– Ravi de faire votre connaissance, Dimitri. »

Nous nous serrons la main. Celle de Dimitri est moite et la mienne devrait l'être. Je parle au fils de ce même Arkady qui, le jour où je l'ai recruté officiellement, me jurait ses grands dieux qu'il n'enfanterait jamais sur cette planète pourrie. Dimitri est-il adopté ? Ou bien Arkady, papa d'un fils caché, avait-il honte de mettre en danger la vie de sa progéniture en espionnant pour nous ?

Au comptoir, la fille en tailleur noir me tend une clé de chambre avec un rhinocéros en laiton en guise de porte-clés, mais Dimitri lui dit dans un anglais affecté : « Mon invité reviendra plus tard », et m'entraîne de nouveau sur le tapis doré jusqu'à un 4 × 4 Mercedes où il m'invite à monter à l'avant.

« Mon père demande que vous ne vous fassiez pas remarquer, s'il vous plaît », dit-il.

Une deuxième voiture nous suit, dont je ne vois que les phares. Je promets de ne pas me faire remarquer.

*

Nous roulons pendant trente-six minutes, à en croire l'horloge du 4 × 4, sur une route elle aussi pentue et sinueuse. Au bout d'un moment, Dimitri se met à m'interroger.

« Vous connaissez mon père depuis longtemps, monsieur ?

– Oui, en effet.

– Était-il avec les Organes, à l'époque ? »

Il fait référence aux *Organy*, le surnom russe des services secrets. J'éclate de rire.

« Tout ce que je savais, c'est que c'était un diplomate qui adorait jouer au badminton.

– Et vous, à l'époque ?

– J'étais diplomate également. Du côté commercial.

– À Trieste ?

– Et ailleurs. Dès qu'on pouvait se retrouver quelque part et dénicher un court.

– Mais depuis de longues années vous n'avez pas joué au badminton avec lui ?

– En effet.

– Et maintenant vous faites des affaires ensemble. Vous êtes tous les deux des hommes d'affaires.

– Ah, mais c'est une information assez confidentielle, ça, Dimitri ! je lui réponds en commençant à deviner l'histoire de couverture qu'Arkady a servie à son fils. Que faites-vous dans la vie ?

– Bientôt, j'irai à l'université de Stanford, en Californie.

– Pour étudier quoi ?

– La biologie marine. J'ai déjà suivi des formations à l'université d'État de Moscou et à Besançon.

– Et avant ?

– Mon père aurait voulu que j'aille à Eton, mais il n'était pas satisfait des dispositifs de sécurité. Alors je suis allé dans un *gymnasium* en Suisse où la sécurité était plus adaptée. Vous êtes un homme inhabituel, monsieur Halliday.

– Pourquoi cela ?

– Mon père vous respecte beaucoup. Ce n'est pas normal. Et il dit aussi que vous parlez parfaitement le russe, mais vous ne me l'avez pas révélé à moi.

– C'est pour vous permettre de pratiquer votre anglais, Dimitri ! »

En faisant cette boutade me vient une vision de Steff avec ses lunettes de ski, assise près de moi sur le téléski.

*

Nous sommes arrêtés à un check-point sur la route. Les deux hommes qui nous ont fait ralentir nous laissent passer d'un hochement de tête après inspection. Pas d'armes apparentes – les Russes de Karlovy Vary sont des citoyens respectueux de la loi, les armes ne sont jamais visibles. Nous roulons jusqu'à deux colonnes en pierre Jugendstil remontant à l'empire des Habsbourg. Des lumières de sécurité s'allument, des caméras nous scrutent alors que deux autres hommes sortent d'une cahute, nous aveuglent inutilement avec leur lampe torche et nous font signe de continuer.

« Vous êtes bien protégés, dis-je à Dimitri.

– Malheureusement, c'est nécessaire. Mon père aime la paix, mais un tel amour n'est pas toujours partagé. »

De part et d'autre de la route, un haut grillage métallique relie les arbres. Dimitri effarouche d'un coup de klaxon un daim ébloui qui s'est mis en travers de notre chemin et qui repart d'un bond dans l'obscurité. Devant nous se profile une villa à tourelles, mi-relais de chasse, mi-gare bavaroise. Derrière les fenêtres sans rideaux du rez-de-chaussée, des gens importants passent et repassent, mais Dimitri ne nous conduit pas à la villa. Il a tourné pour emprunter un chemin forestier. Nous passons devant des maisons ouvrières et entrons dans une cour de ferme pavée, avec des écuries d'un côté et une grange aveugle en planches noircies de l'autre. Il se gare et passe le bras devant moi pour m'ouvrir la portière.

« Bon match, monsieur Halliday ! »

Sur ce, il repart, me laissant seul au milieu de la cour. À la lueur de la demi-lune accrochée au-dessus de la cime des arbres, je distingue deux hommes en faction devant la porte close de la grange, qui s'ouvre de l'intérieur. Un puissant rayon de lampe torche m'aveugle momentanément alors que la voix douce aux intonations géorgiennes m'appelle en russe depuis l'obscurité :

« Tu vas entrer pour jouer ou je dois te mettre une raclée ici dehors ? »

Je m'avance. Les deux hommes m'adressent un sourire courtois et s'écartent pour me laisser passer. La porte se referme derrière moi. Je suis seul dans un sas blanc au bout duquel une deuxième porte, ouverte, mène à un court de badminton en gazon synthétique. Devant moi, la silhouette élégante et compacte de mon ancien agent désormais sexagénaire Arkady, nom de code Pivert, en survêtement. Petits pieds soigneusement écartés, bras à demi levés comme un boxeur, corps légèrement penché en avant comme un marin ou un catcheur, cheveux grisonnants coupés court, un peu moins fournis qu'avant, même regard incrédule, mêmes mâchoires serrées, rides de souffrance plus creusées, même sourire crispé, pas plus pénétrable que le soir voilà des années où j'ai fait mon approche lors d'un cocktail diplomatique à Trieste en le défiant au badminton.

D'un coup de menton, il m'indique d'avancer, puis me tourne le dos et s'en va d'un pas martial. Je le suis sur le court puis dans un escalier de bois à claire-voie qui mène à une galerie pour les spectateurs. Une fois là-haut, il déverrouille une porte, me fait signe d'entrer et referme derrière nous. Nous montons un deuxième escalier de bois jusqu'à une longue pièce mansardée au bout de laquelle une porte vitrée s'ouvre dans le pignon. Il la déverrouille et nous sortons sur un balcon au-dessus duquel court de la vigne vierge. Il referme la porte à clé et lâche un mot en russe dans son smartphone : « Rompez. »

Deux chaises en bois, une table, une bouteille de vodka, des verres, une assiette de pain noir, une demi-lune en guise de réverbère. La villa à tourelles dépasse des arbres. Sur ses pelouses illuminées, des hommes en costume marchent seuls. Des fontaines glougloutent dans un bassin où règnent des nymphes en pierre. En quelques gestes précis, Arkady nous sert deux verres de vodka, m'en tend un et désigne le pain du doigt. Nous nous asseyons.

« C'est Interpol qui t'envoie ? demande-t-il avec son débit rapide en russe mâtiné d'intonations géorgiennes.

– Non.

– Tu es venu me faire chanter ? Me dire que tu me dénonceras à Poutine sauf si je reprends ma collaboration avec Londres ?

– Non.

– Pourquoi ? La situation t'est favorable. La moitié des gens que j'emploie font des rapports sur moi aux courtisans de Poutine.

– Désolé de te le dire, mais Londres n'accorderait plus aucun crédit à tes informations. »

C'est seulement maintenant qu'il lève son verre en un toast silencieux. J'en fais autant, tout en songeant que, malgré tous les hauts et les bas que nous avons connus, je ne l'ai jamais vu en colère à ce point.

« Donc tu n'as pas choisi ta Russie bien-aimée après tout ? avancé-je d'un ton léger. Je croyais que tu avais toujours rêvé de cette datcha toute simple au cœur des bouleaux russes. Ou de retourner en Géorgie, pourquoi pas ? Qu'est-ce qui a mal tourné ?

– Rien n'a mal tourné. J'ai des maisons à Saint-Pétersbourg et à Tbilissi. Mais moi qui suis un internationaliste, c'est mon Karlovy Vary que je préfère. Nous avons une cathédrale orthodoxe. Des escrocs russes fort pieux vont y prier une fois par semaine. Quand je serai mort, je les y rejoindrai. J'ai une femme très jeune à exhiber. Tous mes amis veulent se la taper, et le plus souvent elle refuse. Que pourrais-je désirer de plus dans la vie ?

– Comment va Ludmilla ?

– Elle est morte.

– Je suis désolé. De quoi ?

– D'une arme neurologique létale appelée cancer. Il y a quatre ans. J'ai porté le deuil pendant deux ans, et puis après, à quoi bon ? »

Personne chez nous n'a jamais rencontré Ludmilla. Selon Arkady, elle était avocate comme Prue, installée à Moscou.

« Et ton jeune Dimitri, c'est le fils de Ludmilla ?

– Tu l'aimes bien ?

– C'est un garçon très chouette, promis à un bel avenir.

– Personne n'est promis à un bel avenir. »

Il passe son petit poing sur ses lèvres en un geste furtif qui a toujours trahi la tension chez lui, puis regarde soudain pardessus les arbres sa villa et ses pelouses illuminées.

« Londres sait que tu es là ? me demande-t-il.

– Je me suis dit que je leur raconterais après. Que je te parlerais d'abord.

– Tu bosses en freelance ?

– Non.

– Tu es nationaliste ?

– Non.

– Alors tu es quoi ?

– Un patriote, j'imagine.

– Un patriote qui défend quoi ? Facebook ? Les start-up du Net ? Le réchauffement climatique ? Des corporations tellement énormes qu'elles pourraient dévorer ton petit pays tout cassé en une seule bouchée ? Qui te paie ?

– Le Bureau. Enfin, j'espère. À mon retour.

– Que veux-tu ?

– Quelques réponses. Sur l'ancien temps. Si je peux les obtenir de toi. Des confirmations, si tu veux bien.

– Tu ne m'as jamais menti ? lance-t-il comme une accusation.

– Une ou deux fois, si, quand je ne pouvais pas faire autrement.

– Tu es en train de me mentir, maintenant ?

– Non. Et toi, ne me mens pas, Arkady. La dernière fois que tu m'as menti, tu as failli foutre en l'air ma belle carrière.

– Pauvre lapin, commente-t-il, avant de contempler le ciel nocturne avec moi pendant un moment. Alors raconte-moi, finit-il par dire en buvant une nouvelle gorgée de vodka. Vous autres, les Britiches, vous nous servez quoi comme conneries, ces temps-ci, à nous les traîtres ? Que la démocratie libérale sauvera l'humanité ? Pourquoi suis-je tombé dans ce panneau, moi ?

– Peut-être que tu en avais envie.

– Vous quittez l'Europe en prenant vos grands airs. "Nous ne sommes pas comme tout le monde, nous sommes anglais, nous n'avons pas besoin de l'Europe. Nous avons gagné toutes nos guerres tout seuls. Sans les Américains, sans les Russes, sans personne. Nous sommes des surhommes." Et le grand président Donald Trump qui aime tant la liberté va sauver votre économie, à ce qu'il paraît. Tu sais ce que c'est, Trump ?

– Dis-moi.

– C'est le nettoyeur des chiottes de Poutine. Il fait tout ce que le petit Vlad ne peut pas faire lui-même : il pisse sur l'unité européenne, il pisse sur les droits de l'homme, il pisse sur l'OTAN. Il nous assure que la Crimée et l'Ukraine appartiennent au Saint-Empire russe, que le Moyen-Orient appartient aux Juifs et aux Saoudiens, et merde à l'ordre mondial ! Et vous, les Britiches, vous faites quoi ? Vous lui taillez une pipe et vous l'invitez à boire le thé avec votre reine. Vous prenez notre argent sale et vous le lavez pour nous. Vous nous accueillez uniquement si on a assez d'envergure en tant qu'escrocs. Vous nous vendez la moitié de Londres. Vous vous lamentez quand on empoisonne nos traîtres et vous dites s'il vous plaît, s'il vous plaît, chers amis russes, faites du commerce avec nous. C'est pour ça que j'ai risqué ma vie ? Je ne crois pas. Je crois que vous les Britiches, vous m'avez vendu de la merde en barres. Alors, ne viens pas me dire que tu t'es trimballé jusqu'ici pour me rappeler ma conscience libérale et mes valeurs chrétiennes et mon amour pour votre grand et merveilleux Empire britannique. Ce serait une erreur. Compris ?

– Tu as fini ?

– Non.

– Je ne crois pas que tu aies jamais travaillé pour mon pays, Arkady. Je crois que tu travaillais pour ton propre pays, mais que cela n'a pas été payant.

– Je m'en balance, de ce que tu crois. Je t'ai demandé ce que tu voulais, bordel !

– Ce que j'ai toujours voulu. Tu assistes à des réunions d'anciens camarades ? Des retrouvailles ? Des cérémonies de remise de médailles ? Des célébrations du temps passé ? Des funérailles de grands héros ? Pour un vétéran respecté comme toi, c'est quasiment obligatoire, non ?

– Et alors ?

– Dans ce cas, je te complimente pour ta capacité à vivre à plein ta couverture en tant que tchékiste convaincu de la vieille école.

– Je n'ai aucun problème avec ma couverture. Je suis un héros russe pleinement reconnu. Je n'ai pas de sentiment d'insécurité.

– Et c'est pour ça que tu vis dans une forteresse tchèque avec une écurie complète de gardes du corps.

– J'ai des concurrents. Rien à voir avec un sentiment d'insécurité. C'est une pratique courante dans le monde des affaires.

– Selon nos informations, tu as assisté à quatre réunions de vétérans au cours des dix-huit derniers mois.

– Et alors ?

– Tu parles des vieux dossiers avec tes anciens collègues ? Ou même des nouveaux dossiers, d'ailleurs ?

– Si le sujet se présente, peut-être. Jamais je ne lance un sujet moi-même, comme tu le sais, jamais je ne déclenche rien. Mais si tu crois que tu peux m'envoyer à la pêche à Moscou, tu délires à bloc. Arrives-en au fait, je te prie.

– Bien volontiers. Je suis venu te demander si tu étais toujours en contact avec Valentina, qui faisait la fierté du Centre de Moscou. »

Il a le regard perdu au loin, le menton en avant comme un général de l'Empire, le dos droit comme un soldat.

« Je n'ai jamais entendu parler de cette femme.

– Voilà qui me surprend, Arkady, parce que tu m'as dit un jour que c'était la seule que tu aies jamais aimée. »

Aucune réaction perceptible sur son visage en contre-jour, comme à son habitude. Seule la tension de son corps m'apprend qu'il m'écoute.

« Tu allais divorcer de Ludmilla pour épouser Valentina. Mais d'après ce que tu viens de me dire, ce n'est pas avec elle que tu es marié aujourd'hui. Valentina avait à peine quelques années de moins que toi. Ce n'est pas tout à fait comme ça que je m'imagine la jeune épouse qu'on exhibe. »

Toujours aucune réaction.

« Nous aurions pu la retourner, si tu te rappelles bien. Nous en avions les moyens et c'est toi-même qui nous les avais fournis.

Elle avait été expédiée à Trieste en mission importante pour le Centre. Un diplomate autrichien haut placé voulait vendre les secrets de son pays mais refusait de traiter avec un officiel russe de la communauté consulaire ou diplomatique, alors Moscou t'a envoyé Valentina. Le Centre ne comptait pas beaucoup d'agents féminins à l'époque, mais Valentina était exceptionnelle : belle, intelligente, la femme idéale, selon toi. Dès qu'elle a emballé ce type, vous avez conspiré tous les deux pour ne pas le révéler au Centre pendant une semaine et pouvoir vous offrir des vacances en amoureux sur l'Adriatique. Je crois me souvenir que nous t'avions aidé à dénicher un logement assez discret. Nous aurions pu la faire chanter, mais nous n'avons pas trouvé comment sans te compromettre.

– Je vous ai dit de la laisser tranquille, sinon je vous tuais tous.

– C'est vrai, et nous n'avons pas pris ta menace à la légère. Elle aussi était géorgienne, issue d'une vieille famille tchékiste, si je me rappelle bien. Elle cochait toutes les cases et tu étais fou d'elle. Une perfectionniste, m'as-tu dit. Parfaite au travail, parfaite en amour. »

Combien de temps restons-nous à contempler le ciel en silence ?

« Trop parfaite, peut-être, marmonne-t-il enfin d'un ton sarcastique.

– Qu'est-ce qui s'est passé ? Elle était mariée ? Elle avait quelqu'un d'autre ? Sauf que ça ne t'aurait pas arrêté, si ? »

Nouveau silence prolongé, ce qui, chez Arkady, est un signe évident qu'il rumine des pensées séditieuses.

« Peut-être qu'elle était trop mariée au petit Vlad, lâche-t-il. Pas dans son corps, mais dans son âme. Poutine est la Russie, me disait-elle. Poutine est Pierre le Grand. Poutine est la pureté. Poutine est malin. Il surpasse l'Ouest décadent en intelligence. Il nous rend notre fierté russe. Quiconque vole l'État est un sale voleur, parce qu'il vole à Poutine en personne.

– Et toi, tu étais un de ces sales voleurs ?

– Les tchékistes ne volent pas, me disait-elle. Les Géorgiens ne volent pas. Si elle avait su que je travaillais pour vous, elle m'aurait étranglé avec une corde de piano. Alors peut-être que notre couple n'aurait pas été si bien assorti, en fait, conclut-il avant de partir d'un rire amer.

– Comment ça s'est terminé, si ça s'est terminé ?

– C'était toujours trop peu ou pas assez. Je lui ai offert tout ça ! s'exclame-t-il en désignant de la tête la forêt, la villa, les pelouses illuminées, le grillage de sécurité et les sentinelles en costume sombre faisant leur ronde. Elle me dit : Arkady, tu es le diable. Ne m'offre pas ton royaume usurpé. Je lui réponds : Valentina, explique-moi, tu veux bien ? Dans notre univers pourri, qui est riche aujourd'hui sans être un voleur ? Le succès n'est pas honteux, c'est une absolution, c'est la preuve de l'amour de Dieu. Mais elle n'a pas de Dieu. Et moi non plus.

– Tu la vois toujours ?

– Est-ce que je suis accro à l'héroïne ? rétorque-t-il en haussant les épaules. Non, je suis accro à Valentina.

– Et elle ? Elle est accro à toi ? »

C'est comme cela que nous avons toujours fonctionné, à marcher ensemble sur des œufs à la frontière de ses loyautés partagées. Lui mon agent inestimable mais imprévisible. Moi la seule personne au monde à qui il peut se confier en toute sécurité.

« Tu la vois encore, de temps en temps ? » je relance.

Est-ce qu'il se raidit ou est-ce l'effet de mon imagination ?

« Parfois à Saint-Pétersbourg, quand elle est d'accord, répond-il, tendu.

– Quel est son poste actuel ?

– Toujours le même. Elle n'a jamais eu de couverture consulaire, diplomatique, culturelle ou journalistique. Elle est la formidable Valentina, jamais décelée par les services ennemis malgré son ancienneté.

– Et elle fait quoi ?

– Toujours pareil. Elle gère des clandestins depuis le Centre de Moscou. Uniquement en Europe de l'Ouest. Mon ancien territoire.

– Son travail comprend-il les agents dormants ?

– Du genre qui s'enfouit dans la merde pendant dix ans et qui s'en extrait pendant vingt ans ? Bien sûr. Valentina gère des dormants, oui. Et quand on dort avec elle, on ne se réveille jamais.

– Est-ce qu'elle compromettrait ses agents pour s'occuper d'une source majeure en dehors du réseau ?

– Pour peu que le jeu en vaille la chandelle, oui. Si le Centre pense que la *rezidentoura* locale est un nid de gros cons, ce qui est souvent le cas, alors l'utilisation de ses clandestins serait autorisée.

– Y compris de ses agents dormants ?

– S'ils ne se sont pas endormis pour de bon, pourquoi pas ?

– Et même aujourd'hui, après toutes ces années, elle a un dossier vierge ?

– Ben oui, c'est la meilleure.

– Assez vierge pour venir sur le terrain sous couverture simple ?

– Elle peut faire tout ce qu'elle veut où elle veut sans problème. Elle est géniale. Tu n'as qu'à le lui demander.

– Alors, simple hypothèse, elle pourrait aller dans un pays occidental pour assister ou recruter une source importante ?

– Si c'est un poisson assez gros, oui.

– Quel genre de poisson ?

– Gros, je viens de te le dire. Il faudrait qu'il soit gros.

– Aussi gros que toi ?

– Voire plus gros, on s'en tape. »

Avec le recul, le moment qui suit m'apparaît comme un cas de prescience, mais ce n'était rien de la sorte. C'était moi, redevenu le professionnel que j'avais été, connaissant mon agent mieux que moi-même, captant les signaux qui émanaient de lui avant même qu'il ne les perçoive. C'était le fruit de nuits entières passées dans une voiture de location au fond d'une ruelle dans une ville communiste paumée, à l'écouter s'épancher sur l'histoire d'une vie trop mêlée à la grande histoire pour qu'un homme puisse la supporter seul. Et cela rendait d'autant plus cruelle la tragédie récurrente que je vois se rejouer en cet instant : la solitude amoureuse de cet homme d'une virilité incontestable qui se transforme toujours au moment crucial en l'enfant perdu qu'il fut jadis, impuissant, rejeté, humilié, quand le désir vire à la honte et que la colère enfle en lui. De ses nombreuses partenaires mal choisies, Valentina était le prototype : elle avait nonchalamment simulé une passion partagée, fait la belle avec lui et, une fois qu'elle l'avait tenu sous sa coupe, l'avait rejeté dans la rue d'où il venait.

Et elle est avec nous en ce moment, je le sens : dans la voix trop dégagée qu'il utilise pour la dénigrer, son langage corporel outré qui est tout sauf naturel en lui.

« Poisson mâle ou poisson femelle ? je demande.

– Mais comment tu veux que je le sache, putain ?

– Tu le sais parce que Valentina te l'a raconté, voilà. Pas toute l'histoire, juste des petites allusions murmurées à l'oreille, comme elle l'a toujours fait. Pour te tenter, pour t'impressionner, pour te provoquer. Ce gros poisson qui a nagé jusque dans son filet. Elle t'a peut-être dit que ce poisson était anglais ? C'est ça que tu te refuses à me révéler ? »

La sueur dégouline sur son visage hâve et tragique sous la lueur lunaire. Il parle comme il a toujours parlé, en déversant les idées de son moi intérieur à toute allure. Il trahit comme il a toujours trahi, en se détestant lui-même, en détestant l'objet de sa trahison, en chérissant l'amour qu'il éprouve pour elle, en se méprisant, en la punissant pour ses défaillances à lui. Oui, un gros poisson. Oui, anglais. Oui, un homme. C'est lui qui les a contactés. Il agit par idéologie, comme à l'époque communiste. Classe moyenne. Valentina va s'en occuper personnellement. Il sera sa chose, son disciple, voire son amant, elle verra.

« Tu as ce que tu voulais ? crie-t-il soudain en tournant d'un bloc son petit corps en une posture de défi. C'est pour ça que tu es venu, espèce de salopard d'impérialiste anglais ? Pour que je puisse trahir ma Valentina une deuxième fois pour toi ? »

Il se lève d'un bond et se met à hurler comme un fou.

« Tu as couché avec elle, sale don juan ? Tu crois que je ne sais pas que tu as baisé toutes les femmes de Trieste ? Dis-moi que tu as couché avec elle !

– Désolé, je n'ai pas eu ce plaisir, Arkady. »

Il se met en marche, les coudes décollés du corps, ses petites jambes faisant des pas démesurés. Je le suis dans le grenier vide, puis dans les deux volées de l'escalier. Quand nous arrivons sur le court de badminton, il m'attrape le bras.

« Tu te rappelles ce que tu m'as dit, la première fois ?

– Bien sûr.

– Redis-le.

– *Excusez-moi, consul Arkady. Il paraît que vous jouez très bien au badminton. Que diriez-vous d'un match amical entre deux grands alliés de la guerre ?*

– Donne-moi l'accolade. »

Je lui obéis. Il m'étreint avidement, puis me repousse.

« Mon prix est de 1 million de dollars payable en lingots d'or sur mon compte numéroté en Suisse, annonce-t-il. La livre sterling, ça ne vaut plus un clou, tu m'entends ? Si tu ne me paies pas, je le dis à Poutine !

– Désolé, Arkady. Nous sommes carrément fauchés. »

Et ma boutade arrive à nous faire sourire tous les deux.

« Ne reviens jamais, Nick. Plus personne n'a de rêves, aujourd'hui, tu m'entends ? Je t'aime. La prochaine fois que tu viens, je te tuerai. C'est une promesse. »

De nouveau, il me repousse. La porte se referme derrière moi. Je suis de retour dans la cour de ferme éclairée par la lune, où souffle une petite brise. Je sens les larmes d'Arkady sur mes joues. Au volant du 4 × 4 Mercedes, Dimitri me fait un appel de phares.

« Vous avez battu mon père ? demande-t-il nerveusement alors que nous repartons.

– Match nul. »

Il me rend ma montre, mon portefeuille, mon passeport et mon stylo.

*

Assis dans le hall les jambes étendues, les deux hommes des forces spéciales qui m'ont fouillé ne lèvent pas le nez quand je passe devant eux, mais, une fois arrivé sur le premier palier, je jette un regard en arrière et les surprends les yeux rivés sur moi. Dans ma chambre, une Vierge Marie préside une orgie d'angelots sur le chevet de mon lit à baldaquin. Arkady regrette-t-il de m'avoir autorisé à revenir dans sa vie tourmentée l'espace d'une demi-heure ? Est-il en train de penser que je serais mieux mort, finalement ? Il a vécu plus de vies que je n'en vivrai jamais, mais il se retrouve sans rien. J'entends des bruits de pas étouffés dans le couloir. Je dispose d'une seconde chambre adjacente pour loger mon garde du corps, mais pas d'un garde du corps à loger. Je n'ai d'autre arme que ma clé de chambre, quelques pièces de monnaie anglaises et un corps d'âge moyen qui ne ferait pas le poids face à l'un des leurs.

Aussi gros que toi ? Voire plus gros, on s'en tape... Quand on dort avec elle, on ne se réveille jamais... Plus personne n'a de rêves, aujourd'hui, tu m'entends ?

12

Moscou a parlé. Arkady a parlé. J'ai parlé et j'ai été entendu. Dom Trench a déchiré sa lettre à la commission de discipline. Le Central Londres m'a remboursé mes frais de voyage, quoique en contestant mon utilisation d'un taxi pour me rendre à l'hôtel en bord de lac à Karlovy Vary, car il semble qu'il y avait un bus que j'aurais pu prendre. Le département Russie, sous la direction par intérim de Guy Brammel, a déclaré le dossier Fourche actif et prioritaire. Son maître, Bryn Jordan, a signifié son accord depuis Washington en gardant pour lui les pensées qu'il pouvait nourrir concernant la visite inopinée d'un certain officier traitant à son ancien agent toxique. L'implication d'un traître de la stature d'Arkady a fait frémir dans toutes les antichambres du pouvoir. L'agent Fourche, installé dans un deux-pièces en rez-de-chaussée du nord de Londres, a reçu de son *inamorata* danoise virtuelle rien moins que trois textes cachés codés, dont le contenu envoie comme une décharge électrique dans tout le Refuge qui se transmet aussitôt à Dom Trench, au département Russie et au directorat des opérations selon la voie hiérarchique.

« C'est l'approbation de Dieu, Peter, me murmure Sergueï d'un ton subjugué. Peut-être est-ce Son souhait que je ne sois qu'un tout petit pion dans une immense opération dont je ne dois pas connaître les autres détails. C'est accessoire pour moi. Je veux juste prouver ma bonne volonté. »

Réticents à oublier leurs vieilles suspicions, toutefois, les guetteurs de Percy Price maintiennent une contre-surveillance allégée les mardis et jeudis de 14 heures à 18 heures, ce qui est le maximum que Percy puisse se permettre actuellement. Sergueï a aussi demandé à sa gestionnaire Denise si elle accepterait de l'épouser, à supposer qu'il obtienne la nationalité britannique. Denise soupçonne que Barry a trouvé quelqu'un d'autre et que Sergueï, plutôt que de l'admettre, a décidé qu'il était hétéro. Les perspectives d'une union sont néanmoins fort limitées, puisque Denise est lesbienne et mariée.

Les textes carbone cachés du Centre de Moscou valident le logement choisi par Sergueï et réclament des détails complémentaires sur les deux quartiers restants dans le nord de Londres, confirmant ainsi le goût de cette perfectionniste d'Anette pour l'hyperorganisation. Il est fait mention spécifique des jardins publics, des accès piéton et voiture, des heures d'ouverture et de fermeture, de la présence ou de l'absence de gardiens, gardes forestiers et autres « vigiles ». L'emplacement des bancs, belvédères, kiosques à musique et parkings est également d'un grand intérêt. La surveillance électronique a confirmé une augmentation anormale des messages entrants et sortants du service Nord du Centre de Moscou.

Comme on pouvait s'y attendre, mes relations avec Dom Trench sont au beau fixe depuis mon retour de Karlovy Vary, même si le département Russie l'a discrètement relevé de son autorité pour toutes les questions liées à Nébuleuse, nom de code aléatoire fourni par l'ordinateur de la direction générale pour désigner l'exploitation des données transitant entre le Centre de Moscou et la source Fourche. Mais Dom, comme toujours convaincu que la répudiation est pour demain, reste résolument exalté par le fait que mes rapports portent l'emblème de nos deux entités. Il a conscience du fait qu'il dépend de moi, ce qui l'agace et me remplit secrètement d'aise.

*

J'avais promis à Florence que je la rappellerais, mais dans l'euphorie ambiante, j'ai procrastiné. L'accalmie imposée par l'attente d'instructions spécifiques du Centre de Moscou m'offre l'occasion de réparer ce manque de courtoisie. Prue rend visite à sa sœur malade à la campagne et a prévu d'y passer le week-end. Je l'appelle pour vérifier, elle n'a pas changé de programme. Je ne téléphone pas à Florence depuis le fixe du Refuge, ni de mon portable pro. Je rentre à la maison, je mange une tourte steak-rognons froide, je descends deux scotchs puis, m'étant muni de monnaie, je remonte la rue jusqu'à l'une des dernières cabines subsistant à Battersea et compose le numéro qu'elle m'a donné. Je m'attends à entendre encore une boîte vocale, mais je tombe sur une Florence essoufflée.

« Ne quittez pas ! » dit-elle avant de poser la main sur le combiné et de crier quelque chose à quelqu'un dans ce qui a l'air d'être une maison vide.

Je n'arrive pas à distinguer les mots, mais j'en entends l'écho, comme ces voix lointaines quand on est à la plage. D'abord Florence, puis un homme. Ensuite elle revient vers moi, *en clair** et d'un ton professionnel.

« Oui, Nat ?

– Rebonjour.

– Bonjour. »

Si je m'attendais à un peu de gêne, je n'en trouve ni dans sa voix ni dans l'écho.

« J'appelle comme prévu parce que nous avons des affaires en cours, dis-je, surpris d'avoir à m'expliquer alors que ce serait à elle de le faire.

– Professionnelles ou personnelles ? demande-t-elle, ce qui me met en alerte.

– Vous avez dit dans votre texto que nous pouvions parler si je le souhaitais. Étant donné la façon dont vous êtes partie, j'ai trouvé ça un peu gonflé.

– La façon dont je suis partie ?

– Une façon soudaine, pour le moins. Et particulièrement indélicate vis-à-vis de certaines personnes dont vous aviez la charge, si vous voulez tout savoir, dis-je avec une sévérité que je regrette aussitôt lors du long silence qui s'ensuit.

– Comment vont-elles ? s'enquiert-elle d'un ton plus amène.

– Les personnes dont vous aviez la charge ?

– Ben, oui !

– Vous leur manquez énormément, dis-je avec plus de gentillesse.

– Même à Brenda ? » relance-t-elle après un nouveau long silence.

Brenda, alias Astra, la maîtresse désenchantée d'Orson, source primaire de l'opération Rosebud. Je m'apprête à lui révéler sans ménagement que Brenda, ayant appris son départ, a depuis lors refusé toute collaboration, mais je n'ai pas manqué de remarquer la voix étranglée de Florence, donc je modère quelque peu ma réponse.

« Elle s'en sort assez bien, vu les circonstances. Elle demande de vos nouvelles, mais elle comprend parfaitement que la vie continue. Vous êtes toujours là ?

– Nat ?

– Quoi ?

– Je pense que vous devriez m'inviter à dîner.

– Quand ça ?

– Bientôt.

– Demain soir ?

– Parfait.

– Restaurant de poisson, je suppose ? dis-je au souvenir de notre déjeuner au pub après sa présentation de Rosebud.

– Je me contrefous de ce qu'on mange », réplique-t-elle avant de raccrocher.

Les seuls restaurants de poisson que je connais étant sur la liste « abordable » de la section financière, nous risquerions de croiser des collègues du Service ayant invité leurs contacts, ce que je souhaite éviter à tout prix. J'opte pour un restaurant chic du West End et je retire une liasse de billets à un distributeur pour que la note n'apparaisse pas sur le relevé de notre Barclaycard commune. Parfois, dans la vie, on se fait prendre pour des péchés qu'on n'a pas commis. Je demande une table en coin, mais c'est une précaution inutile car, Londres agonisant toujours sous cette interminable canicule, le restaurant est presque désert et les serveurs sont pareils à des guêpes assoupies. Arrivé en avance, selon mon habitude, je commande un scotch. Dix minutes plus tard, Florence apparaît dans une version estivale de sa tenue habituelle de bureau : chemisier strict d'allure militaire à manches longues et col montant, pas de maquillage. Au Refuge, nous avions démarré sur des hochements de tête pour évoluer jusqu'à des bises de loin. Là, nous en revenons à un simple « Bonjour » et elle me traite comme l'ex-amant que je ne suis pas.

Caché derrière une carte gigantesque, je lui propose une coupe de champagne. Elle me rappelle sèchement qu'elle ne boit que du bourgogne rouge. Puis elle concède que la sole meunière lui ira très bien, mais une petite. Et si vraiment je prends une entrée, un cocktail d'avocat au crabe. Je prends une entrée. Je m'intéresse à ses mains. La grosse chevalière en or d'homme qu'elle portait à l'annulaire gauche a laissé place à une bague en argent fatiguée ornée de petites pierres rouges, trop large sur son doigt pour bien se caler sur l'empreinte pâle de celle qui l'a précédée.

Nous passons la commande et rendons nos énormes cartes au serveur. Jusqu'ici, Florence a réussi à éviter tout contact visuel. À présent, elle me regarde bien en face, et il n'y a pas une trace de contrition dans ses yeux.

« Que vous a raconté Trench ? lance-t-elle d'un ton sec.
– Sur vous ?
– Oui, sur moi. »

J'étais parti du principe que ce serait moi qui poserais les questions difficiles, mais elle en a décidé autrement.

« Que vous étiez trop émotive et pas à votre place, en gros. J'ai dit que ce n'était pas comme ça que je vous voyais. Mais comme vous aviez déjà quitté le Bureau avec armes et bagages, notre échange était purement rhétorique. Vous auriez pu me prévenir pendant notre double au badminton. Vous auriez pu m'appeler, sinon. Vous n'en avez rien fait.

– Et vous, vous me trouviez trop émotive et pas à ma place ?

– Je viens de vous dire que non. Comme je l'ai fait savoir à Trench, ce n'était pas la Florence que je connaissais.

– Je vous ai demandé ce que vous pensiez, pas ce que vous avez dit.

– Qu'étais-je donc censé penser ? Rosebud a été une déception pour tout le monde. Mais une opération spéciale annulée au dernier moment, cela n'a rien d'exceptionnel. Alors oui, j'ai trouvé que vous aviez pris la mouche un peu vite. Et aussi que vous aviez sans doute des problèmes personnels avec Dom. Peut-être que cela ne me regarde pas.

– Que vous a-t-il raconté d'autre sur notre conversation ?

– Pas grand-chose.

– Il ne vous a pas parlé de sa très charmante épouse la baronne Rachel, pairesse conservatrice et gestionnaire de portefeuille ?

– Non. Pourquoi l'aurait-il fait ?

– Vous n'êtes pas copain avec elle, par hasard ?

– Je ne l'ai jamais rencontrée. »

Elle boit une gorgée de bourgogne rouge, puis une gorgée d'eau, me jauge comme si elle cherchait à déterminer si je suis digne de recevoir l'information, puis prend une profonde inspiration.

« La baronne Rachel est la P-DG et cofondatrice, avec son frère, d'une société haut de gamme de gestion patrimoniale. Bureaux prestigieux dans la City, clientèle privée exclusivement. Si vous ne disposez pas de plus de 50 millions de dollars, pas la peine d'appeler. Je pensais que vous le saviez.

– Non, je l'ignorais.

– Leur spécialité, c'est les placements offshore : Jersey, Gibraltar et l'île de Niévès. Vous connaissez Niévès ?

– Pas encore.

– Niévès, c'est le top en matière d'anonymat. Niévès éclipse le monde entier avec ses innombrables compagnies. Et personne à Niévès ne sait à qui elles sont. Putain ! »

Son irritation vise son couteau et sa fourchette, qui tremblent dans ses mains sans qu'elle puisse les contrôler. Elle les pose avec un grand fracas métallique, puis avale une nouvelle gorgée de bourgogne.

« Vous voulez que je continue ?

– Je vous en prie.

– La baronne Rachel et son frère exercent un contrôle hors de toute responsabilité juridique sur quatre cent cinquante-trois compagnies offshore sans lien entre elles, sans raison sociale et sans existence officielle, principalement enregistrées à Niévès. Vous m'écoutez ou quoi ? Cette tête que vous faites !

– Je vais essayer d'y remédier.

– En plus d'une discrétion absolue, leurs clients exigent de forts retours sur investissement, du type 15 ou 20 %, sinon quel intérêt ? La zone d'expertise de la baronne et de son frère est l'État souverain d'Ukraine. Certains de leurs plus gros clients sont des oligarques ukrainiens. Cent soixante-seize desdites mystérieuses compagnies sont propriétaires de luxueuses propriétés à Londres, surtout à Knightsbridge et Kensington. Et une de ces luxueuses propriétés est un duplex à Park Lane que possède une compagnie que possède une compagnie que possède un fidéicommis que possède Orson. Ce sont des faits. Non contestables. Chiffres détaillés sur demande. »

Je ne donne jamais dans la réaction outrée, car c'est mal vu au Bureau. En conséquence, j'ai dû agacer Florence quand, au lieu de pousser un cri de stupéfaction scandalisée, j'ai fait la remarque que nos verres étaient vides et interrompu un long conflit entre trois serveurs pour obtenir de l'un d'eux qu'il nous resserve.

« Vous voulez la suite ou pas ? demande-t-elle.

– Absolument.

– Quand la baronne Rachel ne s'occupe pas de ses pauvres oligarques nécessiteux, elle siège dans des sous-commissions du Trésor en tant que membre coopté de la chambre des Lords. Elle était présente quand Rosebud a été évalué. Il ne reste aucun verbatim de cette réunion. »

C'est à mon tour de boire une longue gorgée de vin avant de reprendre la parole.

« Aurais-je raison de penser que vous enquêtez sur ces liens supposés depuis quelque temps ?

– Peut-être.

– En oubliant pour l'instant la question de savoir d'où vous tenez ces informations et si elles sont avérées, combien en avez-vous révélé à Dom lors de votre rendez-vous en tête à tête ?

– Suffisamment.

– C'est-à-dire ?

– Le fait que sa charmante épouse gère les sociétés d'Orson en sous-main, pour commencer.

– Si tel est bien le cas…

– J'ai des amis qui touchent leur bille dans ce domaine.

– C'est ce que je commence à comprendre, oui. Depuis combien de temps connaissez-vous ces amis ?

– Non mais, de quoi je me mêle ?

– Et le fait que Rachel siège dans des sous-commissions du Trésor ? C'est vos amis qui vous ont refilé l'info ?

– Possible.
– Et vous en avez aussi parlé à Dom ?
– Pourquoi je l'aurais fait ? Il savait déjà.
– Comment savez-vous qu'il savait ?
– Ils sont mariés, bordel ! »

L'agressivité me vise-t-elle, moi ? Sans doute, même si le fantasme de notre liaison inexistante est plus profondément ancré dans son imagination que dans la mienne.

« Rachel est une grande dame, poursuit-elle d'un ton sarcastique. Les magazines people l'adorent. Elle a reçu des médailles pour ses bonnes œuvres. Dîners caritatifs au Savoy. Elle s'encanaille au Claridge. La totale.

– Mais les magazines people ne racontent pas qu'elle siège dans des sous-commissions du Trésor top secrètes, j'imagine. À moins que ça se trouve sur le dark web ?

– Comment je le saurais, moi ? rétorque-t-elle d'un ton un peu trop indigné.

– C'est précisément ce que je vous demande. Comment le savez-vous ?

– Ne me faites pas subir un interrogatoire, Nat. Je ne suis plus votre propriété !

– Je m'étonne que vous ayez pu penser l'avoir été un jour. »

Notre première querelle d'amoureux et nous n'avons jamais fait l'amour.

« Comment Dom a-t-il réagi à ce que vous lui avez dit sur sa femme ? » je lui demande après avoir laissé le temps à nos passions de se calmer (enfin, surtout la sienne).

Pour la première fois, je vois fléchir sa résolution à me traiter en ennemi. Elle se penche vers moi et baisse la voix.

« Un : les plus hautes autorités de ce pays sont informées de ces liens. Elles les ont examinés et validés.

– A-t-il précisé quelles hautes autorités ?

– Deux : il n'y a pas de conflit d'intérêts. Transparence totale et complète des deux côtés. Trois : la décision de ne pas approuver Rosebud a été prise dans l'intérêt du pays après mûre considération de tous les aspects de l'affaire. Et quatre : il semblerait que je sois en possession d'informations classées auxquelles je ne devrais pas avoir accès, alors je dois la boucler. Ce qui est ce que vous êtes sur le point de me dire, vous aussi. »

Elle n'a pas tort, mais ce n'est pas pour les mêmes raisons.

« Bien. À qui d'autre en avez-vous parlé, en dehors de Dom et moi ?

– À personne. Pourquoi j'aurais fait ça ? s'offusque-t-elle en renouant avec son hostilité antérieure.

– Tant mieux. Continuez comme ça. Je n'ai pas envie de devoir vous servir de témoin de moralité devant un tribunal. Puis-je renouveler ma question : Depuis combien de temps fréquentez-vous ces amis informés ? »

Pas de réponse.

« Avant de devenir membre du Bureau ?

– Possible.

– Qui c'est, à Hampstead ?

– Un sale type.

– Quel genre ?

– Un gestionnaire de fonds toxiques retraité à quarante ans.

– Marié, je suppose ?

– Comme vous.

– C'est lui qui vous a dit que la baronne gère les comptes offshore d'Orson ?

– Il m'a dit qu'elle était l'investisseur de la City que tous les richards ukrainiens allaient voir. Il m'a dit qu'elle menait les autorités financières par le bout du nez. Il m'a dit qu'il avait lui-même eu recours à ses services une ou deux fois et qu'elle avait assuré.

– Quel genre de services ?

– Faire avancer un dossier, contourner des règlementations qui ne réglementent rien, qu'est-ce que vous croyez ?

– Et ces rumeurs, ces on-dit, vous les avez communiqués à vos amis et ils sont partis de là ? C'est ça que vous êtes en train de me dire ?

– Possible.

– Qu'est-ce que je suis censé faire de tout ce que vous venez de me raconter, en supposant que ce soit vrai ?

– Vous en foutre. C'est ce que tout le monde fait, non ? »

Elle se lève. Je l'imite. Un serveur nous apporte la note, exorbitante. Nous regardons tous les trois les billets de 20 livres que j'empile dans l'assiette. Puis Florence me suit dans la rue et m'attrape. C'est notre toute première étreinte, mais pas de baiser.

« Et n'oubliez pas ces engagements draconiens que les ressources humaines vous ont fait signer quand vous êtes partie, lui dis-je avant de prendre congé. Je suis vraiment désolé que cela se soit mal terminé.

– Eh bien, peut-être que ça ne s'est pas terminé, rétorque-t-elle avant de se corriger hâtivement, comme si elle avait gaffé : Enfin, je veux dire, je n'oublierai jamais, c'est tout. Vous étiez tous super. Et aussi mes agents. Et le Refuge. Vous étiez tous formidables », répète-t-elle d'un ton trop joyeux.

Elle descend sur la chaussée et hèle un taxi qui passe, puis referme la portière sur elle avant que j'aie pu entendre sa destination.

*

Je suis seul sur le trottoir. Il est 22 heures, mais la chaleur de la journée me remonte au visage. Notre aventure s'est terminée si vite que, entre le vin et la canicule, j'en viens à douter qu'elle ait même existé. Que faire maintenant ? Avoir une discussion avec Dom ? Elle l'a déjà eue. Appeler la garde prétorienne du Bureau et faire s'abattre la colère de Dieu sur ses amis, que j'imagine être une bande de jeunes idéalistes en colère de l'âge de Steff qui passent chaque minute de leur journée à essayer d'enculer le système ? Ou alors je prends mon temps, je rentre à pied, je dors, je vois ce que j'en pense demain matin ? Je suis sur le point d'opter pour cette dernière solution quand mon portable pro vibre pour me signaler un texto urgent. Je m'éloigne du réverbère et j'entre le code requis.

La source FOURCHE a reçu un message crucial. Réunion de tous les Nébuleux dans mon bureau demain matin à 7 heures.

Signé du symbole représentant Guy Brammel, chef par intérim du département Russie.

13

Toute tentative de présenter de façon ordonnée les événements opérationnels, personnels et historiques qui se sont bousculés pendant les onze jours suivants serait vouée à l'échec, tant les épisodes mineurs viennent s'immiscer dans ceux d'une portée immense. Même si les rues de Londres se languissent sous une canicule record, elles grouillent de manifestants en colère brandissant des bannières, parmi lesquels Prue et ses amis avocats de gauche. Des orchestres improvisés jouent des airs contestataires. Des effigies en baudruche planent au-dessus des foules. Les sirènes des voitures de police et des ambulances hurlent. Le quartier de Westminster est inaccessible, Trafalgar Square impénétrable. La raison de toute cette agitation ? La Grande-Bretagne déroule le tapis rouge à un président américain venu ricaner de nos liens avec l'Europe forgés dans la douleur et humilier la Première ministre qui l'a invité.

*

La réunion de 7 heures dans le bureau de Brammel est la première d'une succession ininterrompue de conseils de guerre sur Nébuleuse. Sont présents le tout-puissant Percy Price, doyen de la surveillance, ainsi que l'élite du département Russie et du directorat des opérations. Mais pas Dom, et comme chacun met un point d'honneur à ne pas demander où il est, je m'abstiens aussi. La redoutable Marion, de notre service frère, est accompagnée de deux respectables juristes en costume sombre malgré la chaleur étouffante. Brammel en personne nous donne lecture des dernières instructions du Centre reçues par Sergueï : il doit fournir un soutien logistique sur le terrain pour une rencontre clandestine entre un important émissaire de Moscou (sexe non précisé) et un précieux « collaborateur britannique » (sans plus de détails). Ma participation dans Nébuleuse a été formellement autorisée et aussitôt restreinte. Dois-je y voir la main de Bryn Jordan, ou bien suis-je encore plus paranoïaque que d'habitude ? En tant que chef de la station annexe Refuge, je serai « responsable du bien-être et de la gestion de FOURCHE et de ses gestionnaires ». Toutes ses communications secrètes avec le Centre de Moscou passeront par moi, mais devront ensuite être validées avant leur mise en circulation par Guy Brammel en tant que chef par intérim du département Russie.

Là s'arrête l'étendue officielle de mes responsabilités. Sauf qu'en fait non, parce que je ne suis pas comme ça, et notre Bryn absent est le mieux placé pour le savoir. Oui, je vais supporter de longues séances avec Sergueï et Denise dans l'appartement sûr et décrépit du Refuge près de la station de métro Camden Town. Oui, je vais rédiger les textes cachés de Sergueï et jouer aux échecs avec lui jusque tard le soir en attendant de capter sur une obscure chaîne de radio commerciale d'Europe de l'Est la confirmation grâce à un code prédéfini que notre toute dernière lettre d'amour à Copenhague est en cours de traitement.

Mais je suis un homme de terrain, pas un rond-de-cuir ni une assistante sociale. Un paria relégué au Refuge, peut-être, mais aussi l'auteur initial de Nébuleuse. Qui a fait le débriefing crucial de Sergueï et a flairé l'odeur du sang ? Qui l'a fait venir à Londres, a effectué le pèlerinage interdit auprès d'Arkady et a ainsi pu fournir la preuve indiscutable que ceci n'était pas un banal jeu de chaises musicales russes, mais une opération d'espionnage de haute volée structurée autour d'une source britannique potentielle ou déjà active de grande valeur et gérée en personne par la reine des clandestins du Centre de Moscou ?

En notre temps, Percy Price et moi avons fait les quatre cents coups, comme on dit, et je ne parle pas seulement du vol de ce prototype de missile sol-air russe à Poznań. Les huiles du dernier étage n'auraient donc pas dû s'étonner que, quelques jours à peine après le premier conseil de guerre Nébuleuse, Percy et moi soyons tapis à l'arrière d'une camionnette de blanchisserie équipée des derniers bijoux de la surveillance moderne pour sillonner l'un après l'autre les trois quartiers du nord de Londres que Sergueï a pour consigne de reconnaître. Percy a baptisé le troisième la zone Bêta, un choix que j'accepte sans discuter.

Pendant nos tournées, nous nous remémorons tels deux petits vieux d'anciennes affaires sur lesquelles nous avons collaboré, les anciens agents, les anciens collègues. Grâce à Percy, je suis également présenté en catimini à sa *Grande Armée** de guetteurs, privilège que la direction générale se garde bien de cautionner – après tout, un beau jour, c'est moi qu'ils pourraient avoir pour mission de surveiller. Le lieu : un temple de brique rouge déconsacré en instance de démolition à la lisière de la zone Bêta. Notre couverture : un service commémoratif. Percy a réuni une bonne centaine de fidèles.

« Tout ce que tu pourras dire pour motiver les troupes sera vraiment bienvenu et apprécié, Nat, me déclare-t-il avec son sympathique accent cockney. Ils sont dévoués, mais ce boulot peut être assez pénible, surtout vu la chaleur qu'on a en ce moment. Si je puis me permettre, tu as l'air un chouïa inquiet. Rappelle-toi que mes gamins aiment les visages francs. Ce sont des guetteurs, tu comprends, c'est bien naturel. »

Par égard pour lui, je serre des mains et je tape sur des épaules, et quand il m'invite à adresser quelques mots d'encouragement à ses ouailles, je n'y manque pas. J'entends ma voix résonner joliment contre les poutres en pitchpin.

« Ce que nous espérons tous voir ce vendredi soir, ce 20 juillet, pour être précis, c'est la rencontre clandestine savamment orchestrée de deux inconnus. L'un, nom de code Gamma, sera un agent aguerri qui maîtrise à la perfection toutes les ficelles du métier. L'autre, nom de code Delta, sera une personne d'âge, de profession et de sexe inconnus, leur dis-je, toujours soucieux de protéger ma source. Ses motivations sont un mystère, autant pour nous que pour vous. Mais ce que je peux vous dire, c'est que, si l'on en juge d'après les monceaux de renseignements solides que nous recevons au moment même où je vous parle, le peuple britannique tout entier est sur le point de vous devoir une fière chandelle, même s'il ne le saura jamais. »

Le tonnerre d'applaudissements me prend par surprise et me touche beaucoup.

*

Autant Percy redoutait l'effet de mon expression sur ses équipes, autant Prue n'a aucune inquiétude du genre. Nous prenons un petit déjeuner très matinal.

« C'est formidable de te voir impatient d'attaquer ta journée, me dit-elle en posant son *Guardian*. Je ne connais pas ton programme, mais je suis vraiment très contente pour toi, après tous les soucis que tu te faisais à l'idée de rentrer en Angleterre sans être sûr de ton avenir professionnel. J'espère juste que ce n'est pas trop dramatiquement illégal, ce que tu vas faire. Ou bien si ? »

Sauf erreur, cette question constitue une avancée notable sur notre prudent chemin de retrouvailles. Depuis notre séjour à Moscou, il est entendu entre nous que, même si je décidais de contourner les règles du Bureau et de m'ouvrir à elle, ses objections de principe à l'« État profond » lui interdiraient de recueillir mes confidences. En retour, je me suis appliqué (peut-être un peu trop) à ne pas m'immiscer dans ses secrets juridiques, même quand il s'agissait de batailles aussi titanesques que celle que son cabinet livre actuellement aux multinationales pharmaceutiques.

« Eh bien, au risque de te surprendre, Prue, pour une fois ce n'est pas si affreux ! Je crois même que tu approuverais. Tout indique que nous sommes sur le point de démasquer un espion russe très important. »

Avec cette déclaration, je ne contourne pas les règles du Bureau, je les foule carrément aux pieds.

« Et quand tu l'auras démasqué, tu le traîneras devant les tribunaux, bien sûr. Et pas à huis clos, hein !

– Ce sera au pouvoir en place d'en décider, dis-je prudemment, car la dernière chose que le Bureau voudrait faire après avoir démasqué un agent ennemi, c'est le remettre à la justice.

– Tu as joué un rôle déterminant dans la traque de ce mystérieux agent russe ?

– Puisque tu me poses la question, Prue, sans fausse modestie, oui.

– Comme aller à Prague pour en parler avec l'officier de liaison ?

– Il y a une composante tchèque, on va dire ça comme ça.

– Eh bien, Nat, je n'aurai qu'un mot : bravo ! Je suis très fière de toi », commente-t-elle en balayant d'un coup des années de crispation.

Ah ! et au fait, son cabinet pense qu'ils tiennent Big Pharma à leur merci. Et Steff a été adorable au téléphone ce soir.

*

C'est un matin ensoleillé, tout se met en place comme je n'osais même pas l'espérer, et l'opération Nébuleuse acquiert une dynamique inarrêtable. Les dernières consignes du Centre de Moscou demandent à Sergueï de se présenter dans une brasserie près de Leicester Square à 11 heures du matin. Après avoir trouvé une table « dans le coin nord-ouest », il commandera un *latte* au chocolat, un hamburger et une salade de tomates. Entre 11 h 15 et 11 h 30, avec ces trois signaux de repérage posés devant lui, il sera approché par un homme qui prétendra être une vieille connaissance, lui donnera l'accolade et partira en prétextant qu'il est en retard pour un rendez-vous. Pendant cette étreinte, Sergueï sera devenu l'heureux propriétaire d'un téléphone portable « non contaminé » (selon la description de Moscou) qui contiendra, outre une carte SIM neuve, un microfilm avec des instructions complémentaires.

Bravant les mêmes foules effervescentes et la même chaleur insupportable que les guetteurs de Percy Price, Sergueï se positionne dûment dans la brasserie, commande son repas et se réjouit de voir approcher, les bras grands ouverts, nul autre que le toujours jeune et exubérant Felix Ivanov, nom de couverture d'un de ses camarades de promotion à l'école des agents dormants.

La remise subreptice du téléphone portable se passe comme sur des roulettes, sans compter sa dimension amicale inattendue. Ivanov est lui aussi ravi et surpris de voir son vieux copain Sergueï dans une telle forme. Loin de prétexter un rendez-vous urgent, il s'assied à côté de lui et les deux agents dormants profitent d'un tête-à-tête qui aurait atterré leurs formateurs. Malgré le raffut ambiant, l'équipe de Percy n'a aucun mal à les entendre, ni même à les filmer. Dès qu'Ivanov, entre-temps rebaptisé Tadzio de façon aléatoire par l'ordinateur du département Russie, prend congé, Percy envoie une équipe pour le loger, en l'occurrence le suivre jusqu'à une auberge de jeunesse de Golders Green. Contrairement à son homonyme littéraire, Tadzio est corpulent, braillard et jovial, nounours russe devenu le chouchou de ses camarades étudiants, et surtout des étudiantes.

À mesure que les vérificateurs de la direction générale traitent les flots de données entrantes, il transpire aussi qu'Ivanov ne s'appelle plus Ivanov et qu'il n'est plus russe. À sa sortie de l'école pour agents dormants, il a pris l'identité d'un Polonais nommé Strelsky, inscrit en technologie à la London School of

Economics et titulaire d'un visa étudiant. Selon son dossier de candidature, il parle russe, anglais et un allemand parfait après avoir étudié à Bonn et à Zurich, et son prénom n'est pas Felix mais Mikhaïl, défenseur de l'humanité. Pour le département Russie, il constitue un sujet particulièrement intéressant puisqu'il appartient à cette nouvelle génération d'espions qui, au contraire des lourdauds d'antan du KGB, parlent couramment nos langues occidentales au point d'être presque bilingues et d'imiter à la perfection nos petites manies.

Dans la maison sûre décrépite de Camden Town, Sergueï et Denise sont assis côte à côte sur un gros canapé et moi dans l'unique fauteuil. J'ouvre le portable de Tadzio, que le service technique a entre-temps rendu provisoirement inactif, j'en sors la bandelette de microfilm et la pose sous l'agrandisseur. Munis du carnet à usage unique de Sergueï, nous décodons les dernières instructions de Moscou, puis, comme d'habitude, je demande à Sergueï de les traduire en anglais pour moi. À ce stade, je ne peux pas prendre le risque de le laisser découvrir que je lui mens depuis le jour de notre rencontre.

Comme toujours, les instructions sont parfaites (trop parfaites, dirait Arkady). Sergueï doit coller un tract « Non au nucléaire » dans le coin supérieur gauche de la fenêtre de son appartement en sous-sol, puis sortir vérifier qu'il est bien visible des passants dans les deux sens et jusqu'à quelle distance. Puisque ce modèle de tract n'est disponible auprès d'aucun des repaires habituels de militants, la mode ces temps-ci étant le « Non au fracking », le service des contrefaçons nous en fabrique un. Sergueï doit aussi acheter un chien de faïence ornemental victorien mesurant entre trente et quarante-cinq centimètres de haut – eBay en regorge.

*

Bien évidemment, pendant cette décade prodigieuse et ensoleillée, Prue et moi n'avons pas manqué de faire quelques sauts de puce au Panama lors de connexions Skype aussi nocturnes qu'hilarantes, tantôt avec Steff seule quand Juno était parti en safari chauves-souris, tantôt avec les deux, parce que, même quand on est absorbé dans Nébuleuse, le monde réel (comme Prue tient à l'appeler) doit continuer de tourner.

Steff nous raconte que les singes hurleurs commencent à se marteler le torse à 2 heures du matin et réveillent tout le campement, que les chauves-souris géantes désactivent leur radar lorsqu'elles connaissent bien leur plan de vol, ce qui permet leur capture dans des filets tendus entre les palmiers, mais quand on vient les récupérer pour les cataloguer, il faut vraiment faire hyper attention, maman, parce qu'elles mordent et qu'elles ont la rage, alors il faut porter des gants super épais comme les égoutiers, et même pour les bébés, c'est pareil. Nous nous réjouissons tous les deux de voir qu'elle a retrouvé son âme d'enfant. Et pour autant que nous osons l'espérer, Juno a l'air d'être un jeune homme intègre et sincère qui montre toutes les apparences d'aimer notre fille, donc croisons les doigts.

Mais tout se paie, dans la vie. Un beau soir (si je ne m'emmêle pas dans mes souvenirs, il me semble que c'est J -8 pour Nébuleuse), le téléphone sonne. Prue décroche. Les parents de Juno sont venus à Londres sur un coup de tête, ils logent dans un hôtel de Bloomsbury qui appartient à un ami de la mère de Juno, ils ont des billets pour Wimbledon et pour le test match de cricket Angleterre-Inde au stade de Lord's, et ils seraient très honorés de rencontrer les parents de leur future belle-fille « au moment que monsieur le *conseiller commercial* et vous-même jugerez opportun ». Prue me transmet cette nouvelle en se tenant les côtes. Cerise sur le gâteau, il se trouve que je suis alors assis à l'arrière du fourgon de surveillance dans la zone Bêta et que Percy Price m'explique où il se propose de positionner ses guetteurs statiques.

Quoi qu'il en soit, deux jours plus tard (Nébuleuse -6), je réussis miraculeusement à me présenter dans un costume élégant devant la cheminée à gaz de notre salon au côté de Prue et, en ma qualité de conseiller commercial britannique, à discuter avec les futurs beaux-parents de ma fille de sujets tels que les relations commerciales post-Brexit de la Grande-Bretagne avec le sous-continent indien ou les effets que donne à la balle le lanceur indien Kuldeep Yadav, tandis que Prue, qui, en bonne avocate, sait pourtant garder son sérieux quand c'est nécessaire, manque de pouffer derrière sa main.

*

Quant à mes salutaires séances nocturnes de badminton avec Ed, pendant cette période stressante, je peux seulement dire qu'elles n'ont jamais été aussi salutaires et que nous n'avons jamais été en meilleure forme tous les deux. Avant les trois dernières, je m'étais employé à intensifier ma préparation physique dans une salle de sport et au parc en une tentative désespérée de contenir la nouvelle maestria d'Ed sur le court, jusqu'à ce qu'arrive un jour où, pour la toute première fois, l'affrontement perd toute importance.

La date, que ni lui ni moi n'oublierons jamais, est le 16 juillet. Nous avons disputé notre match serré habituel. J'ai encore perdu. Mais peu importe, je n'ai qu'à m'y habituer. Tranquillement, serviette roulée sur la nuque, nous nous rendons à notre *Stammtisch* en anticipant les bruits de voix et de verres sporadiques coutumiers pour un lundi soir dans une salle globalement vide. Au lieu de quoi nous arrivons dans un silence inhabituel et tendu. Au bar, une demi-douzaine de nos membres chinois ont les yeux rivés sur un écran de télévision, d'ordinaire branché sur une quelconque chaîne sportive. Or ce soir, pour une fois, nous ne regardons pas du football américain ou du hockey sur glace islandais, mais Donald Trump et Vladimir Poutine.

Les deux leaders donnent une conférence de presse conjointe à Helsinki, debout côte à côte devant les drapeaux respectifs de leurs deux nations. Trump, comme s'il parlait sur commande, s'emploie à désavouer les découvertes gênantes de ses propres services de renseignement confirmant que la Russie a influencé les résultats de l'élection présidentielle américaine de 2016. Poutine sourit tel un maton réjoui.

Ed et moi allons d'un pas chancelant nous asseoir à notre *Stammtisch*. Au cas où nous l'aurions oublié, un commentateur nous rappelle que, hier seulement, Trump déclarait que l'Europe était son ennemie et, pour faire bonne mesure, vilipendait l'OTAN.

Où suis-je dans ma tête ? comme dirait Prue. En partie avec mon ancien agent Arkady. Je me rappelle sa description de Trump en nettoyeur de chiottes de Poutine. Je me rappelle que Trump « fait tout ce que le petit Vlad ne peut pas faire lui-même ». Une autre partie de moi se projette sur Bryn Jordan à Washington, cloîtré avec nos collègues américains qui doivent découvrir d'un œil incrédule le même acte de trahison présidentielle.

Et Ed, lui, où est-il dans sa tête ? Pétrifié, il s'est retiré en lui-même, plus profondément que jamais. Au départ, il en reste bouche bée de stupéfaction. Il finit par serrer les lèvres pour les humecter, puis les essuyer d'un revers de main machinal. Mais même quand le vieux Fred, notre barman, qui a son propre sens des priorités, zappe sur un peloton de femmes cyclistes pédalant frénétiquement autour d'une piste, les yeux d'Ed ne quittent pas l'écran.

« Ça recommence, déclare-t-il enfin d'une voix qui tremble de stupeur. C'est 1939 qui recommence. Molotov et Ribbentrop qui se partagent le monde. »

Je trouve ce parallèle un peu excessif et je le lui dis. Trump est peut-être le pire président que l'Amérique ait jamais eu, mais ce n'est pas Hitler non plus, même s'il voudrait bien l'être, et il existe plein d'Américains honnêtes qui ne vont pas accepter cela les bras croisés.

Il semble d'abord ne pas m'avoir entendu, puis, de la voix lointaine d'un homme qui se réveille d'une anesthésie, il affirme :

« Peut-être, mais il y avait aussi plein d'Allemands honnêtes, et ça n'a servi strictement à rien. »

14

C'est le jour J. Dans la salle des opérations au dernier étage de la direction générale règne un calme olympien. Il est 19 h 20 à l'horloge LED accrochée au-dessus de la double porte imitation chêne. Si vous avez l'habilitation Nébuleuse, le spectacle commence d'ici cinquante-cinq minutes. Dans le cas contraire, il y a deux cerbères à la porte qui se feront un plaisir de vous informer de votre erreur.

L'atmosphère est détendue, et même de plus en plus détendue à mesure que l'heure H approche. Déjà, personne ne s'affole, tout le monde a du temps pour tout. Les assistants entrent et sortent avec des ordinateurs portables ouverts, des Thermos, des bouteilles d'eau et des sandwichs pour la table des rafraîchissements. Un petit malin demande s'il y a du pop-corn. Un homme grassouillet avec un cordon fluorescent autour du cou tripote deux écrans plats fixés au mur qui affichent la même vue magnifique du lac Windermere en automne. Les voix que nous entendons dans nos écouteurs appartiennent à l'équipe de surveillance de Percy Price. Ses cent fidèles se sont dispersés pour devenir des travailleurs qui font leurs courses avant de rentrer, des marchands des quatre-saisons, des serveuses, des cyclistes, des chauffeurs Uber et des passants innocents qui n'ont rien de mieux à faire que de reluquer les filles et murmurer dans leur portable sans que personne ne puisse deviner qu'il est protégé par cryptage et qu'ils parlent non pas à leurs amis, leur famille, leurs amants ou leurs dealers mais au centre de contrôle de Percy Price, installé pour ce soir dans un nid d'aigle à double vitrage perché à mi-hauteur du mur à ma gauche. Vêtu de son traditionnel polo de cricket blanc dont il a retroussé les manches longues, un casque sur la tête, Percy transmet silencieusement ses ordres à son équipe éparpillée.

Nous sommes déjà seize et d'autres sont attendus. Il s'agit du même aréopage que pour entendre par la voix de Florence ce qui fut le chant du cygne de l'opération Rosebud, avec quelques ajouts bienvenus. Marion, de notre service frère, est de nouveau escortée par ses deux utilités en costume sombre, également connues sous le nom d'« avocats ». Marion n'est pas d'humeur à rigoler, nous a-t-on informés. Le refus par le dernier étage d'offrir sur un plateau l'opération Nébuleuse à son service l'a ulcérée, quand elle avait argué que la présence putative d'un traître haut placé dans le petit monde de Whitehall mettait cette affaire en plein sur son turf. Que nenni, Marion ! ont dit nos mandarins. Les sources sont les nôtres, donc les renseignements sont les nôtres, donc le dossier est le nôtre, merci et bonsoir. À Moscou, dans les entrailles de la place Loubianka, jadis Dzerjinski, j'imagine de semblables tensions et disputes parmi les membres de la section clandestins du département Nord qui se préparent à la même longue soirée que nous.

J'ai été promu : Dom Trench a pris la place de Florence au bout de la table réservé aux requérants, alors que je trône en plein centre. Nous n'avons pas eu de nouvelle discussion concernant Rosebud. Je suis donc quelque peu surpris quand il se penche par-dessus la table pour me dire à voix basse :

« Nat, tout va bien entre nous concernant ce déplacement à Northwood en voiture avec chauffeur ?

– Bien sûr, pourquoi ?

– Je compte sur toi pour me soutenir si nécessaire.

– À quel propos ? Ne me dis pas que le service voiturage fait des ennuis ?

– Non, non. À propos de certaines questions connexes », répond-il d'un ton sinistre avant de se renfermer dans sa coquille.

Cela fait-il réellement moins de dix minutes que je lui ai demandé d'un ton dégagé quelles officines de l'État son épouse la baronne honorait de sa présence ces temps-ci ?

« Elle papillonne à droite à gauche, Nat, avait-il répondu en se raidissant comme s'il était en présence d'un membre de la famille royale. Ma chère Rachel a la bougeotte, on ne la refera pas. Quand ce n'est pas une autorité administrative indépendante dont toi et moi n'avons jamais entendu parler, elle part à Cambridge discuter avec les grands de ce monde sur la meilleure façon de sauver notre système de santé. Ta Prue est de la même eau, j'en suis sûr. »

Eh bien, Dom, fort heureusement Prue n'est pas de la même eau, témoin l'immense pancarte ornée du slogan « TRUMP = MENTEUR » dans laquelle je me prends les pieds chaque fois que j'arrive dans notre entrée.

Le lac Windermere fond au blanc puis réapparaît après quelques hoquets. Les lumières dans la salle des opérations baissent. Les silhouettes de quelques retardataires se hâtent de venir s'asseoir à la longue table. Après d'interminables adieux, le lac Windermere cède la place aux caméras de Percy Price et à leurs panoramiques de bienheureux citoyens profitant du soleil dans un jardin public du nord de Londres par une étouffante soirée d'été. Il est 19 h 30.

Quelques minutes avant le déclenchement d'une opération d'espionnage stressante, on s'attend à tout sauf à être submergé par une bouffée d'amour pour ses concitoyens. Mais sur nos écrans s'étale le Londres que nous aimons : des gamins de toutes origines qui improvisent une partie de basket, des filles en robe d'été qui se prélassent sous les rayons du soleil omniprésent, des petits vieux qui se promènent bras dessus bras dessous, des mamans qui pilotent des poussettes, des pique-niqueurs à l'ombre des grands arbres, des joueurs d'échecs ou de boules en plein air. Parmi eux déambule d'un pas tranquille un amical policier en tenue. Depuis combien de temps n'avons-nous pas vu un bobby tout seul ? Quelqu'un joue de la guitare. Il me faut un moment pour me rappeler que nombre de ces bienheureuses personnes étaient à peine trente-six heures plus tôt les membres de ma congrégation dans ce temple déconsacré dont l'encombrante flèche domine l'horizon.

L'équipe Nébuleuse connaît par cœur les moindres recoins de la zone Bêta et, grâce à Percy, moi aussi. Le jardin public dispose de six vieux courts de tennis en dur dépourvus de filet, d'une aire de jeux avec une cage à poules, des balançoires et un tunnel, ainsi que d'un lac de plaisance dégageant une odeur infecte. Du côté ouest, une rue animée interdite au stationnement, avec un couloir de bus et une piste cyclable ; du côté est, un immeuble HLM ; du côté nord, un alignement de maisons géorgiennes pour bobos. Dans l'une d'elles, en demi-sous-sol accessible par un escalier en fer, l'appartement de Sergueï validé par Moscou, avec une chambre pour lui et une autre pour Denise, qui y dort porte verrouillée. À travers la partie supérieure de la fenêtre, on a vue sur l'aire de jeux et sur un étroit sentier goudronné flanqué des deux côtés par trois bancs installés à six mètres d'intervalle, chacun mesurant 3,65 mètres de long. Sergueï a envoyé à Moscou des photos des bancs, numérotées de 1 à 6.

Le parc dispose aussi d'une cafétéria très appréciée, à laquelle on accède soit par une porte en fer depuis la rue, soit par le jardin lui-même. Aujourd'hui, elle est gérée par une nouvelle équipe temporaire, les employés habituels ayant reçu une journée de salaire en dédommagement (« Bonjour les faux frais », ronchonne Percy). Seize tables dedans et vingt-quatre dehors, protégées de la pluie ou du soleil par des parasols. Un comptoir en self-service à l'intérieur propose nourriture et boissons ; aux beaux jours, un panneau avec une vache réjouie léchant un cône vanille indique le stand extérieur qui vend des glaces. Au fond de la salle, des toilettes publiques équipées d'aménagements pour handicapés et de tables à langer. Des sacs en plastique et des poubelles de recyclage sont à disposition pour les promeneurs de chiens. Sergueï a scrupuleusement consigné tous ces détails dans de longs textes cachés à l'intention de son insatiable maîtresse danoise, Anette la perfectionniste.

Sur ordre de Moscou, nous avons également fourni des photographies de la cafétéria, intérieur et extérieur, et des voies d'accès. Puisqu'il y a mangé deux fois entre 19 heures et 20 heures à la demande de son contrôleur, une fois dedans, une fois dehors, afin de renseigner Moscou sur la densité de clientèle, Sergueï a pour instruction de ne plus y remettre les pieds jusqu'à nouvel ordre. Il doit rester dans son appartement et attendre un événement sur lequel il n'a pour l'instant aucune information.

« Je ferai tout, Peter. Je serai moitié gardien de maison sûre et moitié agent de contre-surveillance. »

S'il dit « moitié », c'est qu'il s'avère que son ancien camarade Tadzio a aussi été affecté à l'opération. Au cas où ils se croiseraient par accident, ils ont pour consigne de s'ignorer.

Je passe la foule en revue au cas peu probable où je reconnaîtrais un visage familier. Pendant son séjour à Trieste puis sur la côte adriatique, la Valentina d'Arkady a été prise en photo et filmée sous tous les angles en tant qu'émissaire du Centre de Moscou et agent double potentiel. Mais une femme aux traits banals peut faire à peu près tout ce qu'elle veut de son apparence en l'espace de vingt ans. Le service imagerie nous a fourni un large éventail de physionomies que pourrait avoir adoptées la nouvelle Valentina alias Anette alias je ne sais qui. J'observe entre autres plusieurs femmes d'âges divers qui descendent du bus, mais pas une ne se dirige vers la porte en fer menant au café et au parc. Les caméras de Percy se posent sur un vieux prêtre barbu à surplis mauve et col romain.

« Rien à voir avec toi, Nat ? me demande-t-il dans mon écouteur.

– Non, Percy, rien du tout, merci. »

Éclats de rire généralisés, puis le calme revient. Une autre caméra effectue un panoramique tremblant sur les bancs situés de part et d'autre du sentier goudronné. Je devine qu'elle est fixée au plastron de notre amical bobby, qui répond aux sourires des passants autour de lui. Nous nous attardons sur une femme d'âge mûr qui lit son exemplaire gratuit de l'*Evening Standard*. Elle porte une jupe en tweed, des chaussures de marche marron et un large chapeau de paille. Elle a posé un sac de courses près d'elle sur le banc. Peut-être fait-elle partie d'un club de boulistes. Valentina, qui attend de se faire reconnaître ? Ou simplement une vieille fille anglaise typique que la chaleur n'incommode pas ?

« Ça pourrait être elle, Nat ? me demande Percy.

– Ça pourrait, Percy. »

Nous sommes maintenant sur la terrasse de la cafétéria. La caméra filme en plongée une paire de seins plantureux et un plateau en mouvement sur lequel sont posés une théière individuelle, une tasse et sa soucoupe, une cuiller en plastique, un sachet de lait et une tranche de cake aux fruits sous cellophane présentée sur une assiette en carton. Alors que nous avançons avec notre fardeau, nous voyons passer en images tremblées des jambes, des pieds, des parapluies, des mains et des bouts de visage. Nous nous arrêtons. La voix chaleureuse et amicale d'une créature de Percy résonne dans un micro-cravate :

« Bonjour ! La place est libre ? »

Le visage poupon à taches de rousseur de Tadzio est levé vers nous. Il parle face caméra dans son anglais parfait qui est bien parfait. Si on devait y déceler une trace d'intonation étrangère, elle serait allemande ou plutôt, en gardant à l'esprit l'université de Zurich, suisse :

« Désolé, c'est pris. Une dame est allée se chercher une tasse de thé, j'ai promis de lui garder sa place. »

La caméra se déplace vers la chaise vide près de lui. Sur le dossier est posée la veste en jean que portait Tadzio pour sa rencontre avec Sergueï dans la brasserie de Leicester Square.

Une caméra plus performante prend le relais, sans doute braquée façon sniper depuis l'impériale d'un autobus en panne stationné entre deux triangles de présignalisation, que Percy a installé ce matin comme poste statique. Pas de tremblement de l'image. Nous zoomons. Nous filmons Tadzio, seul à sa table, en train de boire du Coca à la paille tout en consultant son smartphone.

Le dos d'une femme entre dans le cadre. Ce n'est pas un dos couvert de tweed. Ce n'est pas un large dos. C'est le dos d'une femme élégante qui se rétrécit à la taille. Ça sent le club de gym. Chemisier blanc à manches longues sous un gilet léger de type bavarois. Un cou mince surmonté par un chapeau de paille d'homme. La voix, qui nous parvient par deux sources non synchronisées, l'une sans doute le plateau à condiments posé sur la table, l'autre plus éloignée et directionnelle, est étrangère, bien timbrée, guillerette.

« Excusez-moi, mon bon monsieur. Cette chaise est-elle réellement occupée ou bien réservée à votre blouson ? »

Sur quoi Tadzio, comme aux ordres, se lève d'un bond et s'exclame joyeusement : « Elle est toute à vous, madame, et c'est gratuit ! »

Il récupère sa veste en jean en un geste d'une galanterie ostentatoire, la pose sur le dossier de sa propre chaise et se rassied.

Angle différent, caméra différente. Avec un fracas assourdissant, le dos taillé en V pose son plateau, transfère sur la table un gobelet en carton (thé ou café ?), deux sachets de sucre, une fourchette en plastique et une part de génoise, puis va ranger son plateau sur un chariot non loin avant de s'installer à côté de Tadzio sans se tourner vers la caméra ni échanger un mot avec lui. Elle prend la fourchette, découpe une bouchée de gâteau et boit une gorgée de sa boisson chaude. Le rebord de son chapeau de paille projette une ombre noire sur son visage penché vers le bas. Sa tête se lève alors en réponse à une demande que nous n'avons pas captée. Aussitôt, Tadzio consulte sa montre, murmure une exclamation inaudible, se lève d'un bond, attrape sa veste en jean et, comme s'il venait de se rappeler un rendez-vous urgent, part précipitamment. Alors seulement avons-nous droit à une image correcte de la femme qu'il a abandonnée. Mince, brune, belle avec des traits prononcés, bien préservée pour une quinquagénaire, elle porte une longue jupe en coton vert forêt. Une présence un peu trop affirmée pour une espionne itinérante opérant sous couverture naturelle, mais cela a toujours été le cas, sinon pourquoi Arkady serait-il tombé en pâmoison ? Elle était alors sa Valentina, aujourd'hui elle est à nous. Quelque part dans les tréfonds du bâtiment où nous nous trouvons, l'équipe de reconnaissance faciale doit en être arrivée à la même conclusion, parce que le nom de code prédéfini Gamma clignote en rouge phosphorescent sur nos écrans jumeaux.

« Vous désirez, monsieur ? demande-t-elle à la caméra en minaudant.

– Oui, euh, je me demandais si je pouvais m'asseoir ici », explique Ed en posant son plateau sur la table avec un bruit fracassant, avant de s'asseoir sur ce qui était encore quelques instants plus tôt la chaise de Tadzio.

*

Si aujourd'hui j'écris « Ed » comme s'il s'était agi d'une identification instantanée et définitive, cela ne reflète en rien ma réaction sur le coup. Ce n'est pas Ed. Impossible, puisque c'est Delta. Un corps semblable à celui d'Ed, je vous l'accorde. Un simili-Ed, comme l'avatar couvert de neige apparu dans l'encadrement de la porte aux Trois Sommets quand Prue et moi attaquions nos *croûtes au fromage** arrosées d'une bouteille de blanc. Grand, dégingandé, l'épaule un peu penchée à gauche, la voussure obstinée, d'accord. La voix ? Eh bien, oui, une voix à la Ed, aucun doute là-dessus : traînante, accent du Nord, déplaisante quand on n'y est pas habitué, la voix typique de nos jeunes Britanniques quand ils veulent vous faire savoir qu'ils ne sont pas du genre à gober vos conneries. Donc un sosie vocal d'Ed, oui. Et un sosie visuel d'Ed aussi. Mais pas Ed, non, c'était impensable. Pas même en vision stéréo sur nos deux écrans.

Dans cet état passager de déni absolu qui dure environ dix ou vingt secondes, pour autant que je puisse en juger après coup, je n'arrive pas (ou je me refuse) à capter les politesses qu'échangent Ed et Gamma une fois qu'il s'est attablé. On m'assure (car je n'ai jamais revu les images depuis) que je n'ai rien raté d'important et que les propos sont restés d'une banalité appliquée. Mes souvenirs sont d'autant plus confus que, le temps que je raccroche avec la réalité, l'horloge numérique en bas de nos écrans est revenue en arrière de vingt-neuf secondes, Percy Price ayant décidé que c'était le bon moment pour nous montrer des images en flashback de notre nouvelle proie. Ed, debout dans la queue à l'intérieur de la cafétéria, mallette marron dans une main, plateau en alu dans l'autre. À l'étal des sandwichs et pâtisseries, il prend un sandwich baguette fromage-cornichon, puis il avance au comptoir des boissons, où il commande un thé English breakfast. Les microphones reproduisent sa voix avec un écho métallique : « Oui, un grand, merci ! »

Il passe ensuite à la caisse, essayant maladroitement de tenir en équilibre son thé et son sandwich le temps de tâter ses poches pour y trouver son portefeuille, sa mallette calée entre ses deux grands pieds. C'est bien Ed, nom de code Delta, et il est maintenant sur le seuil qui mène à la terrasse, plateau dans une main, mallette dans l'autre, en train de cligner des yeux comme s'il ne portait pas les bonnes lunettes. Je me rappelle quelque chose que j'ai lu il y a une éternité dans un manuel tchékiste : une rencontre clandestine paraît plus authentique si on consomme de la nourriture.

15

Je me rappelle avoir balayé l'assemblée du regard à peu près à ce moment-là pour constater une absence totale de réaction commune de mes *chers collègues** au-delà de leur fascination pour les deux écrans plats. Je me rappelle avoir découvert que j'étais le seul à ne pas regarder du bon côté et m'être empressé de rectifier le tir. Je n'ai aucun souvenir de Dom. Je me rappelle un ou deux mouvements dans la pièce, comme les signes d'impatience pendant une pièce de théâtre ennuyeuse, quelques croisements de jambes et raclements de gorge ici et là, surtout chez nos mandarins du dernier étage, notamment Guy Brammel. Et la Marion de notre service frère toujours en pleine fulmination qui sort de la pièce à grands pas de loup – ce qui me paraît contradictoire en soi, on ne peut pas marcher à grands pas *et* à pas de loup, si ? C'est pourtant bien ce qu'elle fait, drapée dans sa longue jupe, suivie par ses deux utilités en costume noir. Petit rayon de lumière quand la porte s'ouvre pour laisser passer leurs trois silhouettes avant que les gardes la referment derrière eux. Et je me rappelle avoir voulu avaler ma salive sans y parvenir, avoir ressenti une douleur à l'estomac comme lorsqu'on prend un coup pour lequel on n'a pas préparé ses muscles, puis m'être bombardé d'une mitraille de questions sans réponse qui, rétrospectivement, participent du processus que traverse tout professionnel du renseignement quand il découvre qu'il s'est fait rouler dans la farine par son agent et se cherche désespérément des excuses.

La surveillance ne s'arrête pas parce qu'on ne la suit plus. Le spectacle continue. Mes *chers collègues** aussi. Moi aussi. Je regarde tout le reste des images en temps réel, en direct sur l'écran, sans prononcer un mot ni faire le moindre geste qui pourrait en aucune manière gâcher le plaisir des autres spectateurs – même si trente heures plus tard, alors que je prenais ma douche, Prue m'a fait remarquer les traces de sang sur mon poignet, là où j'avais enfoncé mes ongles. Elle n'a pas cru à mon histoire de blessure au badminton, allant même jusqu'à suggérer dans un rare moment de reproche que les ongles n'avaient peut-être pas été les miens.

Pendant la suite du spectacle, je ne me contente pas d'observer Ed, j'absorbe ses moindres gestes avec une familiarité que nul autre dans la pièce ne possède. Moi seul connais son langage corporel, grâce à nos séances sur le court de badminton puis à la *Stammtisch*. Je sais que ce langage peut être altéré quand Ed a besoin de se purger d'un motif de colère intérieure, je sais que les mots restent parfois coincés dans sa gorge quand il veut tous les faire sortir en même temps. Et c'est peut-être la raison pour laquelle j'ai eu la certitude, quand Percy m'a repassé par la suite les images d'Ed arrivant d'un pas maladroit sur la terrasse du restaurant, que son petit signe de tête de reconnaissance n'était pas adressé à Valentina mais à Tadzio.

C'est seulement après avoir repéré Tadzio qu'Ed s'était dirigé vers Valentina. Or à ce moment-là, Tadzio quittait déjà les lieux (ce qui nous prouve au passage que, même dans les moments de crise, je continue à évaluer rationnellement une opération). Ed et Tadzio se connaissaient donc d'avant. En présentant Ed à Valentina, Tadzio avait accompli sa mission, d'où son départ rapide qui leur laissait le champ libre pour papoter comme deux inconnus qui se retrouvent assis l'un à côté de l'autre à boire du thé et manger respectivement un sandwich au fromage et un gâteau. En somme, une rencontre clandestine classique, parfaitement orchestrée (trop parfaitement, aurait dit Arkady) et une excellente utilisation d'une veste en jean.

Pour la bande-son aussi, j'ai un avantage sur tous les autres présents. Ed et Valentina se parlent en anglais d'un bout à l'autre. Celui de Valentina est bon, quoique teinté de cette intonation géorgienne chantante et melliflue qui a tant séduit Arkady voilà dix ans. Mais il y a autre chose, concernant cette voix, ce timbre, cet accent, qui me turlupine comme une chanson à demi oubliée. Plus j'essaie de mettre le doigt dessus, plus ça m'échappe.

Et la voix d'Ed ? Aucun mystère, là. C'est la même voix mal dégrossie qui s'est adressée à moi lors de notre première séance de badminton : cassée, ronchon, distraite, et de temps à autre carrément grossière. Jamais je ne l'oublierai jusqu'à la fin de mes jours.

*

Gamma et Ed sont penchés l'un vers l'autre pour se parler. Gamma, la professionnelle, est parfois à peine audible, même pour les micros cachés sur la table. Ed, en revanche, semble incapable de baisser la voix en dessous d'un certain niveau.

GAMMA : Tout va bien, Ed ? Pas de soucis ou d'inquiétude en venant ?

ED : Tout va bien. J'ai juste eu du mal à trouver un endroit où attacher mon vélo. Ça sert à rien de venir avec un neuf, dans le coin. Je me ferais piquer les roues avant même de l'avoir attaché.

GAMMA : Vous n'avez vu personne que vous reconnaissiez ? Personne qui vous a mis mal à l'aise ?

ED : Je ne crois pas, non. Je n'ai pas vraiment regardé. De toute façon, c'est trop tard, maintenant. Et vous ?

GAMMA : Vous avez été surpris quand Willi vous a fait signe dans la rue ? *[Willi prononcé Villi, à l'allemande.]* Il dit que vous avez failli tomber de votre vélo.

ED : Un peu, oui ! Il était debout sur le trottoir et il se met à agiter la main dans ma direction. J'ai cru qu'il voulait un taxi. Je n'ai pas pensé qu'il était avec vous, vu que Maria m'avait envoyé paître.

GAMMA : Je dirais néanmoins que Maria a agi avec une grande discrétion, vu les circonstances. Nous avons de quoi être un peu fiers d'elle, vous ne trouvez pas ?

ED : Oui, oui, OK. Super stratégie. On me traite en pestiféré, et l'instant d'après Willi m'arrête dans la rue pour me dire en allemand qu'il est un ami de Maria et que vous êtes à fond et que c'est reparti comme en 14 et allons-y. Franchement, c'est un peu déstabilisant.

GAMMA : Déstabilisant peut-être, mais nécessaire. Willi devait attirer votre attention. S'il vous avait parlé en anglais, vous l'auriez peut-être pris pour un poivrot et vous auriez continué votre chemin. Bref, j'espère que vous êtes toujours prêt à nous aider, oui ?

ED : Euh, il faut bien que quelqu'un s'y colle, pas vrai ? On ne peut pas rester là à dire que tout va mal mais qu'on ne va pas s'en mêler parce que c'est secret ? Enfin pas quand on est quelqu'un d'à peu près bien.

GAMMA : Vous êtes quelqu'un de très bien, Ed. Nous admirons votre courage, mais aussi votre discrétion.

[Longue pause. Gamma attend qu'Ed parle. Ed prend son temps.]

ED : Oui, enfin, pour être honnête, j'étais assez soulagé que Maria me dise d'aller me faire voir. Ça m'a ôté un poids. Mais bon, ça n'a pas duré. Pas quand on sait qu'on se doit d'agir, sinon on ne vaut pas mieux que les autres.

GAMMA : *[D'une voix toute pimpante.]* J'ai une idée, Ed. *[Elle consulte son portable.]* Une idée qui va vous convenir, j'espère. Jusqu'à présent, deux inconnus échangent des amabilités en buvant leur thé. Dans une minute, je vais me lever, vous souhaiter une bonne soirée et vous remercier pour cette petite conversation. Deux minutes plus tard, vous terminerez votre sandwich, s'il vous plaît, vous vous lèverez tranquillement et vous vous dirigerez vers votre vélo sans oublier votre mallette. Willi vous rejoindra et vous escortera jusqu'à un endroit confortable où nous pourrons parler librement et en privé. Oui ? Ma suggestion vous pose-t-elle un problème quelconque ?

ED : Pas vraiment. Du moment que mon vélo ne risque rien.

GAMMA : Willi le surveille pour vous. Aucun vandale ne l'a abîmé. Au revoir, monsieur ! *[Poignée de main façon Ed, ou presque.]* C'est toujours agréable de parler à des inconnus dans votre pays. Surtout quand ils sont jeunes et beaux comme vous. Ne vous levez pas, je vous en prie. Au revoir.

Elle lui fait au revoir de la main et part sur le sentier qui mène à la rue. Ed lui adresse aussi un geste appuyé, mange une bouchée de sandwich et laisse le reste, boit une gorgée de thé et consulte sa montre d'un air sombre. Pendant une minute et cinquante secondes, nous le regardons, tête baissée, tripoter sa tasse de thé exactement comme il aime tripoter son verre de bière fraîche à l'Athleticus. Si je ne me trompe pas, il hésite entre faire ce qu'elle lui a suggéré et laisser tomber, rentrer chez lui. Au bout d'une minute et cinquante et une secondes, il attrape sa mallette, se lève, réfléchit et finit par prendre son plateau pour l'emporter jusqu'à une poubelle. En bon citoyen, il jette ses déchets, ajoute son plateau à la pile et, après une nouvelle moue d'intense réflexion, se décide à suivre Valentina sur le sentier goudronné.

*

La deuxième bobine, comme je l'appellerai par commodité, est filmée dans l'appartement en demi-sous-sol de Sergueï, mais Sergueï n'y joue aucun rôle. Ses ordres, reçus via son nouveau portable « non contaminé » et secrètement transférés au Refuge et à la direction générale, sont d'aller inspecter une nouvelle fois le parc pour y repérer des « indices de surveillance hostile », puis de disparaître. Notre équipe de guetteurs en conclut à juste titre qu'il a été utilisé comme coupe-circuit et n'aura aucun contact direct avec Ed. Tadzio, à l'inverse, connaissant déjà Ed et réciproquement, s'occupera de ses besoins opérationnels, même si, comme Sergueï, il n'assistera pas à la conversation intime sur le point de se dérouler entre l'éminente émissaire du Centre de Moscou et mon partenaire de badminton et de conversation du lundi, Edward Shannon, dans l'appartement en demi-sous-sol de Sergueï.

*

GAMMA : Rebonjour, Ed. Nous sommes seuls, nous sommes en sécurité, en privé et nous pouvons parler. Tout d'abord, je dois vous remercier de notre part à tous de nous avoir proposé votre aide à point nommé.

ED : Il n'y a pas de quoi. Du moment que c'est vraiment utile.

GAMMA : J'ai certaines questions obligatoires à vous poser, vous permettez ? Avez-vous des collègues qui pensent comme vous dans votre service et qui vous apportent leur soutien ? Des personnes sur la même longueur d'onde, envers lesquelles nous devrions également être reconnaissants ?

ED : Il n'y a que moi. Et je ne souhaite pas embêter qui que ce soit pour obtenir quoi que ce soit. Ce n'est pas comme si j'avais des complices, d'accord ?

GAMMA : Alors, pourrions-nous revenir sur votre *modus operandi* ? Vous avez dit beaucoup de choses à Maria et bien sûr nous les avons soigneusement consignées. Peut-être pourriez-vous m'en raconter un peu plus sur votre mission spéciale à la photocopieuse ? Vous avez indiqué à Maria qu'il vous arrivait de l'utiliser seul.

ED : Oui, ben, c'est ça l'idée, non ? Si les documents sont sensibles, il me revient de les manipuler seul. J'entre, l'équipe normale doit sortir et attendre dehors. Ils ne sont pas encore passés par la trieuse à poussins.

GAMMA : La trieuse à poussins ?

ED : La procédure d'examen du dossier personnel. Il n'y a qu'une seule autre employée qui a l'habilitation, alors nous nous relayons. Personne ne fait plus confiance à l'électronique de nos jours. Pas pour les documents vraiment sensibles. Maintenant, c'est tout sur papier et remis en main propre, comme si on remontait le temps. Quand il faut dupliquer, on redécouvre la bonne vieille copieuse à vapeur.

GAMMA : À vapeur ?

ED : À l'ancienne, quoi. Le truc de base. C'était une blague.

GAMMA : Et pendant que vous étiez en train de faire marcher la copieuse à vapeur, vous avez pu jeter un coup d'œil aux documents Jéricho, c'est ça ?

ED : Plus qu'un coup d'œil. J'ai pu les regarder pendant une bonne minute, parce que la machine s'est bloquée, donc je n'avais rien d'autre à faire.

GAMMA : Et ça a été votre épiphanie, en quelque sorte ?

ED : Ma quoi ?

GAMMA : Votre révélation, votre prise de conscience. Le moment où vous avez décidé que vous deviez faire la démarche héroïque de contacter Maria.

ED : Euh, je ne savais pas que ce serait Maria. Il se trouve que c'est elle qu'on m'a attribuée.

GAMMA : Votre décision de venir à nous a-t-elle été instantanée, diriez-vous, ou bien a-t-elle mûri pendant quelques heures ou quelques jours ?

ED : J'ai vu les documents, et je me suis dit, et merde, ça suffit comme ça.

GAMMA : Et le passage vital que vous avez vu portait la mention « top secret Jéricho », c'est ça ?

ED : Je lui ai déjà expliqué tout ça.

GAMMA : Mais je ne suis pas Maria. Le passage que vous avez vu ne mentionnait pas de destinataire, dites-vous ?

ED : Ben non, puisque je n'ai vu qu'un morceau au milieu. Pas de destinataire, pas de signature, juste la mention « top secret Jéricho » et une référence.

GAMMA : Vous avez pourtant dit à Maria que le document était adressé au Trésor.

ED : Vu qu'il y avait un gorille du Trésor debout genre à trente centimètres de moi en attendant que j'aie tout copié, il me semblait plutôt évident que c'était adressé au Trésor, oui. Vous êtes en train de me tester, là ?

GAMMA : Je suis en train de vérifier que, comme nous l'a indiqué Maria, vous avez une excellente mémoire et vous n'enjolivez pas vos informations pour leur donner plus de poids. Et la référence était ?

ED : KIM, barre oblique, 1.

GAMMA : KIM est le sigle de quelle entité ?

ED : D'une mission de renseignement interservices à Washington.

GAMMA : Et le chiffre 1 ?

ED : Le ou la responsable de l'équipe britannique.

GAMMA : Vous connaissez le nom de cette personne ?

ED : Non.

GAMMA : Vous êtes génial, Ed. Maria n'exagérait pas. Je vous remercie de votre patience. Nous sommes des gens prudents. Avez-vous la chance de posséder un smartphone, par hasard ?

ED : J'ai donné le numéro à Maria, non ?

GAMMA : Eh bien, par sécurité, redonnez-le-moi.

[Ed dicte le numéro d'un ton las. Gamma l'inscrit de façon ostentatoire dans son agenda.]

GAMMA : Avez-vous le droit d'avoir votre portable avec vous sur votre lieu de travail ?

ED : Non. Je dois le laisser à la porte, comme tous les objets métalliques. Les clés, les stylos, la petite monnaie. Il y a deux jours, ils m'ont même fait enlever mes godasses.

GAMMA : Parce qu'ils avaient des soupçons contre vous ?

ED : Parce que c'était la semaine des employés. Celle d'avant, c'était la semaine des cadres.

GAMMA : Peut-être pourrions-nous vous fournir un appareil indétectable qui prend des photos mais n'est pas métallique et ne ressemble pas à un smartphone. Ça vous dirait ?

ED : Non.

GAMMA : Non ?

ED : C'est des gadgets d'espion, ça. Ce n'est pas mon truc. J'aide la cause quand j'en éprouve l'envie, point barre.

GAMMA : Vous avez aussi donné à Maria d'autres documents entrants provenant de vos ambassades en Europe qui n'étaient pas protégés par des noms de code.

ED : Oui, c'était juste pour qu'elle ne me prenne pas pour un genre d'escroc.

GAMMA : Mais quand même classés « secret ».

ED : Ben oui, forcément, sinon j'aurais pu être n'importe qui.

GAMMA : Nous avez-vous apporté des documents du même genre aujourd'hui ? C'est ça que vous transportez dans votre affreuse mallette ?

ED : Willi m'a dit d'apporter tout ce que je pouvais, donc c'est ce que j'ai fait.

[Long silence avant qu'Ed défasse les boucles de sa mallette avec une réticence visible, puis en sorte un dossier beige tout simple, l'ouvre sur ses genoux et le passe à Gamma.]

ED : *[Pendant que Gamma lit.]* Si ce n'est pas utile, je me retire. Vous pouvez leur dire ça, aussi.

GAMMA : Il est évident que la priorité pour nous tous, ce sont les documents Jéricho. Pour le reste, il faut que je consulte mes collègues.

ED : En tout cas, ne leur dites pas où vous les avez obtenus, c'est tout.

GAMMA : Et des documents avec ce niveau de classement, juste secret et sans nom de code, vous pouvez nous en fournir des copies sans trop de difficulté ?

ED : Oui, enfin, pendant l'heure du déjeuner.

[Elle sort un portable de son sac et photographie douze pages.]

GAMMA : Willi vous a dit qui je suis ?

ED : Il a dit que vous étiez tout en haut de l'échelle. Le top du top.

GAMMA : Willi vous a dit vrai. Je suis le top du top. Pour vous, je serai Anette. Je suis danoise, prof d'anglais dans le secondaire, j'habite à Copenhague. Nous nous sommes rencontrés quand vous faisiez vos études à Tübingen. Nous suivions tous les deux le même cours d'initiation à la culture allemande.

Je suis votre cougar. Je suis mariée. Vous êtes mon amant caché. De temps en temps, je viens en Angleterre et c'est ici que nous faisons l'amour. C'est un appartement que me prête mon ami journaliste Markus. Vous m'écoutez ?

ED : Ben évidemment, enfin !

GAMMA : Vous n'avez pas besoin de connaître Markus. Il est locataire ici, c'est tout. Mais quand nous ne pourrons pas nous rencontrer, ce sera l'adresse où nous espérons que vous déposerez pour moi vos documents ou vos lettres en passant devant à vélo, et Markus, comme c'est un bon ami, fera en sorte que notre correspondance reste totalement privée. C'est ce que nous appelons une légende. Cette légende vous convient-elle ou préférez-vous que nous en préparions une autre ?

ED : Ça m'a l'air bien. Oui, oui, allez-y.

GAMMA : Nous aimerions vous rémunérer, Ed. Nous aimerions vous exprimer notre reconnaissance financièrement ou de toute autre manière que vous souhaiterez. Peut-être pourrions-nous vous constituer un bas de laine dans un autre pays pour que vous le récupériez un jour ?

ED : Non, ça va, merci. On me paie plutôt bien, et j'ai quelques économies. *[Sourire maladroit.]* Les rideaux, ça coûte un peu d'argent, et la nouvelle baignoire aussi. C'est gentil, mais non merci, d'accord ? Voilà, c'est réglé. Et ne me le proposez plus, en fait.

GAMMA : Vous avez une gentille petite amie ?

ED : Quel rapport ?

GAMMA : Partage-t-elle vos sympathies ?

ED : La plupart. Enfin, souvent.

GAMMA : Sait-elle que vous êtes en contact avec nous ?

ED : Je ne crois pas, non.

GAMMA : Peut-être pourrait-elle vous aider. Vous servir d'intermédiaire. Où vous croit-elle, en ce moment ?

ED : Sur le chemin du retour, j'imagine. Elle a sa vie de son côté, comme moi.

GAMMA : Travaille-t-elle dans le même domaine que vous ?

ED : Non. Pas du tout. Ça ne lui plairait vraiment pas.

GAMMA : Elle travaille dans quel domaine, alors ?

ED : Écoutez, ça suffit avec elle, d'accord ?

GAMMA : Mais bien sûr. Et vous n'avez pas attiré l'attention sur vous ?

ED : Comment cela ?

GAMMA : Vous n'avez pas volé d'argent à votre employeur ? Vous n'avez pas une liaison interdite comme la nôtre ? *[Elle marque une pause le temps qu'Ed comprenne la plaisanterie. Il finit par capter et affiche un sourire crispé.]* Vous n'avez pas eu des mots avec vos supérieurs ? Ils ne vous considèrent pas comme subversif ou rebelle ? Vous ne faites pas l'objet d'une enquête interne en raison d'un acte que vous auriez commis ou que vous auriez refusé de commettre ? Ils ne sont pas au courant que vous êtes opposé à leur politique ? Non ? Si ?

[Ed s'est de nouveau replié sur lui-même. Son visage est tout renfrogné. Si Gamma le connaissait mieux, elle attendrait patiemment qu'il émerge.]

GAMMA : *[D'un ton badin.]* Vous me cachez quelque chose de gênant ? Nous sommes tolérants, Ed. Nous avons une longue tradition d'humanisme.

ED : *[Après plus ample réflexion.]* Je suis juste normal, d'accord ? Et si vous voulez mon avis, nous ne sommes pas nombreux, dans le genre. Tous les autres, ils attendent comme des cons que quelqu'un agisse. Moi, j'agis. C'est tout.

*

Le chien de faïence ornemental victorien est le signal de sécurité, lui explique-t-elle – du moins, c'est ce qu'il me semble, parce que je n'entends plus très clairement, à force. Pas de chien derrière la fenêtre, il abandonne (ou alors c'est le contraire, pas de chien égale il entre). Ce poster « Non au nucléaire » indique que nous avons un message vital pour vous (ou alors que nous en aurons un la prochaine fois que vous passerez, ou encore : ne revenez plus jamais ici). Les règles du métier exigent que l'agent parte le premier. Ed et Valentina sont debout face à face. Ed a l'air ahuri, épuisé, abattu, comme quand j'étais encore capable de le battre au meilleur de sept manches acharnées avant de l'emmener boire une bière. Valentina prend sa main entre les deux siennes pour l'attirer à elle et pose un baiser résolu sur chacune de ses joues en s'abstenant du troisième baiser russe. Ed s'y soumet avec réticence. Une caméra extérieure le capte alors qu'il remonte l'escalier en fer, mallette à la main, puis une caméra aérienne prend le relais : il déverrouille la chaîne de son vélo, pose sa mallette dans le panier à l'avant et part en direction de Hoxton.

*

La double porte de la salle des opérations s'ouvre sur Marion et ses utilités qui font leur retour, puis se referme derrière eux. Lumière, s'il vous plaît. Derrière les parois vitrées insonorisées de son nid d'aigle, Percy Price répartit ses troupes selon un schéma facile à deviner : une équipe reste sur Gamma, une autre sur Ed pour le loger, surveillance à distance uniquement. Une voix féminine venue de l'espace nous informe que la cible Gamma a été « marquée positif », mais avec quoi, c'est à nous de le deviner. Et apparemment, Ed et son vélo aussi. Percy a tout lieu d'être satisfait.

Les écrans vacillent et s'éteignent. Pas de lac Windermere en automne. Au bout de la table, Marion se lève, raide comme la justice, encadrée par ses utilités en costume sombre. Elle prend une profonde inspiration, lève de la main droite un document à hauteur de ses lunettes et entreprend de nous en donner lecture d'une voix lente et ferme :

« Nous sommes au regret de vous informer que l'homme identifié sous le nom d'Ed dans la surveillance vidéo que vous venez de voir est un membre à plein temps de mon service. Il s'appelle Edward Stanley Shannon et c'est un agent administratif de catégorie A habilité top secret et au-delà. Titulaire d'un diplôme d'informatique mention bien, il travaille comme spécialiste NTIC grade 1, pour un salaire annuel de base de 32 000 livres plus d'éventuelles primes pour les heures supplémentaires, le travail le week-end et ses compétences en langues étrangères. C'est un germaniste de classe 3 détaché auprès de la section européenne d'un département interservices hautement classifié sous l'égide de Whitehall. De 2015 à 2017, il était en poste à Berlin dans le service liaison de son département. Il n'est pas et n'a jamais été pressenti pour des missions de terrain. Ses fonctions actuelles comprennent le désherbage ou la désinfection des documents top secret destinés à nos partenaires européens. Dans les faits, cela implique d'expurger selon certaines consignes les documents de renseignement destinés exclusivement aux États-Unis. Certains peuvent aussi être considérés comme contraires aux intérêts européens. Ainsi que l'a révélé Shannon dans les images que vous venez de voir, il est l'un des deux spécialistes de grade 1 auxquels nous confions la tâche de copier les documents extrêmement sensibles. Il avait passé avec succès la procédure d'habilitation et une vérification depuis. »

Ses lèvres se sont collées. Elle fait une petite moue, les humecte discrètement et reprend :

« À Berlin, Shannon a été à l'origine d'un incident imputable à l'alcool et à la fin malheureuse de son histoire d'amour avec une Allemande. Il a été suivi par un psy et jugé totalement guéri physiquement et psychologiquement. Aucune autre instance de mauvais comportement, d'attitude dissidente ou suspecte. Au bureau, ses collègues le jugent “solitaire”. Son supérieur direct le décrit comme “sans amis”. Il est célibataire et fiché comme hétérosexuel sans partenaire actuelle connue. Aucune affiliation politique enregistrée. »

Elle s’humecte de nouveau les lèvres.

« Nous procédons en ce moment même à une évaluation des dégâts, ainsi qu’à des recherches sur les contacts passés et présents de Shannon. En attendant les conclusions de ces enquêtes, Shannon doit ignorer qu’il est sous observation, et j’insiste sur ce point. Étant donné la nature à la fois ancienne et évolutive de cette affaire, j’ai l’autorisation de déclarer que mon service est disposé à accepter la formation d’une équipe active conjointe. Merci.

– Puis-je ajouter un mot ? »

À ma surprise, je suis debout. Dom me dévisage comme si j’étais devenu fou. Je parle d’une voix dont je suis convaincu qu’elle est détendue et assurée.

« Il se trouve que je connais personnellement cet homme. Ed. Nous jouons au badminton ensemble presque tous les lundis soir. À Battersea, près de mon domicile. À notre club, l’Athleticus. Et en général, nous buvons une ou deux bières ensemble après la partie. Il va de soi que je serais heureux de contribuer de mon mieux à cette enquête. »

Puis j’ai dû me rasseoir un peu trop vite et perdre un peu le contact avec la réalité, parce que la chose suivante dont je me souviens, c’est Guy Brammel suggérant que nous fassions tous une courte pause.

16

Je ne saurai jamais combien de temps on m'a fait attendre dans cette petite pièce, mais je dirais au moins une heure, sans rien à faire sinon contempler un mur nu peint en jaune pastel puisque j'avais été délesté de mon portable pro. Je n'arrive pas à me rappeler si j'étais assis, debout ou en train de marcher dans la salle des opérations quand un gardien m'avait touché le bras en me disant « Si vous voulez bien me suivre, monsieur » sans préciser où.

Je me rappelle en revanche qu'il y avait un deuxième gardien qui attendait à la porte et qu'ils s'y sont mis à deux pour m'escorter jusqu'à l'ascenseur tout en échangeant avec moi sur cette chaleur épouvantable que nous devons supporter et tous les étés à venir seront-ils comme ça, vous croyez ? Et aussi que l'expression « sans amis » me trottait dans la tête comme une accusation : non pas parce que je me reprochais d'être l'ami d'Ed, mais parce qu'il semblait bien que je sois le seul, ce qui me conférait une certaine responsabilité – mais laquelle ? Et puis, dans ces ascenseurs sans indication d'étage, l'estomac ne sait jamais si on monte ou si on descend, a fortiori quand il est déjà tout retourné, ce qui était le cas du mien puisque j'avais été extrait du confinement de la salle des opérations pour être transféré dans cette cellule.

Bref, disons qu'une heure s'était écoulée quand le gardien en faction pendant tout ce temps de l'autre côté de la porte vitrée (il s'appelait Andy et il aimait beaucoup le cricket) a passé la tête par la porte et m'a lancé : « Allez, à vous, Nat ! » avant de m'entraîner, toujours jovial, dans une autre pièce beaucoup plus grande mais elle aussi sans fenêtres, même factices, avec un cercle de jolies chaises à l'assise rembourrée, toutes identiques puisque nous sommes un service égalitaire, et de me dire de m'installer où je voulais en attendant que *les autres* arrivent sous peu.

Donc je choisis un siège, je m'assieds et je pose les mains sur le bout des accoudoirs en me demandant qui seront *les autres*. Me revient alors en mémoire le fait que, au moment de mon extraction sous escorte de la salle des opérations, quelques grosses légumes du dernier étage murmuraient dans un coin et que Dom Trench, comme à son habitude, essayait de s'incruster dans le groupe mais que Guy Brammel lui a dit assez fermement : « Non, Dom, pas vous. »

De fait, quand mes *chers collègues** entrent l'un après l'autre, Dom n'en est pas, ce qui me pousse à m'interroger de nouveau sur son insistance pour que je le soutienne concernant la voiture avec chauffeur qu'il avait réservée pour moi. La première à entrer dans la pièce, Ghita Marsden, me fait un gentil sourire assorti d'un « Rebonjour, Nat » censé me mettre à l'aise, mais pourquoi ce « re » comme si nous venions à peine de nous quitter ? Arrivent ensuite la Marion toujours renfrognée de notre service frère et une seule de ses deux utilités, le plus grand et sinistre des deux hommes, qui me signale que nous n'avons pas été présentés et qu'il s'appelle Anthony, me tend la main et manque broyer la mienne.

« Moi aussi, j'aime jouer au badminton, me révèle-t-il comme si cela arrangeait tout.

– Ah oui ? Super, Anthony. Vous jouez où ? »

Mais ma question tombe dans l'oreille d'un sourd.

Puis vient Percy Price, notre fervent pasteur, son visage buriné fermé à triple tour, ce qui me secoue, pas tant parce qu'il me bat froid que parce que, pour pouvoir assister à cette réunion, il a dû confier temporairement le commandement de Nébuleuse à l'un de ses nombreux lieutenants. Juste après lui, avec à la main un gobelet de thé qui me rappelle celui d'Ed à la cafétéria, Guy Brammel, mettant un point d'honneur à paraître à l'aise en compagnie du petit Joe Lavender, un homme en gris du très secret département de la sécurité interne du Bureau. Joe porte un carton d'archives ; histoire d'établir un contact humain, je lui demande sur le ton de la plaisanterie si les gardiens en ont vérifié le contenu à l'accueil, ce qui me vaut un regard noir en retour.

Pendant qu'ils font ainsi leur entrée, j'essaie de comprendre ce qu'ils ont tous en commun, hormis leur expression sinistre, car de tels groupes ne se forment jamais par accident. Comme nous le savons tous maintenant, Ed est membre de notre service frère. En cas de violent règlement de comptes entre nos deux services, donc, c'est notre trouvaille et leur erreur, alors à eux d'assumer. On imagine aisément l'interminable marchandage entre les deux pour s'approprier telle ou telle part du gâteau. Et une fois cette question réglée, il y aura eu un de ces affolements de dernière minute pour vérifier le bon fonctionnement du système audiovisuel dans la pièce où nous nous trouvons, parce qu'on préférerait éviter le fiasco de la dernière fois (quoi qu'il ait pu se passer la dernière fois).

Alors que tout le monde a enfin pris place, mes deux gardiens apportent la cafetière, les carafes d'eau et les sandwichs restés intacts lors de la projection cinéma, et Andy l'amateur de cricket me gratifie d'un clin d'œil. Après leur départ, entrent la figure spectrale de Gloria Foxton, la super psy du Bureau qui a l'air d'avoir été tirée de son lit (ce qui est fort possible), et, à trois pas derrière elle, ma bonne Moira des ressources humaines chargée d'un épais dossier vert que je soupçonne être le mien, puisqu'elle prend un soin tout particulier à le porter sans que la couverture soit visible.

« Au fait, vous n'avez pas eu de nouvelles de Florence, par hasard, Nat ? s'inquiète-t-elle en s'arrêtant près de moi.

– Aucune, Moira, hélas », ai-je l'audace de répondre.

Pourquoi ai-je menti ? Encore aujourd'hui, je ne saurais vous le dire. Je n'avais pas répété. Je n'avais pas décidé de mentir. D'ailleurs, je n'avais aucune raison de mentir. Puis je lui jette un second coup d'œil qui m'apprend qu'elle connaissait la réponse à sa question avant de l'avoir posée et qu'elle était en train de tester mon honnêteté, ce qui fait que je me sens encore plus stupide.

« Nat, comment allons-nous ? lance Gloria Foxton avec une profonde commisération psychothérapique.

– Je pète la forme, Gloria, merci. Et vous ? je réponds gaiement, ce qui me vaut un sourire glacial pour me rappeler que les gens dans ma position, quelle qu'elle puisse être, ne demandent pas à des psys comment ils vont.

– Et cette chère Prue ? ajoute-t-elle en guise de surenchère dans la sympathie.

– À merveille. Elle a Big Pharma en ligne de mire, et ça dépote. »

En réalité, je sens monter en moi une colère mal placée contre certains diagnostics douloureux que Gloria a posés cinq ans plus tôt quand j'ai commis l'erreur de solliciter ses conseils gratuits concernant Steff, comme « Serait-il possible qu'en se jetant à la tête de tous les garçons de sa classe, Stephanie soit en train d'exprimer quelque chose par rapport à son père absent ? », sa faute la plus sérieuse étant qu'elle avait probablement raison.

Tout le monde est enfin installé – pas trop tôt. Entre-temps, Gloria a été rejointe par deux psys juniors, Leo et Franzeska, qui ont l'air de gamins de seize ans. Au total, donc, une bonne douzaine de mes *chers collègues** assis en demi-cercle avec une vue directe sur moi puisque l'emplacement des chaises s'est modifié peu à peu et que je me retrouve seul comme le petit garçon en bleu sur le fameux tableau de Yeames, sauf que mes interrogateurs ne s'intéressent pas à mon père mais à Ed.

*

Guy Brammel a décidé de lancer en premier, comme il le dirait lui-même avec une certaine pertinence puisqu'il est à la fois avocat de formation et capitaine de sa propre équipe de cricket sur ses terres de St Albans. Il m'a souvent recruté pour en faire partie.

« Alors, Nat, commence-t-il de sa voix joviale de nobliau. Ce que vous nous dites, c'est que c'est la faute à pas de chance. Vous jouez au badminton tranquille avec un type, et il s'avère qu'il est membre de notre service frère et, cerise sur le gâteau, espion à la solde des Russes. Je vous propose qu'on reprenne tout depuis le début, d'accord ? Comment vous êtes-vous rencontrés, qu'avez-vous fait ensemble et quand ? Et surtout n'oubliez aucun détail, même minime. »

Donc nous reprenons tout depuis le début. Enfin, je reprends tout. Le samedi soir à l'Athleticus où je bois la bière de la victoire avec mon adversaire indien venu du club de Chelsea. L'arrivée d'Alice avec Ed. Le défi lancé par Ed. Notre premier rendez-vous. Ses références peu amènes à ses employeurs, dûment notées par Marion et son utilité. Notre première pinte post-badminton à la *Stammtisch*. Son dédain envers le Brexit et Donald Trump, selon lui les deux faces d'un même fléau.

« Et vous approuviez ses dires, Nat ? demande Brammel d'un ton relativement amical.

– Oui, mais sans en faire trop. Il était anti-Brexit, moi aussi. Et je le suis toujours. Comme la plupart des personnes dans cette pièce, j'imagine, ai-je le culot d'ajouter.

– Et Trump ? Vous l'avez suivi sur Trump, aussi ?

– Enfin, Guy ! Trump n'est pas en odeur de sainteté entre ces murs, allons ! Ce type est une catastrophe ambulante. »

Je jette un regard circulaire en quête de soutien. Je n'en trouve aucun, mais je ne me laisse pas déstabiliser pour autant. Peu importe mon faux pas avec Moira tout à l'heure. Je suis un vétéran. J'ai été formé à ce genre d'interrogatoire et j'y ai entraîné mes agents. Je reprends donc vaillamment.

« Pour Shannon, l'alliance entre Trump et Poutine est un pacte de démons. Tout le monde se ligue contre l'Europe et ça le met hors de lui. N'oubliez pas qu'il adore l'Allemagne.

– Donc il vous défie à un match, répète Guy Brammel en écartant mes digressions d'un geste. Devant tout le monde. Il s'est donné beaucoup de mal pour vous chercher, et il est enfin face à vous.

– Il se trouve que je suis le champion de mon club, dis-je en me drapant dans ma dignité. Il en a eu vent et il pense avoir ses chances contre moi.

– Il vous a cherché, il a traversé tout Londres sur son vélo, il a étudié votre jeu ?

– C'est possible.

– Et il vous défie, vous et personne d'autre. Pas votre adversaire de Chelsea contre lequel vous venez de jouer, alors qu'il aurait très bien pu le faire. Non, vous.

– Si mon adversaire de Chelsea, comme vous dites, m'avait battu, Shannon l'aurait peut-être défié, lui. »

Je fais cette affirmation sans trop y croire, mais parce que quelque chose dans le ton de Guy commence à ne pas trop me plaire. Marion lui tend un bout de papier. Il chausse ses lunettes de lecture et prend tout son temps pour l'étudier.

« Selon votre réceptionniste à l'Athleticus, du jour où Shannon vous a défié, c'est le seul adversaire contre lequel vous avez joué. Vous avez formé un couple, quoi ?

– Un tandem plutôt qu'un couple, si ça ne vous dérange pas.

– D'accord, un tandem.

– Nous étions bien assortis. Il était fair-play et perdait ou gagnait avec bonne grâce. Des joueurs corrects avec des bonnes manières, ça ne court pas les rues.

– Je veux bien le croire. Vous êtes aussi devenu ami avec lui. Vous alliez boire des coups ensemble.

– Oui, enfin, on jouait régulièrement l'un contre l'autre et on allait boire une bière après, c'est tout.

– Chaque semaine, une ou deux fois par semaine, ce n'est pas rien, même pour un grand sportif comme vous. Et vous bavardiez, dites-vous ?

– Oui.

– Vous bavardiez pendant combien de temps, en buvant vos bières ?

– Une demi-heure, une heure, ça dépendait des jours.

– Donc au total seize ou dix-huit heures ? Vingt heures ? Ou c'est trop, vingt ?

– Peut-être vingt. Quelle différence ?

– C'est un autodidacte ?

– Pas du tout. École privée huppée.

– Vous lui avez dit ce que vous faisiez dans la vie ?

– Ne soyez pas ridicule.

– Que lui avez-vous dit, alors ?

– J'ai noyé le poisson. J'ai dit que j'étais un homme d'affaires de retour de l'étranger et que je cherchais une ouverture.

– Il vous a cru ?

– Il n'était pas curieux. Et lui-même restait aussi vague sur son travail. Un job dans les médias, il n'a pas développé. Nous en sommes restés là.

– Ça vous arrive souvent de passer vingt heures à parler politique avec un adversaire au badminton deux fois plus jeune que vous ?

– S'il joue bien et qu'il a des choses intéressantes à dire, pourquoi pas ?

– Je vous ai demandé si vous le faisiez, pas pourquoi. Je suis en train d'essayer d'établir si, dans le passé, vous avez déjà discuté longuement politique avec d'autres adversaires d'âge similaire. Ce n'est pas compliqué comme question.

– Oui, j'ai déjà joué contre des adversaires plus jeunes et pris un verre avec eux après.

– Mais vous n'avez pas joué, bu et parlé avec eux de façon aussi régulière qu'avec Edward Shannon ?

– Sans doute pas.

– Et vous n'avez pas de fils. Enfin, que nous sachions, vu vos longues périodes d'exil à l'étranger.

– Non, en effet.

– Et aucun fils caché non plus, donc ?

– Non.

– Joe, vous aviez quelques questions », dit-il en se tournant vers Lavender, notre star de la sécurité interne.

*

Joe Lavender doit attendre son tour, car un messager shakespearien fait irruption en la personne de la seconde utilité de Marion. Avec la permission de Guy, il voudrait me poser une question que vient de lui soumettre l'équipe d'investigation de son service. Elle est inscrite sur une bandelette de papier qu'il tient du bout des doigts de ses deux mains et il m'en fait lecture en martelant les mots avec une maniaquerie agressive.

« Nat, durant vos nombreuses conversations avec Edward Stanley Shannon, avez-vous été avisé, directement ou indirectement, du fait que sa mère Eliza est fichée comme manifestante, activiste et défenseuse des droits sur un large éventail de questions liées à la paix dans le monde ou autres ?

– Non, je n'en ai pas été "avisé", je réponds en sentant la moutarde me monter au nez malgré moi.

– Et votre épouse, nous dit-on, est elle aussi une fervente défenseuse des droits de l'homme, sauf votre respect. Ai-je raison ?

– Oui, une défenseuse très fervente.

– Ce qui est tout à son honneur, nous en conviendrons tous. Puis-je alors vous demander si, à votre connaissance, il y a eu des interactions ou des communications entre Eliza Mary Shannon et votre épouse ?

– À ma connaissance, il n'y a pas eu de telles interactions ou communications.

– Merci.

– Mais je vous en prie. »

Le messager sort côté jardin.

*

Suit une petite séance impromptue de questions-réponses à feu roulant qui reste floue dans ma mémoire, durant laquelle mes *chers collègues** se relaient pour « éclaircir les zones d'ombre » de l'histoire de Nat, comme le formule joliment Brammel. Puis le silence retombe et Joe Lavender entre enfin en scène. Sa voix n'a aucune empreinte. Impossible d'attribuer une origine sociale ou régionale à ce nasillement plaintif déraciné.

« Je voudrais revenir à ce jour où Shannon vous a racolé à l'Athleticus.

– Pourrions-nous employer le mot "défié", si ça ne vous dérange pas ?

– Ce jour où, pour lui éviter de perdre la face, nous avez-vous dit, vous avez relevé le défi. En tant qu'agent entraîné de ce service, avez-vous observé sur le coup, ou bien vous rappelez-vous aujourd'hui, d'autres inconnus de passage au bar, des nouveaux membres, hommes ou femmes, ou des invités de membres du club, qui accordaient un intérêt plus marqué que nécessaire à vos échanges ?

– Non.

– Le club est ouvert au public, paraît-il. Les membres peuvent amener des invités. Les invités peuvent commander au bar, du moment qu'ils sont accompagnés par un membre. Êtes-vous en train de me dire de façon certaine que l'approche de Shannon…

– Le défi.

– … que le défi de Shannon n'a aucunement été observé par des tiers intéressés ? Il va de soi que nous allons contacter le club sous un prétexte quelconque et demander les images de vidéosurveillance qu'ils peuvent avoir.

– Je n'ai pas observé sur le coup, et je ne me rappelle pas aujourd'hui, des inconnus qui auraient accordé un intérêt plus marqué que nécessaire à nos échanges.

– En même temps, ils ne l'auraient pas fait ouvertement, enfin, pas assez pour que vous le remarquiez, s'il s'agissait de professionnels, n'est-ce pas ?

– Il y avait un groupe de gens qui se détendaient au bar, mais il s'agissait de visages connus. Et ne vous fatiguez pas à aller réclamer des images, nous n'avons pas de caméras. »

Les yeux de Joe s'écarquillent pour marquer théâtralement sa surprise.

« Ah bon ? Pas de vidéosurveillance ? Doux Jésus ! Voilà qui est fort étrange, de nos jours, vous ne trouvez pas ? Un grand espace, beaucoup d'allées et venues, de l'argent qui change de mains, mais aucune caméra ?

– C'est une décision du bureau du club.

– Et il se trouve que vous siégez au bureau, nous dit-on. Avez-vous soutenu la décision de ne pas installer de vidéosurveillance ?

– Oui.

– Serait-ce parce que, de même que votre épouse, vous êtes opposé à l'État policier ?

– Ça vous dérangerait de laisser ma femme en dehors de tout ça ? »

M'a-t-il entendu ? Apparemment non. Il est trop occupé à fouiller dans le carton d'archives sur ses genoux.

« Alors pourquoi vous ne l'avez pas déclaré ? demande-t-il sans prendre la peine de lever le nez.

– Déclaré quoi ?

– Edward Shannon. Vos rendez-vous de badminton hebdomadaires, voire bihebdomadaires. Les règles du Service exigent que vous informiez les ressources humaines de tous vos contacts réguliers quels que soient leur sexe et la nature de vos rapports. Les dossiers de l'Athleticus nous apprennent que vous avez rencontré Shannon pas moins de quatorze fois distinctes d'affilée. Je me demande pourquoi vous ne l'avez pas déclaré. »

J'arrive tout juste à afficher un sourire dégagé.

« Eh bien, Joe, je vous répondrai que, au fil des ans, j'ai bien dû affronter deux cents adversaires, certains à vingt ou trente reprises, peut-être. Je ne peux pas croire que vous auriez voulu que je les déclare tous dans mon dossier personnel.

– Avez-vous fait le choix de ne pas déclarer Shannon ?

– Je n'ai pas eu à faire de choix, puisque ça ne m'a même pas effleuré.

– Je vais formuler les choses différemment, si vous me le permettez, comme ça j'aurai peut-être une réponse réfléchie de votre part. Oui ou non, était-ce ou n'était-ce pas de votre part une décision consciente de ne pas déclarer Edward Shannon comme fréquentation régulière et camarade de jeu ?

– Adversaire, si cela ne vous dérange pas. Non, ce n'était pas une décision consciente de ne pas le déclarer.

– Parce que, voyez-vous, il s'avère aujourd'hui que vous avez frayé pendant des mois avec un espion russe identifié sans le déclarer. Alors, “ça ne m'a même pas effleuré”, je trouve ça très léger, franchement.

– Je ne savais pas que c'était un putain d'espion russe, Joe, d'accord ? Et vous non plus, j'imagine. Et le service qui l'employait non plus. Ou alors je me trompe, Marion ? Si ça se trouve, votre service le savait depuis le début et n'a pas pensé à nous en faire part ? »

Ma pique reste en suspens. Assis en demi-cercle face à moi, mes *chers collègues** ont les yeux rivés sur leurs ordinateurs ou perdus dans le vague.

« Vous avez amené Shannon chez vous, Nat ? demande Joe d'un ton détaché.

– Pourquoi j'aurais fait ça ?

– Pourquoi ne l'auriez-vous pas fait ? Vous ne vouliez pas le présenter à votre épouse ? Une gentille dame gauchiste comme elle, il lui aurait forcément plu, non ?

– Mon épouse est une avocate aussi renommée que débordée et elle n'a ni le temps ni l'envie d'être présentée à tous les gens contre qui je joue au badminton. Elle n'est pas "gauchiste" au sens où vous l'entendez et elle n'a aucun rôle dans cette histoire, donc je vous le demande une fois de plus : veuillez la laisser tranquille.

– Shannon vous a-t-il amené chez lui, alors ? »

C'en est trop.

« Si vous voulez tout savoir, Joe, on se contentait du parc pour se tailler des pipes. C'est bon, vous êtes content ? je demande avant de me tourner vers Brammel : Guy, enfin !

– Oui, mon vieux ?

– Si Shannon est un espion russe, ce qu'il semble bien être, je vous le concède, dites-moi ce que nous sommes tous en train de faire assis sur nos fesses dans cette pièce à parler de moi. Admettons qu'il m'a enfumé, et il m'a enfumé, on est d'accord, dans les grandes largeurs, même, tout comme il a enfumé son service et le monde entier, pourquoi ne sommes-nous pas en train de nous interroger sur qui l'a repéré et recruté, que ce soit ici, en Allemagne ou ailleurs ? Et qui est cette Maria, qui revient si souvent ? Maria qui aurait juste fait semblant de l'éconduire ? »

Après un petit hochement de tête pour la forme, Guy Brammel réoriente l'interrogatoire sur ses questions à lui.

« Votre gars, il est plutôt bougon, hein ? remarque-t-il.

– Mon gars ?

– Shannon.

– Il peut être bougon de temps en temps, oui, comme la plupart d'entre nous. Mais cela ne dure jamais longtemps.

– Alors pourquoi l'a-t-il été à ce point-là avec Gamma, hein ? Il n'avait pas ménagé ses efforts pour contacter les Russes. La première réaction du Centre de Moscou, du moins à ce que je devine, a été de le prendre pour un appât. Personne ne peut le leur reprocher. Et puis, ils y ont repensé, et ils se sont dit que c'était une mine d'or. Tadzio le hèle dans la rue, il lui apprend la bonne nouvelle, Gamma rapplique en un rien de temps, elle lui présente ses excuses pour l'attitude de Maria et se réjouit à l'idée de travailler avec lui. Alors, pourquoi cette tête de six pieds de long ? Il devrait être aux anges. Et pourquoi a-t-il prétendu ne pas savoir ce qu'était une épiphanie ? De nos jours, tout le monde a des épiphanies. On ne peut pas traverser la rue sans entendre parler de l'épiphanie d'Untel ou Untel.

– Peut-être qu'il n'aime pas ce qu'il est en train de faire. Vu tout ce qu'il m'a raconté, il a peut-être encore certaines exigences éthiques concernant l'Occident.

– Quel rapport ?

– Je me suis dit que le puritain en lui estimait peut-être que l'Occident avait besoin d'expier, c'est tout.

– Attendez, vous êtes en train de me dire que l'Occident le fait chier parce qu'il déçoit ses attentes éthiques ?

– J'ai dit "peut-être".

– Alors, hop, il se jette dans les bras de Poutine, qui ne reconnaîtrait pas une attente éthique s'il en croisait une dans la rue. Je vous ai bien compris ? Drôle de puritanisme, si vous voulez mon avis, même si je ne suis pas expert.

– C'était une idée comme ça. Je ne crois pas que ce soit la bonne analyse.

– Alors vous croyez quoi, bordel ?

– Tout ce que je peux vous dire, c'est que ça ne correspond pas à l'homme que je connais. Enfin, connaissais.

– Ce n'est jamais l'homme qu'on connaît, nom d'un chien ! explose Brammel. Si un traître ne nous prend pas par surprise, c'est qu'il n'est pas doué pour ce qu'il fait, enfin ! Vous êtes bien placé pour le savoir, en plus. Vous en avez géré, des traîtres, dans le temps. Ils n'allaient pas étaler leurs opinions subversives en s'épanchant auprès du premier venu ! Ou alors ils ne duraient pas trop dans le métier, non ? »

C'est à ce stade que, sous l'effet de mon agacement, de ma sidération ou de l'émergence spontanée d'un instinct protecteur, je me sens obligé d'en appeler à la clémence pour Ed. Sans y réfléchir à deux fois tant j'ai les idées embrouillées, je me lance en adoptant la rhétorique des éminents confrères avocats de Prue.

« Marion, je me demandais si Shannon a réellement commis un crime au sens juridique du terme. Toute cette histoire de documents top secret qu'il affirme avoir entraperçus… Est-ce la réalité, ou bien prend-il ses désirs pour des réalités ? Les autres documents qu'il propose semblent surtout destinés à établir sa crédibilité. Ils ne sont peut-être même pas classés défense, du moins pas à haut niveau. Donc, n'auriez-vous pas plutôt intérêt à l'embarquer, lui souffler un bon coup dans les bronches et le confier aux psys, histoire de vous épargner beaucoup de soucis ? »

Marion se tourne vers l'utilité qui a failli me broyer la main.

« Vous êtes sérieux, là ? » demande-t-il en me regardant d'un œil médusé.

Je réponds avec aplomb que je n'ai jamais été plus sérieux de ma vie.

« Alors permettez-moi de vous citer la section 3 de la loi sur les secrets officiels de 1989, qui stipule qu'une personne qui est ou a été fonctionnaire de la Couronne ou assimilé se rend coupable d'un délit si, sans autorisation en bonne et due forme, elle divulgue avec effet nocif une information, un document ou tout autre élément de quelque nature qu'il soit concernant les relations internationales. Nous avons aussi le serment solennel par écrit de Shannon qu'il ne divulguera aucun secret d'État et qu'il est conscient de ce qu'il encourt s'il le fait. Avec tout ça, je dirais que ça nous promet un procès très court à huis clos qui aboutira à une peine de prison de dix à douze ans, six avec remise de peine s'il avoue, plus un suivi psychiatrique gratuit s'il le demande. Et, franchement, j'aurais cru que c'était évident pour tout le monde. »

*

En attendant seul dans la salle vide pendant plus d'une heure, je m'étais juré que je resterais calme, au-dessus de la mêlée. Accepte les faits, m'étais-je répété. Encaisse. Ils ne vont pas disparaître comme par magie. Ed Shannon, le nouveau membre de l'Athleticus, si timide qu'il a besoin que ce soit Alice qui fasse les présentations, est un employé de notre service frère et un espion russe volontaire. Et en chemin, pour des raisons qui restent à éclaircir, il t'a racolé. Parfait. Du classique. Chapeau bas. Bien joué. Il t'a cultivé, il t'a embobiné, il t'a mené par le bout du nez. Et à l'évidence, il savait. Il savait que j'étais un agent vétéran avec de possibles rancœurs, et donc mûr à point pour être cultivé.

Mais alors drague-moi, bon Dieu ! Cultive-moi vraiment comme une source potentielle. Et après, lance-toi et fais-moi des avances, ou alors refile-moi à tes contrôleurs russes pour qu'ils m'exploitent ! Pourquoi ne l'as-tu pas fait ? Et puis aussi, les signaux de séduction de base lors de l'acquisition d'un agent ? Il n'y en a jamais eu ! Tu ne m'as jamais posé des questions du genre : Et ces problèmes de couple, Nat ? As-tu des dettes, Nat ? Tu trouves qu'on ne t'apprécie pas à ta juste valeur, Nat ? Qu'on t'a négligé pour une promotion ? Est-ce qu'on t'a refusé des notes de frais, réduit ta pension ? Tu sais bien ce que répètent toujours les formateurs : tout le monde a une faille, et le boulot du recruteur, c'est de la trouver ! Mais toi, tu n'as même pas cherché, bordel ! Tu n'as jamais tâté le terrain, tu n'es jamais sorti de ta zone de confort, tu n'as jamais risqué le coup.

Et comment aurais-tu pu quand tout ce que tu as fait depuis l'instant où nous nous sommes assis au bar a été de pontifier sur tes dadas politiques au point que j'aurais eu bien du mal à placer un mot même si j'avais voulu ?

*

Mon appel à la clémence pour Ed n'est pas bien passé auprès de mes *chers collègues**. Peu importe. Je me suis ressaisi. Je suis calme. Guy Brammel adresse un petit signe de tête à Marion, qui lui avait indiqué avoir des questions pour l'accusé.

« Nat.

– Marion.

– Vous avez laissé entendre plus tôt que ni Shannon ni vous n'aviez la moindre idée de ce que faisait l'autre dans la vie. C'est correct ?

– Non, Marion, bien au contraire. Nous avions des idées très claires à ce sujet. Ed travaillait pour un empire des médias qu'il méprisait, et moi je cherchais des ouvertures dans les affaires tout en donnant un coup de main à un vieux copain entrepreneur.

– Shannon vous a dit spécifiquement que c'était un empire des médias pour lequel il travaillait ?

– En ces termes exacts, non. Il m'a fait comprendre qu'il filtrait les nouvelles avant de les communiquer aux clients. Et ses employeurs, eh bien, ils n'étaient pas sensibles à ses besoins, ajouté-je avec un sourire, toujours bien conscient de l'importance des bonnes relations entre nos deux services.

– Il est donc juste de dire, si l'on en croit vos affirmations, que votre relation reposait sur de faux a priori concernant vos identités respectives ?

– Si vous voulez le présenter comme ça, Marion, oui. Mais en fait, la question ne se posait même pas.

– Parce que vous acceptiez aveuglément vos couvertures respectives ?

– "Aveuglément" est un terme trop fort. Nous avions tous les deux de bonnes raisons de ne pas trop fouiner.

– Nous avons été informés par nos enquêteurs maison qu'Edward Shannon et vous aviez des casiers séparés dans le vestiaire de l'Athleticus, c'est correct ? demande-t-elle sans marquer de pause ni s'en excuser.

– Ben, vous ne pensiez pas qu'on en partageait un, quand même ? je lance sans obtenir de réponse, et notamment les rires que j'espérais. Ed a son casier et j'ai le mien, oui. »

Je m'imagine la pauvre Alice tirée de son lit à cette heure si peu chrétienne pour aller consulter ses registres.

« Des casiers à clé ? demande Marion. Je veux dire, il s'agit d'une clé et pas d'un cadenas à code ?

– À clé, Marion, je lui confirme après un bref instant de distraction. Il n'y a que des clés. Petites, plates, à peu près de la taille d'un timbre.

– Des clés que vous gardez dans la poche pendant que vous jouez ?

– Il y a un ruban attaché, dis-je en revoyant Ed dans le vestiaire se préparer pour notre tout premier match. Soit on enlève le ruban et on met la clé dans sa poche, soit on le laisse et on passe la clé autour de son cou. C'est un choix esthétique. Ed et moi enlevions le ruban.

– Pour mettre la clé dans votre poche de pantalon ?

– Dans mon cas, la poche de côté. Ma poche arrière était réservée à ma carte de crédit pour notre passage au bar, ainsi qu'à un billet de 20 livres au cas où j'aurais envie de payer cash pour récupérer de la monnaie pour l'horodateur. Cela répond à votre question ? »

Visiblement, non.

« Selon votre dossier, vous avez dans le passé utilisé vos talents de joueur de badminton comme moyen de recruter au moins un agent russe et communiquer avec lui en secret grâce à un échange de raquettes identiques. Et vous avez reçu des félicitations pour cette tactique. Est-ce exact ?

– Tout à fait, Marion.

– Donc ce ne serait pas une hypothèse déraisonnable de penser que, si vous en aviez l'intention, vous seriez dans une situation idéale pour fournir à Shannon des renseignements secrets de votre propre service grâce à la même méthode furtive ? »

Je balaie lentement des yeux le demi-cercle. Le visage d'ordinaire bienveillant de Percy Price reste impénétrable. Même chose pour Brammel, Lavender et les deux utilités de Marion. Gloria a la tête inclinée sur le côté et semble avoir décidé de ne plus écouter. Ses deux psys juniors sont penchés en avant en une posture crispée, les mains croisées sur les genoux, dans une sorte d'interconnexion biologique. Moira regarde par la fenêtre, à ceci près qu'il n'y a pas de fenêtre.

« Quelqu'un pour souscrire à cette aimable hypothèse ? lancé-je en sentant couler sur mes côtes la sueur de la rage. À en croire Marion, je suis la source de deuxième main d'Ed et je lui transmets des secrets pour qu'il les fasse suivre à Moscou. Non mais, on est tous devenus dingues ou c'est juste moi ? »

Pas de réponse. Je n'en attendais pas, d'ailleurs. Nous sommes payés pour envisager toutes les possibilités, même les plus farfelues, et c'est exactement ce que nous sommes en train de faire. Et peut-être la théorie de Marion n'est-elle pas si aberrante, après tout. Dieu sait que le Service a eu sa part de brebis galeuses, en son temps. Peut-être Nat en est-il une aussi.

Sauf que non, Nat n'en est pas une, et il a besoin de le leur dire très explicitement.

« Très bien, alors répondez un peu à cette question, je vous prie. Pourquoi un fonctionnaire europhile convaincu proposerait-il des secrets britanniques gratuits à la Russie, un pays qui, selon lui, est dirigé par un monstrueux despote europhobe du nom de Vladimir Poutine ? Et si vous n'arrivez pas à répondre à cette question, pourquoi vous m'avez choisi comme punching-ball au simple motif que Shannon et moi jouons au badminton et discutons politique en buvant une ou deux bières, nom de Dieu ? »

Et j'ajoute, bêtement :

« Ah, au fait, quelqu'un pourrait me dire ce qu'est Jéricho ? Je sais que c'est protégé par un mot de passe et que ça ne doit jamais être évoqué et que je n'ai pas l'habilitation, mais à ce train-là, Maria non plus, Gamma non plus, le Centre de Moscou sans doute pas, et Shannon, c'est sûr que non. Alors on pourrait peut-être faire une exception, dans ce cas précis, puisque d'après ce que nous avons pu entendre, c'est Jéricho qui a fait craquer Ed et qui l'a poussé dans les bras de Maria puis de Gamma. Et nous, on reste tous assis là tranquillement en faisant comme si jamais personne n'avait prononcé ce mot ! »

Et je comprends qu'ils savent. Tout le monde dans cette pièce est habilité Jéricho sauf moi. Ou alors je fais fausse route. Ils sont tout aussi perdus que moi et ils sont en état de choc parce que j'ai mentionné ce qui ne devait pas être mentionné.

Brammel est le premier à retrouver sa langue.

« Nous avons besoin de l'entendre de votre bouche une nouvelle fois, Nat, annonce-t-il.

– Entendre quoi ?

– La vision du monde de Shannon. Une synthèse de ses motivations. Toutes les conneries qu'il vous a servies sur Trump, l'Europe et l'univers et que vous semblez avoir gobées tout rond. »

*

Je m'entends de loin, comme j'entends tout le reste, apparemment. Je veille à bien dire « Shannon » et pas « Ed », même s'il m'arrive de me tromper. Je leur fais Ed sur le Brexit et je leur fais Ed sur Trump sans trop savoir comment je suis passé de l'un à l'autre. Par prudence, je lui mets tout sur le dos. C'est sa vision du monde qu'ils veulent, après tout, pas la mienne.

« Shannon voit en Trump le porte-voix de tous les kleptocrates démagogues et frappadingues de la planète, dis-je de mon ton le plus objectif. Il considère l'homme Trump comme un minable, un populiste. Mais en tant que révélateur des bas instincts refoulés de ce monde, c'est le diable incarné. Vous m'opposerez que c'est une vision simpliste et loin d'être partagée par tous, mais il en est convaincu, d'autant plus qu'il est limite obsessionnel dans son amour pour l'Europe. »

J'ajoute cette dernière remarque d'un ton ferme, au cas où je n'aurais pas assez souligné la différence entre nous deux. Puis, après un petit rire nostalgique qui sonne creux dans le silence ambiant, je me concentre sur Ghita parce qu'elle me semble le choix le plus sûr.

« Vous n'allez pas me croire, Ghita, mais Shannon est allé jusqu'à me dire un soir qu'il regrettait que tous les assassins américains semblent issus de l'extrême droite et qu'il était grand temps que la gauche se trouve un tireur, elle aussi ! »

Le silence pourrait-il être plus pesant ? Apparemment oui.

« Et vous l'avez approuvé ? demande Ghita au nom de tous les présents.

– Comme ça, pour rire, en buvant notre bière. Ou en tout cas, c'est ce qu'impliquait le fait que je ne le contredise pas. Je lui ai accordé que le monde se porterait rudement mieux si Trump n'existait pas. Et d'ailleurs, je ne suis même pas sûr qu'il ait employé le mot “assassiné”. Il a peut-être dit “éliminé” ou “supprimé”. »

Je remarque seulement maintenant la bouteille d'eau près de moi. Par principe, le Bureau n'autorise que l'eau du robinet, donc celle-ci a dû venir du dernier étage. Je me sers un verre, je bois une longue gorgée et j'en appelle à Guy Brammel comme s'il était le dernier homme sensé sur terre.

« Enfin Guy, merde, quoi ! »

Plongé dans son iPad, il fait la sourde oreille un moment, puis finit par lever la tête.

« Bon, tout le monde, voilà les ordres venus d'en haut. Nat, vous rentrez chez vous à Battersea et vous y restez. Vous recevrez un coup de fil à 18 heures précises. Jusque-là, vous êtes assigné à résidence. Ghita, vous reprenez le Refuge avec effet immédiat : les agents, les ops, l'équipe, tout. À compter de cet instant, le Refuge sort du giron du Central Londres pour être provisoirement intégré au département Russie. Signé : Bryn Jordan, toujours coincé à Washington, le bougre. Autre chose ? Non ? Alors on y retourne. »

Et ils sortent en file indienne, Percy Price en dernier. Il n'a pas prononcé un seul mot en quatre heures.

« T'as de drôles d'amis, toi », lâche-t-il sans me regarder.

*

Il y a une gargote juste à côté de chez nous qui sert le petit déjeuner dès 5 heures du matin. Je suis incapable de vous dire aujourd'hui (tout autant que je l'aurais été à l'époque) quelles pensées tourbillonnaient dans mon esprit alors que je buvais café sur café en écoutant d'une oreille des ouvriers discuter en hongrois, propos qui m'étaient aussi incompréhensibles que mes sentiments. Il était 6 heures passées quand j'ai réglé ma note et que je suis rentré discrètement chez moi par l'entrée de service. Je suis monté à l'étage me glisser dans le lit à côté de Prue, qui dormait.

17

Je me demande parfois comment ce samedi se serait déroulé si Prue et moi n'avions pas eu un déjeuner prévu de longue date avec Larry et Amy à Great Missenden. Prue et Amy se connaissent depuis l'école ; Larry, un notaire compétent, un peu plus âgé que moi, adore le golf et son chien. Ils n'ont pas d'enfants, à leur grand regret, et célébraient ce jour-là leur vingt-cinquième anniversaire de mariage. Nous devions déjeuner tous les quatre puis partir en balade dans les Chilterns. Prue leur avait acheté un jeté de lit en patchwork victorien qu'elle avait emballé dans un joli paquet et un joujou amusant pour leur boxer. Entre la canicule interminable et la circulation du samedi, nous avions calculé deux heures de route, donc départ à 11 heures au plus tard.

À 10 heures, j'étais toujours au lit en train de dormir. Prue m'a gentiment monté une tasse de thé. J'ignorais depuis combien de temps elle était debout puisqu'elle était allée s'habiller sans me réveiller mais, la connaissant, elle avait déjà dû travailler deux heures à son bureau sur son dossier Big Pharma. Savoir qu'elle avait ainsi interrompu son labeur pour moi me réjouissait au plus haut point. Et si j'ai l'air d'en rajouter un peu, c'est qu'il y a de quoi. Notre conversation a démarré de façon assez prévisible par un « Mais à quelle heure es-tu donc rentré hier soir, Nat ? » auquel j'ai répondu « Ouh là là, Prue, super tard », ou quelque chose du genre. Mais un détail dans ma voix ou dans mon expression l'a intriguée. En outre, comme je le sais à présent, la divergence de nos vies supposément parallèles depuis mon retour commençait à lui peser. Elle craignait, comme elle me l'a confirmé depuis, que sa guerre contre Big Pharma et la mienne contre la cible que le Bureau, dans sa grande sagesse, m'avait attribuée, loin de nous rendre complémentaires, soient en train de nous faire combattre dans des camps opposés. Et c'est cette angoisse, associée à ma tête ce matin-là, qui déclenche notre échange en apparence banal, mais en fait crucial.

« On y va, hein, Nat ? me demande-t-elle avec ce que je continue de considérer comme une intuition insupportable.

– On va où ? fais-je alors que je le sais très bien.

– Chez Larry et Amy, enfin ! Pour leurs vingt-cinq ans de mariage.

– Eh bien, pas ensemble, Prue, désolé, je ne peux pas. Il faudra que tu y ailles seule. Ou bien demande à Phoebe. Je suis sûr qu'elle serait partante. »

Phoebe, notre voisine, pas franchement une boute-en-train, mais toujours mieux qu'une chaise vide.

« Tu es souffrant ?

– Pas que je sache. Je suis en stand-by.

– Pour ?

– Pour le Bureau.

– Tu ne peux pas venir même si tu es en stand-by ?

– Non, il faut que je reste ici. Que je sois physiquement présent dans la maison.

– Pourquoi ? Qu'est-ce qui se passe dans la maison ?

– Rien.

– Tu ne peux pas être en train d'attendre "rien". Tu es en danger ?

– Non, non. Écoute, Larry et Amy savent que je suis un espion, donc si tu veux, je l'appelle. Larry ne posera pas de questions, dis-je – sous-entendant par là : *contrairement à toi.*

– Et le théâtre ? On a deux billets pour voir Simon Russell Beale ce soir, je te rappelle. Des fauteuils d'orchestre.

– Je ne peux pas non plus.

– Parce que tu seras en stand-by.

– J'attends un appel à 18 heures. Et personne ne peut savoir ce qui se passera après.

– Alors on attend là toute la journée un appel prévu à 18 heures ?

– Voilà. Enfin moi, en tout cas.

– Et avant ça ?

– Je n'ai pas le droit de quitter la maison. Sur ordre de Bryn. Je suis consigné.

– Sur ordre de Bryn ?

– En personne. Tout droit de Washington.

– Bon, je ferais mieux d'appeler Amy, déclare-t-elle après un moment de réflexion. Peut-être qu'ils voudront récupérer les billets. Je vais téléphoner de la cuisine. »

À ce stade, Prue fait ce qu'elle fait toujours quand je pense qu'elle a fini par épuiser toute sa patience à mon égard : elle prend du recul, elle analyse la situation une deuxième fois et entreprend de la résoudre. Le temps qu'elle revienne, elle s'est changée pour mettre un vieux jean et la petite veste Edelweiss que nous avons achetée pendant nos vacances au ski, et elle sourit.

« Tu as dormi ou pas du tout ? demande-t-elle en me poussant un peu pour s'asseoir sur le lit.

– Pas beaucoup. »

Elle pose la main sur mon front pour vérifier ma température.

« Je ne suis pas malade, Prue.

– D'accord. En revanche, je me demande si on ne t'aurait pas viré du Bureau, avance-t-elle en parvenant à faire de cette question un aveu de ses propres inquiétudes plus que des miennes.

– Eh bien, en gros oui. Ça y ressemble bien.

– De façon injuste ?

– Non, pas vraiment.

– C'est toi qui as merdé ou c'est eux ?

– Un peu des deux. Je me suis retrouvé embringué dans de mauvaises fréquentations.

– Je connais ?

– Non.

– Ils ne vont pas venir te chercher ici, quand même ?

– Non, non, on n'en est pas là, l'assuré-je, me rendant compte au moment où je le dis que je ne suis pas aussi sûr de moi que je l'aurais cru.

– Et ton portable pro, il est où ? Tu le poses toujours à côté du lit.

– Il doit être dans mon costume, dis-je, toujours en mode dissimulateur.

– Il n'y est pas, j'ai regardé. Le Bureau l'a confisqué ?

– Oui.

– Depuis quand ?

– Hier soir. Enfin, ce matin. La réunion s'est prolongée toute la nuit.

– Tu leur en veux ?

– Je ne sais pas. J'essaie de le déterminer.

– Alors reste au lit et détermine. Cet appel que tu attends à 18 heures, ce sera sur le fixe, j'imagine ?

– Forcément, oui.

– Je vais envoyer un mail à Steff pour qu'elle ne prévoie pas un Skype à la même heure. Tu auras besoin de toute ta concentration, dit-elle avant de se diriger vers la porte, puis de se raviser et de venir se rasseoir sur le lit. Je peux te dire quelque chose, Nat ? Sans me mêler de ce qui ne me regarde pas. Juste une petite déclaration d'intention.

– Bien sûr. »

Elle m'a repris la main, mais pas pour me tâter le pouls, cette fois.

« Si le Bureau te fait chier et si tu es résolu à t'accrocher quand même, tu as mon soutien inconditionnel jusqu'à la fin des temps, et mort aux vaches ! Est-ce bien clair ?

– On ne peut plus clair. Merci.

– De même, si le Bureau te fait chier et que tu décides sur un coup de tête de leur dire d'aller se faire foutre et tant pis pour ta pension de retraite, on a les moyens de s'en passer.

– Je m'en souviendrai.

– Et tu as le droit de le répéter à Bryn, si ça peut aider, ajoute-t-elle d'un ton toujours aussi ferme. Ou sinon je peux le faire moi-même.

– On va peut-être éviter... »

Et nous partons tous les deux d'un éclat de rire soulagé.

Les expressions d'amour réciproque sont rarement palpitantes pour les tierces personnes, mais les choses que nous nous sommes dites ce jour-là (et surtout que Prue m'a dites à moi) résonnent encore dans ma mémoire comme un cri de ralliement, comme si elle avait ouvert d'un coup une porte invisible entre nous. Et j'aime à penser que c'est grâce à cela que j'ai commencé à lentement assembler les théories fumeuses et les vagues intuitions sur le comportement incompréhensible d'Ed qui ne cessaient de fuser dans mon esprit tels des feux d'artifice avant de s'évaporer en fumée.

*

« C'est mon petit côté allemand », me disait souvent Ed avec un sourire désolé quand il avait parlé avec un sérieux excessif même pour lui ou sur un ton trop didactique.

Toujours son *petit côté allemand.*

Pour l'arrêter dans la rue sur son vélo, Tadzio lui avait parlé en allemand.

Pourquoi ? Ed l'aurait-il vraiment pris pour un clodo ivre, sinon ?

Et pourquoi suis-je en train de me répéter *allemand, allemand, allemand* quand je devrais penser *russe, russe, russe* ?

Et veuillez m'expliquer, puisque je n'ai pas l'oreille musicale, pourquoi chaque fois que ma mémoire me repasse le dialogue entre Ed et Gamma, j'ai l'impression de ne pas entendre la bonne mélodie ?

Si je n'ai pas de réponse claire à ces questions maladroites qui ne font qu'ajouter à ma mystification, il n'en reste pas moins que, quand sonnent 18 heures ce soir-là, grâce aux attentions de Prue, je me sens plus combatif, plus compétent et beaucoup mieux préparé que je ne l'étais à 5 heures ce matin-là pour faire face à ce que le Bureau va encore bien pouvoir me jeter à la figure.

*

18 heures à l'horloge de l'église, 18 heures à ma montre, 18 heures à la comtoise de la famille de Prue dans l'entrée. Encore une de ces soirées cuites par le soleil de la grande sécheresse londonienne. Je suis assis dans mon bureau à l'étage en short et sandales. Prue est dans le jardin pour arroser ses pauvres roses déshydratées. Une sonnette retentit. Ce n'est pas le téléphone, mais la porte d'entrée.

Je me lève d'un bond pour descendre. Prue m'a devancé et je la croise dans l'escalier alors qu'elle monte me chercher.

« Je te conseille de mettre quelque chose de plus habillé, me dit-elle. Il y a un type baraqué avec une voiture dehors qui dit qu'il vient te chercher. »

Par la fenêtre du palier, je jette un coup d'œil dans la rue. Appuyé contre une Ford Mondeo noire avec deux antennes, Arthur, le chauffeur historique de Bryn Jordan, fume tranquillement une cigarette.

*

Arthur me dépose devant l'église qui se dresse au sommet de la colline de Hampstead. Bryn n'a jamais apprécié les allées et venues de véhicules devant sa maison.

« Vous connaissez le chemin », me dit Arthur, en mode affirmatif et non interrogatif.

Ce sont les premiers mots qu'il prononce depuis son « Hello, Nat ». Oui, Arthur, je connais bien le chemin.

À l'époque où j'étais un bleu à la station de Moscou et Prue une épouse d'agent, Bryn, sa superbe femme chinoise Ah Chan, leurs trois filles musiciennes et leur fils à problèmes vivaient déjà dans cette immense villa du XVIIIe siècle au sommet de la colline qui surplombe Hampstead Heath. Quand nous revenions à Londres pour une réunion de travail ou une permission, ce manoir en meulière caché derrière un haut portail avec une unique sonnette était l'endroit où nous nous retrouvions pour de joyeux dîners familiaux, où les filles accompagnaient les plus courageux d'entre nous sur des lieder de Schubert ou bien, à l'approche de Noël, des madrigaux, parce que les Bryn, comme on les surnommait, étaient des catholiques depuis toujours, témoin le Christ en croix accroché dans les ombres de l'entrée. Qu'un Gallois puisse devenir un fervent catholique, ça me dépasse, mais cet homme-là est par nature inexplicable.

Bryn et Ah Chan ont dix ans de plus que nous. Leurs talentueuses filles ont depuis longtemps lancé leur carrière mirifique. En m'accueillant avec sa chaleur coutumière sur le pas de la porte, Bryn m'explique qu'Ah Chan est partie rendre visite à sa mère à San Francisco.

« Madame a passé le cap des cent ans la semaine dernière, mais elle attend toujours son foutu télégramme de la reine, ou je ne sais pas ce qu'elle envoie, maintenant, ronchonne-t-il en me précédant dans un couloir aussi long qu'un wagon de train. En bons citoyens que nous sommes, nous avons fait la requête, mais Son Altesse n'est pas sûre que mamie y ait droit vu qu'elle est née en Chine et qu'elle habite San Francisco. Sans compter que notre cher ministère de l'Intérieur a perdu son dossier ! Ce n'est que la partie émergée de l'iceberg, si tu me demandes mon avis. Tout le pays part en cacahuète. C'est la première chose qu'on remarque quand on rentre : rien ne fonctionne, on rafistole avec des bouts de ficelle. Si tu te rappelles bien, c'est l'impression que nous faisait Moscou, dans le temps. »

Dans le temps, c'est-à-dire pendant la guerre froide, celle qu'il serait toujours en train de livrer, d'après ses détracteurs. Nous arrivons au grand salon.

« Et nous sommes la risée de nos alliés et voisins bien-aimés, au cas où tu ne l'aurais pas remarqué, enchaîne-t-il gaiement. Ah, ces nostalgiques de l'Empire qui ne sont pas foutus de gérer une baraque à frites ! C'est ton impression aussi ?

– En gros, oui.

– Et ton copain Shannon est du même avis, à l'évidence. C'est peut-être ça, sa motivation : la honte. Tu y as pensé à ça ? L'humiliation nationale qui ruisselle et qu'on prend pour soi. Moi, j'y crois.

– Ça se tient », dis-je alors que je n'ai jamais vraiment considéré Ed comme un nationaliste.

Haut plafond à poutres apparentes, fauteuils en cuir craquelé, icônes sombres, antiquités chinoises, livres anciens truffés de marque-pages et empilés en un équilibre précaire, ski en bois cassé accroché au-dessus de la cheminée, grand plateau d'argent où sont posés whisky, eau de Seltz et noix de cajou.

« Même la machine à glaçons est HS, ironise-t-il. Mais ça ne me surprend pas. Partout en Amérique, on t'offre de la glace, et nous, les Brits, on n'arrive même pas à en fabriquer. Classique. Mais bon, tu ne prends pas de glaçons, je crois ? »

Il s'est rappelé. Il se rappelle toujours. Il nous verse deux triples scotchs sans me demander de dire stop, me fourre un verre dans les mains et, avec un sourire étincelant, me fait signe de m'asseoir. Lui-même s'installe, rayonnant d'une bienveillance malicieuse. À Moscou, il faisait plus vieux que son âge ;

maintenant, sa jeunesse l'a plus que rattrapé. Ses yeux d'un bleu délavé brillent toujours d'une lueur semi-divine, mais plus claire et plus focalisée. À Moscou, il avait endossé sa couverture d'attaché culturel avec un tel brio, éblouissant ses publics russes médusés sur toute une batterie de sujets érudits, qu'ils en arrivaient presque à croire qu'il était réellement diplomate. *La couverture, mon gars. Un pas vers la divinité.* Certaines personnes ont de la conversation, Bryn a assez de matière pour des conférences entières.

Je demande des nouvelles de la famille. Les filles ne pourraient pas mieux réussir dans la vie, m'assure-t-il, Annie à l'Institut Courtauld, Eliza au Philarmonique de Londres, oui, c'est bien du violoncelle, c'est gentil à toi de t'en souvenir, et des escouades de petits-enfants sont déjà nés ou sur le point d'arriver, et c'est vraiment un bonheur, petit clin d'œil ravi.

« Et Toby ? demandé-je prudemment.

– Un désastre, répond-il du ton cassant sur lequel il évacue les mauvaises nouvelles. C'est à désespérer. Nous lui avons acheté un bateau de sept mètres avec tout le matos, nous l'avons installé comme pêcheur de crabes à Falmouth, et aux dernières nouvelles il était en Nouvelle-Zélande à s'attirer toutes sortes d'ennuis. »

Petit silence pour marquer ma sympathie. Puis je relance.

« Et alors, Washington ?

– Oh là là, un vrai cauchemar, Nat ! s'écrie-t-il avec un sourire encore plus large. Des guerres intestines qui éclatent de partout dans la boutique et on ne sait jamais qui penche de quel côté et pendant combien de temps ni qui va se faire dézinguer le lendemain. Et personne pour jouer les juges de paix. Il y a deux ans, on était l'œil de Washington en Europe. OK, il y avait des hauts et des bas, mais on était à l'intérieur, on faisait partie de la bande tout en étant en dehors de l'euro, Dieu merci, et pas de délire sur les politiques étrangères unifiées, les stratégies de défense ou quoi ou qu'est-ce ! C'était ça, la relation spéciale avec les États-Unis. On tétait gaiement le pis arrière de la vache à lait américaine. L'éclate totale. Et maintenant, on en est où ? Loin derrière les Boches et les Frenchies, avec beaucoup moins à offrir. La cata. »

Petit gloussement, et à peine une mini-pause avant qu'il enchaîne sur son sujet d'amusement suivant.

« J'ai été assez frappé par ce que ton ami Shannon disait de Donald, au passage : l'idée que la démocratie lui a tout donné sur un plateau et qu'il a tout bousillé. Mais je ne suis pas convaincu que ce soit vrai. Le problème avec Trump, c'est qu'il est né chef de gang. Il a été élevé dans le but ultime de foutre en l'air la société civile par tous les moyens, pas d'en faire partie. Ton copain Shannon, là-dessus, il a tort. Ou bien est-ce injuste de dire ça ? »

Injuste vis-à-vis de Trump ou vis-à-vis d'Ed ?

« Quant au pauvre petit Vlad qui n'a jamais été éduqué à la démocratie, là je suis d'accord avec Shannon pour le coup, poursuit-il, magnanime. Espion un jour, espion toujours, et avec la parano de Staline en prime. Il se réveille chaque matin surpris que l'Occident ne l'ait pas fait exploser avec un tir de missile préventif, dit-il avant de mâchonner quelques noix de cajou qu'il fait descendre avec une gorgée pensive de scotch. C'est un rêveur, non ?

– Qui ça ?

– Shannon.

– J'imagine.

– Quel genre ?

– Je n'en sais rien.

– Vraiment pas ?

– Vraiment pas.

– Guy Brammel a inventé la théorie du bisque-bisque, enchaîne-t-il en se régalant du terme comme un môme d'un gros mot. Tu l'as déjà entendue, celle-là ? Bisque-bisque ?

– Euh, non. Je connaissais la théorie du complot, mais pas la théorie du bisque-bisque. J'ai passé trop de temps à l'étranger, faut croire.

– Moi non plus, en fait, et pourtant je pensais avoir tout entendu. Mais Guy y tient mordicus. Le type en mode bisque-bisque, il dit à la personne avec laquelle il couche (en l'occurrence, la mère Russie) : La seule raison pour laquelle je baise avec vous, c'est que je déteste ma femme encore plus que je vous déteste. Le but, c'est de la faire bisquer. Ça pourrait être le cas, pour ton copain ? Qu'en penses-tu, à titre personnel ?

– À titre personnel, voilà ce que j'en pense : hier soir, j'ai pris une sacrée baffe, d'abord de Shannon, puis de mes chers amis et collègues, donc je me demande ce que je fous là, en fait.

– C'est vrai qu'ils y sont allés un peu fort, concède-t-il, comme toujours ouvert à différents points de vue. Mais bon, tout le monde est un peu paumé en ce moment, ce putain de pays est aux pâquerettes. Alors c'est peut-être ça, la clé du bonhomme. La Grande-Bretagne au fond du trou, un illuminé en quête d'absolu, même si ça implique une trahison absolue, sauf qu'au lieu de faire sauter le Parlement, il se jette dans les bras des Russes. C'est possible ? »

Je réponds que tout est possible. Un clignement d'yeux prolongé et un sourire enjôleur me signalent qu'il est sur le point de s'aventurer en terrain plus dangereux. Il me sert un autre scotch.

« Alors dis-moi, Nat, entre nous, comment as-tu réagi, toi, en tant que mentor, confesseur ou père de substitution, comme tu voudras, quand tu as soudain vu ton jeune protégé Shannon faire ami-ami avec Gamma la pimbêche ? Qu'est-ce qui t'est passé par la tête, dans tes cerveaux perso et pro, quand tu étais assis là dans ton petit costume à regarder et écouter ce scoop ? Ne réfléchis pas. Balance. »

En d'autres temps, coincé avec Bryn entre quatre-z-yeux, je lui aurais peut-être révélé mon sentiment profond. Je lui aurais peut-être même avoué que, en écoutant d'une oreille captivée la voix de Valentina, j'avais cru déceler entre ses cadences géorgiennes et russes la présence d'un intrus qui n'était ni l'un ni l'autre : une copie, oui, mais pas l'original. Et que, à un moment de ma longue journée d'attente, une espèce de réponse m'était apparue. Pas comme une révélation fracassante, mais sur la pointe des pieds, tel un spectateur retardataire dans un théâtre qui avance en crabe pour gagner son siège dans la pénombre. Quelque part dans les recoins les plus éloignés de ma mémoire résonnait la voix de ma mère sous l'effet de la colère quand elle me reprochait un délit quelconque dans une langue inconnue de son amant du moment, langue qu'elle reniait l'instant d'après. Valentina-Gamma, elle, n'avait pas renié l'allemand dans sa voix. Pas à ce qu'en jugeait mon ouïe. Au contraire, elle l'affectait. Elle imposait des modulations allemandes à son anglais parlé dans le but d'en éliminer toute trace de russe et de géorgien.

Mais alors même que cette idée saugrenue m'effleure, vague intuition plutôt que certitude, quelque chose me dit qu'elle ne doit en aucun cas être partagée avec Bryn. Serait-ce un plan qui germe alors dans mon esprit, un plan pour lequel je n'ai aucune habilitation ? Je l'ai souvent pensé depuis.

« Eh bien, Bryn, pour répondre à ta question sur mes deux cerveaux, je crois que ce que je me suis dit, c'est que Shannon devait souffrir d'une sorte de dépression nerveuse soudaine. De la schizophrénie, un gros trouble bipolaire, je ne sais pas ce que diront les psys. Si c'est le cas, nous autres les béotiens perdons notre temps à essayer de lui trouver des motivations rationnelles. Et puis, bien sûr, il y a le déclencheur, la goutte d'eau, la fameuse épiphanie, nom d'un chien ! dis-je avec une étrange théâtralité. Celle qu'il a nié avoir eue et qui l'a fait démarrer au quart de tour, comme on disait dans le temps. »

Bryn sourit toujours, mais c'est un sourire glacial qui me met au défi de m'aventurer plus loin.

« Si on arrêtait de tourner autour du pot ? demande-t-il d'un ton neutre, comme si je n'avais rien dit. Tôt ce matin, le Centre de Moscou a requis une deuxième entrevue avec Shannon dans une semaine, et Shannon a accepté. Ce pressing du Centre peut sembler indécent, mais pour moi, c'est plutôt un bon jugement de professionnels. Ils ont peur pour leur source sur le long terme, à juste titre, et donc nous aussi nous devons nous bouger. »

Une vague de ressentiment spontané vient à ma rescousse.

« Tu n'arrêtes pas de dire "nous" comme si c'était évident, Bryn, dis-je d'un ton plaintif mais avec cette jovialité que nous avons décidé d'adopter. Ce que je trouve un peu dur à avaler, c'est qu'on me court-circuite tout le temps. Je suis à l'origine de Nébuleuse, au cas où tu l'aurais oublié, alors pourquoi ne me tient-on pas informé de l'avancement de ma propre opération ?

– Mais on te tient informé, mon grand, et on, c'est moi. Pour le reste du Service, tu es de l'histoire ancienne, et c'est normal. Si cela n'avait tenu qu'à moi, tu n'aurais jamais eu le Refuge. Les temps changent et tu atteins un âge dangereux. C'était déjà le cas avant, mais maintenant ça se voit. Prue va bien ?

– Oui, merci, et elle te passe le bonjour, Bryn.

– Elle est au courant, pour l'affaire Shannon ?

– Non, Bryn.

– Bien, fais en sorte que cela reste ainsi.

– Oui, Bryn. »

Que cela reste ainsi ? Que je cache tout à Prue concernant Ed ? Prue, qui encore ce matin me déclarait sa loyauté inconditionnelle, même si je décidais de dire au Bureau d'aller se faire foutre ? Prue, la femme d'agent idéale, le bon petit soldat qui n'a jamais une seule fois trahi la confiance que le Bureau avait placée en elle ? Et Bryn a le culot de venir me dire qu'on ne peut pas lui faire confiance ? Merde alors !

« Tu ne seras pas étonné d'apprendre que notre service frère réclame à cor et à cri la tête de Shannon, reprend Bryn. Qu'on l'arrête, qu'on l'interroge, qu'on en fasse un exemple et tout le monde aura une médaille. Sauf que le résultat, ce serait un scandale national qui ne servirait à rien, sinon nous faire tous passer pour de sombres crétins en plein milieu du Brexit. Alors en ce qui me concerne, cette option n'est même pas sur la table. »

Encore ce « nous ». Il me tend l'assiette de noix de cajou. J'en prends une poignée pour lui faire plaisir.

« Des olives ?

– Non merci, Bryn.

– Tu adorais ça, dans le temps. C'est des Kalamata.

– Vraiment pas, Bryn, merci.

– Option suivante. On le fait venir à la direction générale et on lui sert l'approche classique. OK, Shannon, vous êtes un agent identifié du Centre de Moscou, et dorénavant vous êtes sous notre contrôle, sinon direction l'échafaud. Tu crois que ça marcherait ? Tu le connais, toi, pas nous – et pas son service, apparemment. Ils pensent qu'il a peut-être une copine mais ils n'en sont même pas sûrs. Ça pourrait être un copain d'ailleurs, ou même son architecte d'intérieur, puisqu'il paraît qu'il rénove son appartement. Il a pris un emprunt avec son salaire comme garantie et il a acheté l'appart du dessus. Il te l'a dit ?

– Non, Bryn.

– Il t'a dit s'il avait une copine ?

– Non, Bryn.

– Alors peut-être qu'il n'en a pas. Il y a des gars qui se débrouillent sans, ne me demande pas comment. Peut-être que c'est son cas.

– Peut-être, Bryn.

– Alors, si on lui sert l'approche classique, à ton avis il se passe quoi ? »

J'accorde à cette question toute la réflexion qu'elle mérite avant de répondre.

« À mon avis, Shannon vous dirait d'aller vous faire foutre, Bryn.

– Et pourquoi ?

– Joue donc au badminton avec lui. Il préfère perdre avec les honneurs.

– On ne joue pas au badminton, là.

– Ed est inflexible, Bryn. S'il est persuadé que la cause est plus importante que lui, il ne marchera pas à la flatterie, au compromis ou à l'instinct de survie.

– Alors il veut jouer les martyrs, observe Bryn avec satisfaction, comme s'il reconnaissait là un fonctionnement bien identifié. En attendant, nous nous livrons à la guéguerre habituelle pour savoir à qui appartient son corps. C'est nous qui l'avons trouvé, donc, tout le temps que nous allons l'exploiter, il est à nous. Quand nous n'en aurons plus besoin, c'est *game over* et notre service frère peut lui faire tout ce qu'il veut. Maintenant, j'ai une question pour toi. Est-ce que tu l'aimes toujours ? Pas charnellement, hein. Je veux dire est-ce que tu l'aimes vraiment ? »

Du Bryn Jordan tout craché. On ne sait jamais sur quel pied danser avec lui. Il vous caresse dans le sens du poil, il écoute vos récriminations et vos suggestions, il ne hausse jamais le ton, il ne juge jamais, il reste toujours au-dessus de la mêlée, il vous raconte des salades à vous en rendre végétarien, et l'instant d'après, il vous crucifie.

*

Après une longue gorgée de whisky, je réponds à la question de Bryn.

« Je l'aime bien. Ou du moins, je l'aimais bien jusqu'à ce que tout ça arrive.

– Et lui aussi il t'aime bien, mon grand. Tu l'imagines parler à n'importe qui d'autre comme il te parle à toi ? Nous pouvons l'exploiter, ça.

– Mais comment ? dis-je avec un gentil sourire, en jouant le brave disciple malgré le chœur de voix contradictoires qui résonne dans ce que Bryn a appelé mon cerveau perso. Je sais que je te l'ai déjà demandé, mais tu ne m'as toujours pas vraiment répondu : c'est qui, “nous”, dans cette équation ? »

Ses sourcils de père Noël s'arquent au maximum, tandis qu'il m'adresse le plus large des sourires.

« Enfin, mon grand, toi et moi. Qui d'autre ?

– Pour faire quoi, si je puis me permettre ?

– Ce que tu fais de mieux depuis toujours : tu deviens son meilleur ami. D'ailleurs, tu y es presque. Au moment que tu jugeras opportun, tu feras l'autre moitié du chemin. Dis-lui qui tu es, montre-lui qu'il se fourvoie mais n'en fais pas tout un drame, mollo, et retourne-le. À la seconde où il te dira “Oui, Nat”, tu lui mets une longe autour du cou et tu l'amènes en douceur vers le paddock.

– Et une fois dans le paddock ?

– Nous l'utilisons contre eux. Nous le laissons travailler d'arrache-pied à son poste habituel, nous lui donnons de fausses informations savamment concoctées et il les fait remonter jusqu'à Moscou par les tuyaux habituels. Nous l'exploitons aussi longtemps qu'il tiendra, et une fois qu'on en aura fini avec lui, nous laissons notre service frère effectuer un coup de filet sur le réseau Gamma en faisant sonner buccins, résonner trompettes. Tu reçois les félicitations du chef, nous, on te tape dans le dos et toi, tu auras fait de ton mieux pour ton jeune ami. Bravo. Moins, ce serait déloyal ; plus, ce serait exagéré. Et maintenant, écoute-moi », lance-t-il d'un ton ferme avant que j'aie pu objecter.

*

Bryn n'a pas besoin de notes. Il n'en a jamais eu besoin. Il n'utilise pas son portable pro pour y trouver des faits et des chiffres à me balancer. Il ne marque pas de pause, il ne fronce pas les sourcils, il ne cherche pas ce détail qu'il a oublié de façon agaçante. Il est l'homme qui a appris à parler couramment russe en un an à l'Institut d'études slaves de Rome et a ajouté le mandarin à son arc pendant ses loisirs.

« Au cours des neuf derniers mois, ton ami Shannon a officiellement déclaré à ses employeurs un total de cinq visites à des missions diplomatiques de pays européens sises ici à Londres. Deux à l'ambassade de France pour des événements culturels, et trois à l'ambassade d'Allemagne, dont une pour la journée de l'unité allemande, une pour une cérémonie de remise de récompenses à des profs d'allemand anglais et une pour des motifs inconnus. Tu disais ?

– Rien, rien, Bryn, je t'écoute. »

Si j'ai vraiment dit quelque chose, c'était seulement dans ma tête.

« Toutes ces visites ont été approuvées par son service employeur, en amont ou après coup nous l'ignorons, mais en tout cas les dates sont consignées et tu les as ici, annonce-t-il en sortant un dossier qu'il avait à portée de main. Et il faut y ajouter un coup de fil inexpliqué à l'ambassade d'Allemagne depuis une cabine publique de Hoxton. Shannon a demandé une Frau Brandt du service voyages et on lui a répondu à juste titre qu'il n'y avait pas de Frau Brandt à l'ambassade. »

Il marque une pause, le temps de s'assurer que je le suis. Souci inutile tant je suis captivé.

« Nous apprenons aussi par les caméras de surveillance qui nous ont révélé leurs petits secrets que, au milieu de son trajet à vélo jusqu'à la zone Bêta hier soir, Shannon s'est arrêté pour aller passer vingt minutes dans une église, annonce-t-il avec un sourire indulgent.

– Quel genre d'église ?

– Petite. Ce sont les seules qui laissent leurs portes ouvertes, de nos jours. Pas d'argenterie, pas de tableaux sacrés, pas de vêtements ecclésiastiques ou d'accessoires qui vaillent tripette.

– À qui a-t-il parlé ?

– À personne. Il y avait deux SDF (des vrais) et une vieille grenouille de bénitier tout en noir de l'autre côté. Et un bedeau. D'après son témoignage, Shannon ne s'est pas agenouillé, il s'est assis. Ensuite, il est ressorti et il est reparti sur son vélo. Que fabriquait-il ? lance-t-il avec une jubilation renouvelée. Était-il en train de confier son âme à son Créateur ? C'est un moment plutôt bizarre pour le faire, d'après moi, mais bon, chacun son truc, hein. Ou bien il vérifiait que personne ne l'avait suivi ? J'opterais pour cette deuxième interprétation. D'après toi, c'était quoi, ces visites aux ambassades de France et d'Allemagne ? »

Il nous sert encore du scotch, se carre dans son siège d'un air impatient et attend ma réponse – comme moi, d'ailleurs, car il ne m'en vient aucune sur le coup.

« Eh bien, Bryn, à toi l'honneur, pour une fois, je suggère en jouant son propre jeu contre lui, ce qu'il apprécie.

– Alors moi, je parierais qu'il faisait la tournée des ambassades, réplique-t-il d'un ton satisfait. Il cherchait à débusquer des petites pépites de renseignements pour nourrir son addiction russe. Il a peut-être joué les ingénus avec Gamma, mais pour moi, il vise le long terme, s'il ne fait pas de boulettes entre-temps. À toi, maintenant. Tu peux me poser autant de questions que tu le souhaites. »

Il n'y en a qu'une seule qui m'importe, mais mon instinct me souffle de commencer piano. Alors je choisis Dom Trench.

« Dom ! s'exclame-t-il. Bonté divine ! Dom ! Dans un trou noir. En congé illimité pour jardinage sans possibilité de remise de peine.

– Pourquoi ? Quel péché a-t-il commis ?

– Avoir été recruté chez nous, pour commencer. Enfin ça, c'est plutôt notre péché à nous. Notre cher Bureau a un faible parfois excessif pour les margoulins. Son péché à lui, c'est d'avoir épousé plus fort que lui, et aussi de s'être fait prendre la main dans le sac par une bande de fouille-merde du dark web. Ils se sont gourés sur un ou deux détails, mais hélas sur beaucoup ils avaient raison. Au fait, tu te tapes la fille qui a démissionné, là ? Florence ? lance-t-il avec un sourire en coin.

– Je ne me tape pas Florence, non.

– Tu ne te l'es jamais tapée ?

– Non.

– Alors pourquoi l'avoir appelée d'une cabine publique pour l'inviter à dîner ?

– Elle a quitté le Refuge et laissé tomber ses agents. C'est une fille qui se cherche et il me paraissait normal de garder le contact. »

Trop de justifications, mais passons.

« Oui, bon, à partir de maintenant, tu fais super gaffe. C'est une paria et toi aussi. D'autres questions ? Prends ton temps. »

Je prends mon temps. Et plus encore.

« Bryn ?

– Oui, mon grand ?

– C'est quoi, cette opération Jéricho ? »

*

Le caractère sacro-saint des documents à nom de code est difficile à faire comprendre aux non-croyants. Les noms de code eux-mêmes, régulièrement changés à mi-parcours pour embrouiller l'ennemi, sont traités avec le même niveau de confidentialité que leur contenu. Pour un membre de ce club très fermé, prononcer le nom de code à portée d'oreille des mécréants serait un « péché mortel », pour filer la métaphore de Bryn. Et pourtant me voilà, moi, à exiger de savoir du légendaire patron du département Russie ce qu'est Jéricho. Sans me laisser décourager par son sourire crispé, je persiste.

« Enfin, Bryn, c'est vrai, quoi ! Shannon a jeté un simple coup d'œil aux documents quand ils passaient dans la photocopieuse et ça lui a suffi. Quoi qu'il ait vu, ou plutôt quoi qu'il ait cru voir, ça a suffi. Qu'est-ce que je lui dis s'il me lance là-dessus ? Je lui dis que je n'ai pas la moindre idée de ce dont il me parle ? Ce ne serait pas lui montrer qu'il se fourvoie, ça. Ce ne serait pas lui mettre une longe autour du cou pour l'emmener en douceur jusqu'au paddock. Shannon sait ce qu'est Jéricho…

– Il croit qu'il sait.

– Et Moscou le sait aussi. Gamma est tellement surexcitée par Jéricho qu'elle prend la mission en charge elle-même et obtient de Moscou tous les figurants nécessaires. »

Son sourire s'élargit dans un semblant d'assentiment, mais les lèvres restent bien serrées, comme s'il était résolu à ne pas laisser passer un seul mot.

« Un dialogue, répond-il enfin. Un dialogue entre adultes.

– Quels adultes ?

– Comme tu l'auras remarqué, Nat, nous sommes une nation divisée, enchaîne-t-il sans répondre à ma question. Les divisions entre les citoyens de ce pays se reflètent dans les divisions entre nos maîtres. Il n'y a pas deux ministres qui pensent la même chose le même jour. Il ne serait donc pas surprenant que les objectifs de renseignement qu'ils nous transmettent varient au gré du moment, au point même de se contredire. Après tout, une partie de notre mission est d'imaginer l'inimaginable. Combien de fois l'avons-nous déjà fait, nous les vétérans de la Russie, ici dans cette même pièce, imaginer l'inimaginable ? »

Il cherche un aphorisme et, comme toujours, en trouve un.

« Les panneaux indicateurs ne suivent pas la direction qu'ils indiquent, Nat. C'est nous, humbles mortels, qui devons choisir quel chemin nous empruntons. Le panneau indicateur n'est pas responsable de notre décision, si ? »

Non, Bryn. Ou bien si. Mais quoi qu'il en soit, tu es clairement en train de m'enfumer.

« Ai-je néanmoins raison de supposer que c'est toi, KIM/1 ? En tant que chef de notre mission à Washington ? Ou bien est-ce aller trop loin ?

– Mon grand, suppose tout ce que tu veux.

– Mais c'est tout ce que tu es prêt à me dire là-dessus ?

– Tu voudrais savoir quoi ? Tiens, je vais te donner une petite info, et ce sera tout. Le dialogue top secret en question se déroule entre nos cousins américains et nous. Son but est exploratoire : on tâte le terrain. Il se conduit au plus haut niveau. Le Service est l'intermédiaire, tout ce qui se discute est théorique, rien n'est gravé dans le marbre. Selon ses dires, Shannon a vu une infime section d'un document de cinquante-quatre pages, l'a mémorisée, sans doute de façon incorrecte, et en a tiré ses conclusions erronées qu'il a ensuite transmises à Moscou. Nous n'avons aucune idée de quelle infime section. Il a été pris en flagrant délit – grâce à tes efforts, pourrait-on ajouter, même si ce n'était pas le but visé. Tu n'as nul besoin de l'embarquer dans de la dialectique. Tu lui montres juste le fouet, et tu lui dis que tu ne l'utiliseras pas sauf en cas de nécessité.

– Et c'est tout ce que j'ai le droit de savoir ?

– C'est même plus que ce que tu as le droit de savoir. J'ai brièvement cédé à mes sentiments. Tiens, prends ça. C'est pour un seul canal. Je fais des allers et retours à Washington, donc tu ne pourras pas me joindre quand je serai dans l'avion. »

Son « prends ça » abrupt s'accompagne du fracas métallique d'un objet qu'il jette sur la table basse entre nous. C'est un smartphone gris argenté, le même modèle que je donnais à mes agents. Je regarde le portable, puis Bryn, puis de nouveau le portable, que je prends dans la main sans cacher ma réticence et que je range dans ma poche de veste sous le regard fixe de Bryn. Son expression se radoucit et sa voix reprend ses intonations cordiales.

« Tu seras le sauveur de Shannon, Nat, m'assure-t-il en guise de consolation. Personne d'autre ne le ménagera autant que toi. Si tu hésites, pense aux autres options. Tu voudrais que je le mette entre les pattes de Guy Brammel ? »

Je pense aux autres options, mais pas tout à fait à celles qu'il a en tête. Il se lève, je l'imite. Il me prend le bras, une habitude chez lui qui se vante d'être dans le contact. Nous repartons pour la longue traversée du wagon de train en passant devant les portraits d'ancêtres arborant des cols de dentelle.

« Et sinon, la famille, ça va ?

– Steff est fiancée.

– Non ? Mais enfin, Nat, elle a seulement neuf ans ! »

Nous partageons un rire.

« Chez nous, Ah Chan est à fond dans la peinture, m'informe-t-il. Elle a une grosse exposition bientôt sur Cork Street, rien que ça. Fini le pastel, fini l'aquarelle, fini la gouache, ouste ! Maintenant, c'est peinture à l'huile ou rien. Je me rappelle que Prue appréciait beaucoup son travail.

– C'est toujours le cas », je réponds loyalement, même si je l'ignorais.

Nous sommes debout face à face sur le seuil. Peut-être partageons-nous l'intuition que nous ne nous reverrons jamais. Je me creuse les méninges en quête d'une banalité à sortir, mais Bryn me devance, comme toujours.

« Et ne t'inquiète pas pour Dom, me recommande-t-il avec un gloussement. Ce mec a fait foirer tout ce qu'il a touché dans sa vie, alors il n'aura que l'embarras du choix. Il doit déjà avoir un siège aux Communes facile à gagner qui lui tend les bras. »

Petit rire partagé face aux horreurs de ce monde. Nous nous serrons la main, lui en me donnant une tape sur l'épaule, à l'américaine, puis il m'accompagne élégamment jusqu'à mi-hauteur du perron. La Mondeo se gare devant nous. Arthur me raccompagne chez moi.

*

Prue travaille sur son ordinateur portable. Un seul coup d'œil à mon visage lui suffit pour se lever et, sans un mot, déverrouiller la porte de la véranda qui donne sur le jardin.

« Bryn veut que je recrute Ed, lui dis-je sous le pommier. Le gamin dont je t'ai parlé, mon adversaire régulier au badminton. Celui qui parle beaucoup.

– Le recruter pour quoi ?

– En tant qu'agent double.

– Contre qui ou quoi ?

– Les Russes.

– Euh, il ne faudrait pas qu'il soit un agent simple, déjà ?

– Techniquement, il l'est. C'est un assistant administratif de grade élevé dans notre service frère. Il a été pris la main dans le sac en train de transmettre des secrets aux Russes, sauf qu'il ne le sait pas encore. »

Long silence, puis elle se rabat sur ses réflexes professionnels.

« Dans ce cas, le Bureau doit réunir toutes les preuves, à charge et à décharge, les transmettre au procureur général de la Couronne et faire en sorte qu'Ed soit jugé en toute équité par ses pairs, et pas à huis clos. Il n'est pas question que le Bureau aille faire pression sur ses amis pour le menacer et le faire chanter. Tu as dit non à Bryn, je suppose.

– Non, j'ai accepté.

– Parce que ?

– Parce que je crois qu'Ed a sonné à la mauvaise porte. »

18

Renate a toujours été lève-tôt.

Il est 7 heures du matin en ce dimanche, le soleil brille et la canicule ne montre aucun signe de faiblesse tandis que je traverse d'un bon pas cette toundra brûlée qu'est devenu Regent's Park en direction du quartier de Primrose Hill. Selon mes recherches (effectuées non pas sur mon ordinateur mais sur celui de Prue, qui m'observait sans connaître tous les tenants et les aboutissants, puisqu'une loyauté résiduelle à mon service associée à une gêne compréhensible vis-à-vis de mes errances passées m'avaient interdit de complètement l'affranchir), je suis en quête d'un *immeuble victorien d'appartements magnifiquement restaurés avec service de conciergerie*, choix étonnant quand on sait que le personnel diplomatique aime à se regrouper autour du vaisseau-mère, ce qui, dans le cas de Renate, aurait dû être l'ambassade d'Allemagne de Belgrave Square. Mais même à Helsinki, où elle était numéro 2 de leur station quand j'étais numéro 2 de la nôtre, elle tenait déjà à vivre aussi loin (et donc aussi libérée, aurait-elle dit) de la faune diplomatique (*Diplomatengesindel*) que la décence le lui permettait.

J'arrive à Primrose Hill. Un calme religieux règne sur les villas édouardiennes aux couleurs pastel. Une cloche d'église sonne, mais timidement. Un vaillant gérant de café italien est en train de dérouler son auvent rayé pour couvrir sa terrasse, et ses grognements d'effort accompagnent mes pas. Je tourne à droite, puis à gauche. Belisha Court est un immeuble de six étages en brique grise du côté ombragé d'une impasse. Quelques marches en pierre mènent à un portique wagnérien en plein cintre. Une porte noire à double battant interdit l'entrée à tout visiteur. Les appartements magnifiquement restaurés ont des numéros, pas de noms. L'unique sonnette affiche une étiquette « conciergerie », mais une note manuscrite coincée derrière précise sèchement « jamais le dimanche ». L'entrée est réservée aux détenteurs d'une clé et la serrure est d'un modèle étonnamment basique, que le premier monte-en-l'air venu du Service aurait ouvert en quelques secondes. Il m'en faudrait un peu plus, mais de toute façon je n'ai pas de matériel. La face avant est rayée à cause de l'usage permanent.

Je traverse du côté ensoleillé de l'impasse et fais semblant de m'intéresser à une vitrine de vêtements d'enfants pour pouvoir observer le reflet de la double porte noire. Même à Belisha Court, tôt ou tard un locataire aura besoin de sortir faire son jogging matinal. Un battant s'ouvre. Pas sur un sportif, mais sur un couple âgé vêtu de noir sans doute en route pour l'église. Avec un cri de soulagement, je me hâte de traverser pour rejoindre mes sauveurs en leur expliquant que, comme un imbécile, j'ai laissé mes clés chez moi. Ils rient. Ah ça, nous aussi on l'a fait pas plus tard que… c'était quand déjà, chéri ? Et ils prennent congé pour descendre les marches à la hâte en riant toujours ensemble. J'emprunte un long couloir sans fenêtre jusqu'à la dernière porte à gauche avant l'accès au jardin parce que, à Helsinki comme à Londres, Renate apprécie les grands appartements en rez-de-chaussée à proximité d'une sortie de secours.

Dans la porte du numéro 8 est encastrée une fente à lettres en laiton poli. L'enveloppe que je tiens à la main est adressée à *Reni*, avec la mention *personnel et confidentiel*. Elle connaît mon écriture, et Reni était le surnom qu'elle voulait que j'utilise pour la désigner. Je glisse l'enveloppe dans la fente, j'ouvre et je referme à grand bruit l'abattant plusieurs fois, j'appuie sur la sonnette et je reprends à toutes jambes le couloir aveugle pour ressortir dans l'impasse, gauche puis droite dans la grand-rue, devant le café en adressant un petit signe de la main assorti d'un « Bonjour ! » au gérant italien, je traverse, passe un portail en fer et monte sur Primrose Hill, qui se dresse devant moi comme un dôme couleur tabac brûlé par le soleil. Au sommet de cette colline, une famille indienne habillée de couleurs vives s'emploie à faire voler un énorme cerf-volant en forme de quadrilatère, mais il y a à peine assez de vent pour agiter les feuilles desséchées qui gisent autour du banc désert où je m'installe.

*

J'attends quinze bonnes minutes. À la seizième, je suis sur le point de laisser tomber. Elle n'est pas chez elle. Elle est sortie courir, elle est avec un agent, un amant, elle est partie pour une de ses escapades culturelles à Édimbourg, Glyndebourne ou tout autre endroit où sa couverture exige qu'elle se montre et côtoie certaines personnes. Elle se prélasse sur une des plages de l'île de Sylt qu'elle aime tant. Puis, deuxième vague de possibilités, potentiellement beaucoup plus gênantes : elle loge son mari ou son amant, il lui a arraché ma lettre des mains et gravit en ce moment la colline pour s'en prendre à moi. Sauf que ce n'est pas le mari ou l'amant vengeur de Renate que je vois arriver en marche athlétique, mais bien elle, avec son petit corps râblé, ses cheveux blonds coupés court qui bougent en rythme, ses yeux bleus qui lancent des éclairs, Valkyrie miniature venue m'annoncer ma mort imminente sur le champ de bataille.

Elle me repère et rectifie sa trajectoire en soulevant de la poussière derrière elle. À son approche, je me lève par courtoisie, mais elle passe à côté de moi, se laisse tomber sur le banc et attend que je m'asseye près d'elle en me fusillant du regard. À Helsinki, elle parlait un anglais correct et un russe plutôt meilleur, mais quand elle s'enflammait, elle abandonnait les deux pour retrouver le confort de son allemand du Nord. À en juger par sa salve d'ouverture, il est évident que son anglais s'est beaucoup amélioré depuis que je l'ai entendu pour la dernière fois pendant nos week-ends volés il y a huit ans dans un chalet délabré sur la Baltique avec lit double et poêle à bois.

« Non mais, t'es complètement barré, Nat ? demande-t-elle de façon fort idiomatique en levant vers moi des yeux furibonds. Ça veut dire quoi, *confidentiel, personnel, conversation privée* ? Tu essaies de me recruter ou de me baiser ? Dans les deux cas, ça ne m'intéresse pas, alors tu peux le dire à qui t'envoie, parce que tu as vraiment dépassé les bornes, c'est totalement délirant et gênant à tous points de vue, d'accord ?

– D'accord. »

J'attends qu'elle se calme, parce que la femme en Renate a toujours été plus impulsive que l'espionne.

« Stephanie va bien ? demande-t-elle d'un ton apaisé.

– Plus que bien, oui, merci. Elle s'est enfin trouvée, et elle est fiancée. Tu te rends compte ? Et Paul ? »

Paul n'est pas son fils. Pour sa plus grande tristesse, Renate n'a pas d'enfants. Paul est son époux, ou bien l'était. Moitié play-boy d'âge mûr, moitié éditeur à Berlin.

« Paul va très bien aussi, merci. Il choisit des femmes de plus en plus jeunes et gourdes et des livres de plus en plus mauvais. C'est la vie. Tu as eu d'autres amourettes, depuis moi ?

– Je vais bien. Je me suis calmé.

– Et tu es toujours avec Prue, j'espère ?

– Plus que jamais.

– Bien. Tu vas me dire pourquoi tu m'as convoquée ici ou faut-il que j'appelle mon ambassadeur pour lui raconter que nos amis anglais font des propositions inappropriées à son chef de station dans un parc londonien ?

– Tu devrais plutôt lui raconter que je me suis fait jeter par mon service et que je suis en mission de sauvetage. »

Elle prend le temps de ramasser tout son corps contre elle : les genoux et les coudes bien serrés, les mains jointes sur ses genoux.

« C'est vrai ? Ils t'ont viré ? Ce n'est pas juste un stratagème à la noix ? Quand ça ?

– Hier, autant que je m'en souvienne.

– À cause d'une liaison dangereuse ?

– Non.

– Et qui es-tu venu sauver, si je puis me permettre ?

– Toi. Enfin, vous, au pluriel. Toi, ton équipe, ta station, ton ambassadeur et tout un tas de gens à Berlin. »

Quand Renate écoute avec attention, on a peine à croire que ses grands yeux bleus puissent cligner.

« Tu es sérieux, Nat ?

– Je n'ai jamais été plus sérieux.

– Et je suppose que tu enregistres notre conversation pour la postérité ? demande-t-elle après un instant de réflexion.

– Non. Et toi ?

– Non plus. Maintenant, sauve-nous vite fait, si c'est ce que tu es venu faire.

– Si je te disais que mon ancien service a eu vent du fait qu'un membre de la communauté britannique du renseignement ici à Londres vous a offert des informations concernant un dialogue top secret que nous sommes en train de conduire avec nos partenaires américains, quelle serait ta réaction ? »

Sa réponse sort encore plus vite que je ne m'y attendais. L'a-t-elle préparée en gravissant la colline ? Ou bien a-t-elle pris l'avis de ses supérieurs avant de quitter son domicile ?

« Je me demanderais si les Rosbifs n'ont pas lancé une opération débile d'hameçonnage.

– C'est-à-dire ?

– Peut-être que vous êtes en train de tester grossièrement notre loyauté professionnelle à l'approche du Brexit. Vu la crise absurde qui se déroule, votre gouvernement de merde ne reculerait devant rien.

– Mais tu ne nies pas qu'une telle offre vous a été faite ?

– Tu m'as posé une question hypothétique. Je t'ai donné une réponse hypothétique. »

Et elle referme la bouche pour indiquer que cette entrevue est terminée. Sauf que, au lieu de partir d'un pas agacé, elle reste assise, immobile, à attendre la suite sans en avoir l'air. La famille indienne, découragée, redescend la colline avec son cerf-volant. En bas, des pelotons de joggers courent de gauche à droite.

« Imaginons qu'il s'appelle Edward Shannon », je suggère.

Haussement d'épaules.

« Et toujours de façon hypothétique, imaginons que Shannon est un ancien membre de notre équipe de liaison interservices basée à Berlin, et qu'il est passionné par l'Allemagne et sa culture. Ses motivations sont complexes et peu pertinentes pour nos intérêts communs, mais elles ne sont pas mauvaises. Elles sont même bien intentionnées.

– Il va de soi que je n'ai jamais entendu parler de cet homme.

– Évidemment. Néanmoins, il s'est rendu à votre ambassade plusieurs fois ces derniers mois, dis-je avant de lui préciser les dates que m'a fournies Bryn. Puisque son travail à Londres ne lui donnait pas d'occasion de contact avec votre station, il ne savait pas vers qui se tourner avec son offre de secrets. Donc il a sollicité tous les gens de votre ambassade qu'il pouvait approcher jusqu'à ce qu'on le renvoie sur quelqu'un de votre station. Shannon est un homme intelligent, mais en termes de complot il est ce que vous appelleriez un *Vollidiot*. C'est un scénario plausible, de façon hypothétique ?

– Bien sûr que c'est plausible. Dans un conte de fées, tout est plausible.

– Ça aiderait peut-être si je mentionnais que Shannon a été reçu par un membre de votre personnel du nom de Maria Brandt.

– Nous n'avons pas de Maria Brandt.

– Oh, je veux bien te croire. Mais il a fallu dix jours à ta station pour en décider. Dix jours de cogitation frénétique avant que vous lui disiez que vous n'étiez pas intéressés par son offre.

– Si nous lui avons dit que nous n'étions pas intéressés, ce que bien évidemment je réfute, pourquoi sommes-nous assis ici ? Tu connais son nom. Tu sais qu'il essaie de vendre des secrets. Tu sais que c'est un *Vollidiot.* Tu n'as qu'à lui faire rencontrer un faux acheteur et l'arrêter. Dans une telle éventualité hypothétique, mon ambassade s'est comportée correctement en tout point.

– Un faux acheteur, Reni ? me récrié-je. Tu es en train de me dire qu'Ed a exigé un certain prix ? Je trouve cela difficile à croire. »

Ce regard, encore, mais plus doux, plus intime.

« Ed ? répète-t-elle. C'est comme ça que tu l'appelles, ton traître hypothétique ? Ed ?

– C'est comme ça que tout le monde l'appelle.

– Mais toi aussi ?

– Ça vous gagne, oui. Mais ça ne signifie rien, répliqué-je, soudain sur la défensive. Tu as dit à l'instant que Shannon essayait de vendre ses secrets ?

– Je n'ai rien dit de tel ! réplique-t-elle, sur la défensive à son tour. Nous discutions de ton hypothèse absurde. Les marchands de renseignements ne donnent pas leur prix d'emblée. D'abord, ils montrent un échantillon de leurs produits pour obtenir la confiance de l'acheteur. C'est seulement après que les conditions financières se négocient, comme nous le savons très bien toi et moi, non ? »

Et comment ! C'est un vendeur de renseignements allemand à Helsinki qui nous avait fait nous rencontrer. Bryn Jordan avait flairé un loup et m'avait donné pour instruction de vérifier auprès de nos amis allemands. Ils m'avaient affecté Reni.

« Bon, donc, dix longs jours et dix longues nuits avant que Berlin finisse par vous ordonner de lui dire non.

– Tu divagues.

– Non, Reni. J'essaie de partager ta douleur. Dix jours, dix nuits à attendre que Berlin accouche. Et toi tu es là, chef de station à Londres, avec un trésor à portée de main. Shannon t'offre du matériau brut à se pâmer. Sauf que, merde, qu'est-ce qui se passerait s'il était grillé ? Pense un peu aux retombées diplomatiques, à notre chère presse anglaise : une alerte aux espions allemands en plein Brexit ! »

Elle s'apprête à protester, mais je ne lui laisse aucun répit, puisque je ne m'en octroie aucun non plus.

« Tu as dormi ? Sûrement pas. Ta station a dormi ? Ton ambassadeur a dormi ? Et Berlin ? Dix jours et dix nuits avant de t'informer qu'il faut répondre à Shannon que son offre est inacceptable. S'il t'approche de nouveau, tu dois le signaler aux autorités britanniques compétentes. Et c'est ce que Maria lui dit avant de disparaître elle-même dans un nuage de fumée verte.

– Ces dix jours n'ont jamais existé ! Tu nages en plein délire, comme d'habitude. Si une telle offre nous avait été faite, ce qui n'est pas le cas, elle aurait été rejetée immédiatement, irrévocablement et directement par mon ambassade. Si ton service, ou ton ancien service, pense le contraire, il se trompe. Je serais une menteuse, d'un coup ?

– Non, Reni. Tu fais ton travail. »

Elle est en colère. Contre moi et contre elle-même.

« Tu es encore en train d'user de ton charme pour me mettre dans ta poche ?

– C'est ce que j'ai fait à Helsinki, d'après toi ?

– Évidemment. Tu charmes tout le monde, c'est bien connu. C'est pour ça qu'ils t'ont recruté, même, pour jouer les Roméo. Pour ton charme homoérotique universel. Tu as insisté, j'étais jeune, et *voilà**.

– Nous étions jeunes tous les deux. Et nous avons tous les deux insisté, je te rappelle.

– Je ne me souviens pas de ça. Nous avons des souvenirs totalement différents du même événement malheureux. Acceptons-le une bonne fois pour toutes. »

C'est une femme, or je me comporte en mâle dominant et je m'impose. C'est une professionnelle haut placée du renseignement, elle est coincée et elle n'aime pas ça. Je suis son ancien amant et je devrais être à la poubelle avec les autres. Je suis une petite mais précieuse partie de sa vie et elle ne me laissera jamais disparaître.

Je décide de ne plus essayer de cacher l'urgence dans ma voix.

« Reni, tout ce que j'essaie de faire, c'est d'établir aussi objectivement que possible le déroulement de la procédure dans ton service et en dehors sur une période de dix jours et dix nuits pour gérer l'offre spontanée par Edward Shannon de renseignements de première qualité sur la cible britannique. Combien de réunions convoquées en urgence ? Combien de personnes qui ont manipulé les papiers, qui se sont téléphoné, qui se sont envoyé des mails et des messages, peut-être pas toujours sur des lignes sécurisées ? Combien de messes basses dans les couloirs entre des hommes politiques paniqués et des fonctionnaires cherchant désespérément à protéger leurs arrières ? Enfin, merde, Reni ! On parle d'un jeune homme qui a vécu et travaillé parmi vous à Berlin, qui adore votre langue et votre peuple et qui se vante d'avoir l'âme allemande ! Pas d'un mercenaire de bas étage, mais d'un type réfléchi qui s'est donné pour folle mission de sauver l'Europe à lui tout seul. Tu ne l'as pas senti, ça, quand tu as joué le rôle de Maria Brandt pour lui ?

– Ah, parce que maintenant c'est moi, Maria Brandt ? Qu'est-ce qui a bien pu te donner cette idée débile ?

– Ne me dis pas que tu l'as confié à ton numéro 2. Pas toi, Reni. Un transfuge du renseignement anglais avec une liste de courses qui comprend des documents top secret ? »

Je m'attends à ce qu'elle proteste encore, à ce qu'elle nie farouchement, comme on nous a à tous les deux appris à le faire, mais elle semble s'adoucir ou se résigner et se détourne de moi pour consulter le ciel matinal.

« C'est pour ça qu'ils t'ont viré, Nat ? À cause du gamin ?

– En partie.

– Et maintenant tu es venu nous protéger de lui ?

– Non, pas de lui. De vous-mêmes. Ce que j'essaie de te dire, c'est que quelque part entre Londres, Berlin, Munich, Francfort et tous les autres lieux de pouvoir chez vous, l'offre de Shannon n'a pas seulement été grillée, elle a été interceptée et mise à profit par une firme rivale. »

Un banc de mouettes se pose d'un coup à nos pieds.

« Les Américains ?

– Non, les Russes. »

Elle observe les mouettes avec une grande intensité.

« Les Russes se sont fait passer pour notre service ? Sous faux pavillon ? Moscou a recruté Shannon ? »

Alors qu'elle attend confirmation, seuls ses petits poings, serrés sur ses genoux, trahissent son indignation.

« Ils lui ont dit que le refus de Maria n'était qu'une tactique pour gagner du temps et leur permettre de s'organiser.

– Et il a cru à ces conneries ? Mon Dieu ! »

Nouveau silence, mais sa carapace d'hostilité s'est fissurée. Comme à Helsinki, nous sommes des camarades unis par une cause commune, même si nous nous refusons à l'admettre.

« C'est quoi, Jéricho ? je lui demande. Le matériau méga secret sous nom de code qui l'a poussé à agir ? Shannon n'en a lu qu'une petite partie, mais apparemment ça a suffi pour qu'il vienne se jeter dans vos bras. »

Elle ne me quitte pas des yeux, comme quand nous faisions l'amour. Et elle parle d'une voix qui a perdu son ton professionnel.

« Tu ne sais pas ce qu'est Jéricho ?

– Non, je n'ai pas l'habilitation. Je ne l'ai jamais eue et visiblement je ne l'aurai jamais. »

Elle est ailleurs. Elle médite. Elle est en transe. Lentement, ses yeux s'ouvrent. Je suis toujours là.

« Nat, en tant qu'homme, en tant que tout ce que tu es, tu me jures que tu me dis la vérité, toute la vérité ?

– Si je savais toute la vérité, je te la dirais. Ce que je t'ai raconté, c'est la totalité de ce que je sais.

– Et les Russes l'ont convaincu ?

– Ils ont aussi convaincu mon service. Ils se sont bien débrouillés. C'est quoi, Jéricho, alors ?

– D'après ce que m'en a dit Shannon ? Tu veux que je te dise les vilains secrets de ton propre pays ?

– S'il s'agit bien de vilains secrets. On m'a parlé de "dialogue", je n'ai pas pu en savoir plus. Un dialogue anglo-américain à haut niveau et super sensible qui se déroule via les agences de renseignement. »

Elle inspire profondément, referme les yeux, les rouvre et vrille son regard dans le mien.

« Selon Shannon, ce qu'il a lu était la preuve indiscutable d'une opération secrète anglo-américaine déjà au stade de la planification avec le double but de saper les institutions sociales-démocrates de l'Union européenne et de démanteler nos tarifs douaniers internationaux, dit-elle avant de prendre une nouvelle inspiration, puis de continuer. Dans l'ère post-Brexit, la Grande-Bretagne aura désespérément besoin d'intensifier ses relations commerciales avec les États-Unis. Les États-Unis sont d'accord pour répondre aux besoins de la Grande-Bretagne, mais en y mettant leurs conditions. Une de ces conditions sera une opération secrète conjointe pour recruter par la persuasion (chantage et pots-de-vin compris) des officiels, des parlementaires et des faiseurs d'opinion de l'establishment européen. Et aussi de propager des *fake news* à large échelle pour exacerber les différends existant entre les États membres de l'Union.

– Tu cites Shannon, j'espère ?

– Je cite ce qu'il m'a dit être l'avant-propos liminaire du document Jéricho. Il m'a dit en avoir mémorisé trois cents mots. Je les ai notés par écrit. Au départ, je ne l'ai pas cru.

– Et maintenant, tu le crois ?

– Oui. Et mon service aussi. Et mon gouvernement. Apparemment, nous disposons d'autres renseignements qui corroborent son histoire. Tous les Américains ne sont pas europhobes. Tous les Brits ne sont pas surexcités à l'idée d'une alliance commerciale à tout prix avec l'Amérique de Trump.

– Mais vous lui avez quand même dit non.

– Mon gouvernement préfère croire que le Royaume-Uni reprendra un jour sa place dans la famille européenne. Pour cette raison, il se refuse à se livrer à des activités d'espionnage contre une nation amie. Nous vous remercions pour votre offre, monsieur Shannon, mais nous regrettons de ne pouvoir l'accepter en l'état.

– C'est ce que tu lui as dit ?

– C'est ce qu'on m'a dit de lui dire, donc c'est ce que je lui ai dit.

– En allemand ?

– En anglais. Son allemand n'est pas aussi bon qu'il le souhaiterait. »

Ce qui explique pourquoi Valentina lui a parlé anglais et pas allemand, me dis-je, résolvant ainsi un problème qui m'a tarabusté toute la nuit.

« Tu l'as interrogé sur ses motivations ? je lui demande.

– Bien sûr. Il m'a cité le *Faust* de Goethe. Au début était l'action. Je lui ai demandé s'il avait des complices, il m'a cité Rilke : *Ich bin der Eine.*

– Ce qui veut dire ?

– Qu'il est l'unique. Peut-être le solitaire. Ou bien le seul. Ou bien les deux, demande à Rilke, tiens. J'ai cherché la citation et je n'ai pas pu la retrouver.

– C'était pendant votre première rencontre ou la deuxième ?

– À la deuxième il était en colère contre moi. On ne pleure pas, dans ce métier, mais j'en ai vraiment eu envie. Vous allez l'arrêter ?

– Comme on dit dans le métier, il est trop précieux pour qu'on l'arrête », dis-je en faisant mien un des aphorismes de Bryn.

Son regard se porte un moment sur la colline desséchée.

« Merci de venir à notre rescousse, Nat, finit-elle par dire comme si elle se rappelait ma présence. Je regrette que nous ne puissions pas te rendre la pareille. Je pense que tu devrais rentrer retrouver Prue, maintenant. »

19

Dieu seul sait à quel genre de réaction je m'attendais de la part d'Ed quand je suis entré dans le vestiaire pour notre quinzième séance de badminton à l'Athleticus, mais sûrement pas au sourire joyeux accompagné d'un « Salut, Nat, vous avez passé un bon week-end ? » auquel j'ai eu droit. Dans mon expérience, les traîtres qui ont franchi leur Rubicon personnel quelques heures plus tôt et savent qu'il n'y a aucune possibilité de retour ne rayonnent pas de satisfaction béate. Après avoir exulté à l'idée d'être le centre de l'univers, on sombre en général dans des sentiments de peur, de culpabilité et de solitude profonde, car dorénavant on ne peut se fier à nul autre qu'à l'ennemi.

Si naïf fût-il, Ed avait peut-être eu le temps de comprendre qu'Anette la perfectionniste n'était pas forcément l'amie la plus fiable au monde, malgré son enthousiasme vis-à-vis de Jéricho. Avait-il pris conscience d'autre chose la concernant, par exemple l'irrégularité de sa prononciation allemande en anglais, qui passait parfois involontairement à un accent russe mâtiné de géorgien avant de se rétablir, ou encore ses germanismes outrés, un peu trop clichés, un peu trop datés ? En le voyant ôter ses vêtements de ville, je cherche en vain à détecter un signe qui ferait mentir ma première impression : pas d'ombre sur le visage quand il pense que je ne regarde pas, pas d'hésitation dans les gestes, pas de tremblement dans la voix.

« J'ai passé un très bon week-end, merci. Et vous ?

– Super, Nat, vraiment super ! » m'assure-t-il.

Puisque je ne l'ai jamais surpris à feindre ses émotions une seule fois depuis le premier jour, j'en conclus que l'euphorie initiale de son acte de trahison n'est pas encore retombée et que, étant convaincu de faire avancer la noble cause de la Grande-Bretagne en Europe et non de la desservir, il est effectivement aussi content de lui qu'il en a l'air.

Nous nous rendons au court numéro 1. Ed marche devant en balançant sa raquette et en riant sous cape. Pour déterminer qui servira en premier, nous lançons un volant en l'air, qui retombe en pointant du côté d'Ed. Peut-être un jour mon Créateur m'expliquera-t-il comment il se fait que, depuis ce lundi noir où Ed a entamé sa série ininterrompue de victoires, il a gagné ce fichu toss à chaque fois.

Pas question de me laisser abattre pour autant. Je ne suis peut-être pas au mieux de ma forme, puisque, pour raison de *force majeure**, j'ai raté mes joggings matinaux et mes entraînements à la salle, mais aujourd'hui, pour des raisons trop complexes à démêler, je me suis juré de le battre, dussé-je y laisser la vie.

Nous arrivons à deux manches partout. Ed émet tous les signaux indiquant qu'il entre dans une de ses phases crépusculaires où, le temps de deux ou trois échanges, gagner perd tout intérêt à ses yeux. Si j'arrive à enchaîner les lifts sur la ligne de fond de court, il va se mettre à smasher n'importe comment. J'effectue donc un lift mais, au lieu de l'envoyer dans le filet comme je l'escomptais logiquement, il jette sa raquette en l'air, la rattrape et annonce avec une assurance débonnaire :

« Allez ça suffit, Nat, merci. On a gagné tous les deux, aujourd'hui. Et pendant que j'y suis, merci pour autre chose, aussi. »

Pour autre chose ? Comme l'avoir accidentellement mis sur le chemin d'une espionne russe ?

Il passe sous le filet, pose une main sur mon épaule (c'est une première) et m'entraîne jusqu'à notre *Stammtisch*, où il m'ordonne de m'asseoir. Il revient du bar avec deux pintes de Carlsberg bien fraîches, des olives, des noix de cajou et des chips. Il s'assied face à moi, me tend mon verre, lève le sien et me sert un discours préparé d'une voix qui vibre de toutes ses racines du Nord :

« Nat, j'ai une nouvelle à vous annoncer qui est capitale pour moi, et j'espère pour vous. Je suis sur le point de me marier avec une femme merveilleuse que je n'aurais jamais rencontrée sans vous. Alors je vous suis vraiment reconnaissant, non seulement pour nos parties de badminton très divertissantes de ces derniers mois, mais surtout pour m'avoir présenté la femme de mes rêves. Alors vraiment, merci du fond du cœur. Voilà. »

Avant même le « voilà », j'avais compris. Je ne l'ai présenté qu'à une seule femme merveilleuse et, selon la couverture mal ficelée que Florence était trop en colère pour accepter, je ne l'avais rencontrée que deux fois : la première quand j'étais entré dans le bureau de mon ami fictif le négociant en matières premières, et la deuxième quand elle m'avait informé qu'elle en avait plein le cul de mentir. Dans l'intervalle, avait-elle révélé à son fiancé que son cher partenaire de badminton était un espion aguerri ? À en juger par la sincère gentillesse du sourire d'Ed quand nous levons nos verres, non.

« Quelle excellente nouvelle, Ed ! Mais qui donc est cette femme merveilleuse ? »

Va-t-il me traiter de menteur et d'imposteur parce qu'il sait très bien que Florence et moi avons travaillé ensemble pendant près de six mois ? Non. Avec son plus beau sourire de prestidigitateur, il me sort son nom de son chapeau pour m'épater.

« Vous ne vous rappelez pas une certaine Florence, par hasard ? »

J'essaie. Florence ? Florence ? Donnez-moi un instant. Ça doit être la vieillerie. Je secoue la tête. Non, j'ai beau chercher, ça ne me revient pas.

« Enfin, Nat, la fille avec laquelle on a joué au badminton ! Ici même, avec Laura, sur le court numéro 3. Vous vous en souvenez forcément ! Elle travaillait en intérim chez votre ami entrepreneur et vous l'avez amenée pour faire la quatrième. »

Je laisse venir l'illumination subite.

« Mais bien sûr ! Ah, cette Florence-là ? Une fille très chouette. Toutes mes félicitations ! Quel imbécile je fais ! Mon cher ami... »

Pendant que nous nous serrons la main, je m'efforce de digérer deux autres informations aberrantes : Florence a respecté ses serments envers le Bureau, du moins en ce qui me concerne, et Ed, espion russe identifié, se propose d'épouser un membre récemment employé par mon service, multipliant ainsi à l'infini les risques d'un scandale national. Tandis que ces pensées tourbillonnent dans mon esprit, il m'explique que ce sera « un truc rapide à la mairie, sans chichis ».

« J'ai appelé maman et elle a été géniale, me confie-t-il en se penchant en avant pour m'attraper l'avant-bras dans son enthousiasme. Elle est hyper pratiquante, maman, comme Laura, et depuis toujours. Alors moi j'étais sûr qu'elle allait me dire si Jésus n'est pas présent à ce mariage, ce sera un échec, tout ça... »

Je réentends Bryn Jordan : *Il a passé vingt minutes assis dans une église... une petite... pas d'argenterie...*

« Le problème, c'est que maman ne peut pas voyager, enfin, pas facilement, pas en dernière minute, pas avec sa jambe, et Laura. Alors elle m'a dit : "Faites-le comme vous en avez envie tous les deux, et puis quand vous serez prêts, mais pas avant, on fera ça bien dans une église avec un gueuleton après, et on invitera tout le monde." Elle trouve que Florence est une perle, et Laura est du même avis, mais bon, ce n'est pas moi qui dirai le contraire. Bref, on a tout arrangé pour ce vendredi, à midi précis à l'état civil de Holborn parce qu'il y a souvent la queue, surtout avant le week-end. Ils comptent quinze minutes max, et puis après c'est au couple suivant, et hop on va au pub, si ça vous va à vous et à Prue même si je vous préviens super tard, vu qu'elle a plein de boulot à son cabinet. »

Je lui adresse ce sourire paternel bienveillant qui insupporte Steff. Je n'ai pas retiré mon avant-bras. Je me donne le temps d'absorber cette nouvelle incroyable.

« Donc vous êtes en train de nous inviter à votre mariage, Prue et moi ? dis-je avec la solennité appropriée. Florence et vous ? Nous sommes très honorés, je ne peux pas dire autre chose. Je sais que Prue le sera aussi. Elle a tellement entendu parler de vous. »

J'essaie toujours de me faire à cette idée stupéfiante quand il m'inflige le *coup de grâce** :

« Oui, c'est-à-dire que, je me suis dit, puisque vous seriez là, vous pourriez être mon témoin, aussi, si ça vous va. »

Et il me ressert son large sourire, qui, comme sa nouvelle manie de m'attraper le bras à la première occasion, ne l'a pas quitté pendant cet échange.

Regarde ailleurs. Baisse les yeux. Mets de l'ordre dans tes idées. Lève la tête. Souris pour exprimer ton incrédulité spontanée.

« Bien sûr que ça me va, Ed ! Mais vous n'avez pas quelqu'un de votre âge ? Un vieil ami d'école ? Un camarade de fac ? »

Il y réfléchit, hausse les épaules et secoue la tête.

« Pas vraiment », avoue-t-il avec un sourire penaud.

À ce stade, je ne sais plus faire la différence entre ce que je ressens vraiment et ce que je prétends ressentir. Je récupère mon avant-bras et nous échangeons une nouvelle poignée de main virile, à l'anglaise.

« Et si ça va pour Prue, on s'est dit qu'elle pourrait être témoin, elle aussi, parce qu'il en faut deux, poursuit-il impitoyablement, comme si la coupe n'était pas déjà assez pleine. À l'état civil, ils en ont qu'on peut engager quand on est coincé, mais on s'est dit que Prue ferait ça bien mieux. Elle est avocate, non ? Alors elle fera tout ça dans les formes.

– Ça c'est sûr, Ed. À condition qu'elle puisse s'absenter du travail, ai-je la prudence d'ajouter.

– Et aussi, si ça vous va, j'ai réservé pour nous trois au chinois à 20 h 30, enchaîne-t-il alors que je pensais avoir tout entendu.

– Ce soir ?

– Si ça vous va, oui, dit-il en jetant un coup d'œil de myope à l'horloge derrière le bar, qui indique 20 h 15 avec dix minutes d'avance. Je suis juste désolé que Prue ne puisse pas se joindre à nous. Florence se faisait une joie de la rencontrer, elle piaffe d'impatience. »

Il se trouve que Prue a exceptionnellement annulé ses rendez-vous avec des clients *pro bono* et qu'elle attend à la maison le résultat de la rencontre de ce soir, mais pour l'instant, je préfère taire cette information, parce que ça y est, Mission Man reprend le contrôle.

« Florence se réjouit à l'idée de vous rencontrer vous aussi, Nat, ajoute-t-il pour ne pas me vexer. Enfin, de vraiment vous rencontrer. Vu que vous allez être mon témoin, tout ça, et puis tous les matchs qu'on a joués.

– Moi aussi, je me réjouis de faire vraiment sa connaissance », dis-je avant de m'excuser pour aller aux toilettes.

En chemin, je repère une table où deux femmes et deux hommes parlent avec enthousiasme. Si je ne m'abuse, la plus grande des deux femmes a été vue pour la dernière fois en train de manœuvrer une poussette dans la zone Bêta. Sur fond d'un murmure de voix masculines provenant des douches des vestiaires, j'informe Prue de la grande nouvelle sur un ton dûment factuel et je lui communique mon plan d'action immédiat : les ramener à la maison dès que nous aurons fini notre repas au chinois. Sa voix ne change pas. Elle souhaite savoir s'il y a quelque chose en particulier qu'elle puisse faire pour moi. Je lui réponds que j'aurai besoin d'un quart d'heure dans mon bureau pour donner ce coup de fil promis à Steff. Elle répond : « Oui, bien sûr, mon chéri, je m'occuperai des invités, autre chose ? – Rien qui me vienne à l'esprit pour l'instant. » Cela constitue la première étape irréversible d'un plan qui, me semble-t-il, a connu sa genèse inconsciente dans ce que Bryn appellerait mon deuxième cerveau au moment où je me suis retrouvé avec lui, voire avant, puisque, à en croire nos psys maison, les germes de la sédition sont plantés bien avant l'acte effectif qui en résulte.

Dans mon souvenir, la courte conversation que je viens de relater s'est tenue avec le plus grand sang-froid. Dans le souvenir de Prue, j'étais hystérique. Ce qui est certain c'est que, à la seconde où elle a entendu ma voix, elle a compris que nous étions en mode opérationnel. Même si je n'ai pas le droit de le dire, elle constitue une perte immense pour le Bureau.

*

Le Golden Moon nous réserve un accueil chaleureux. Le patron chinois, membre à vie de l'Athleticus, se dit impressionné de rencontrer mon adversaire régulier. Venue tout droit d'un rendez-vous de chantier, comme en attestent les traces de peinture sur son jean, Florence arrive à l'heure, tout essoufflée mais charmante, et devient le centre de toutes les attentions des serveurs, qui se souviennent de sa dernière visite.

J'aurais tout lieu de paniquer mais, le temps que nous passions à table, mes deux motifs d'inquiétude les plus pressants sont résolus : Florence a décidé de se conformer à notre couverture improbable, témoin notre « Bonjour, bonjour ! » amical mais détaché, et mon invitation à un café postprandial avec Prue, sur laquelle repose tout mon plan, est chaleureusement acceptée par les futurs mariés. Ne me reste donc plus qu'à commander en leur honneur une bouteille d'Asti spumante, ce que la maison propose de mieux à défaut de champagne, et à papoter avec eux en attendant de pouvoir les ramener à la maison et me glisser seul dans mon bureau.

Ayant le sentiment de les avoir présentés l'un à l'autre seulement hier, je leur demande naturellement s'il y a eu coup de foudre dès ce jour-là. Les deux amoureux restent perplexes face à ma question, non parce qu'ils ne peuvent pas y répondre mais parce qu'elle leur paraît superflue. Eh bien, il y a eu ce double au badminton, pas vrai ? Comme si cela expliquait déjà tout, ce qui n'est pas franchement le cas, puisque mon seul souvenir marquant de ce jour-là était la crise de colère qu'avait piquée Florence contre moi après avoir démissionné du Bureau. Ensuite il y avait eu le dîner au chinois où je n'étais pas venu, « à la même table que ce soir, pas vrai, Flo ? » demande fièrement Ed, et les voilà donc qui tiennent leurs baguettes d'une main et se font des caresses de l'autre. « Et de ce soir-là, eh bien, c'était parti, pas vrai, Flo ? »

C'est bien « Flo » que j'entends ? *Ne jamais l'appeler Flo* – sauf quand on est l'homme de sa vie ?

Leurs propos centrés sur le mariage à venir et leurs contacts physiques permanents me rappellent Steff et Juno au déjeuner de dimanche. Je leur apprends que Steff est fiancée et ils explosent d'une joie synchronisée. Je leur fais ce qui est devenu mon sketch sur les chauves-souris géantes de Barro Colorado. Seul problème : chaque fois qu'Ed intervient dans la conversation, je me surprends à comparer la voix joyeuse et amoureuse que j'entends avec la voix crispée que Valentina alias Anette alias Gamma a dû supporter trois soirs auparavant.

Prétextant un manque de réseau sur mon portable, je sors sur le trottoir pour rappeler Prue en adoptant le même ton dégagé. Une camionnette blanche est garée en face.

« Un problème ? demande-t-elle.

– Non, aucun. J'appelais juste comme ça », dis-je en me trouvant stupide.

Je retourne à notre table et leur confirme que Prue est rentrée du travail et ravie de nous recevoir. Mon annonce est entendue par deux hommes assis à la table voisine qui mangent très lentement. En bons professionnels, ils continuent à mastiquer alors que nous quittons le restaurant.

Mon dossier personnel à la direction générale affirme noir sur blanc que, si je suis capable d'excellents réflexes opérationnels au débotté, on ne peut pas en dire autant de mon talent pour la paperasse. Alors que nous marchons tous les trois bras dessus bras dessous jusqu'à mon domicile situé à quelques centaines de mètres, un Ed rendu joyeux par une demi-bouteille de mousseux s'accrochant au bras de son témoin avec sa main gauche osseuse, il me vient à l'esprit que, si ma stratégie opérationnelle est en effet excellente jusqu'à présent, tout va maintenant dépendre de mon talent pour la paperasse.

*

Jusqu'à présent, je n'ai brossé qu'à grands traits le portrait de Prue, car j'attendais que se dissipent les nuages de notre séparation forcée et que notre affection réciproque se fasse jour dans toute sa splendeur, ce qui est le cas depuis la déclaration d'intention salvatrice qu'elle m'a faite le matin suivant mon inquisition aux mains de mes *chers collègues**.

Si notre couple est un mystère pour beaucoup de gens, Prue l'est tout autant. Avocate gauchisante, fervente défenseuse des pauvres et des opprimés, super-héroïne des actions de groupe, bobo tendance bourgeoise-bolchevique – aucune des étiquettes faciles qui lui collent à la peau ne rend justice à la Prue que je connais. Malgré son milieu d'origine privilégié, c'est une autodidacte. Son père le juge était un enfoiré qui, pour éviter que ses enfants risquent de lui faire de l'ombre, leur a fait vivre un enfer et a notamment refusé de financer les études de Prue. L'alcool a tué sa mère et son frère a mal tourné. L'humanité et le bon sens qui la caractérisent me semblent évidents, mais pas à d'autres, notamment mes *chers collègues**.

*

Après des salutations enthousiastes, nous sommes installés tous les quatre dans le jardin d'hiver de notre maison de Battersea à deviser gaiement de tout et de rien. Prue et Ed sont sur le canapé. Prue a ouvert les portes du jardin pour laisser entrer le peu d'air qui circule. Elle a allumé des bougies, sorti pour les futurs mariés une boîte de chocolats fins de son tiroir à cadeaux, déniché une bouteille de vieil armagnac dont j'ignorais l'existence et préparé du café dans la grande Thermos de pique-nique. Malgré la bonne humeur ambiante, il y a une chose qu'elle doit me faire savoir :

« Nat, mon chéri, excuse-moi, mais il ne faut surtout pas oublier que tu dois discuter d'urgence avec Steff. Je crois que vous étiez convenus de 21 heures. »

C'est le signal pour que je consulte ma montre, que je me lève d'un bond et que, avec un « Oh, heureusement que tu m'y as fait penser, je reviens tout de suite », je me précipite dans mon bureau à l'étage.

Je décroche du mur une photographie encadrée de feu mon père en tenue de cérémonie, je la place vitre en haut sur mon bureau, je sors une liasse de feuilles de papier d'un tiroir et les pose l'une après l'autre sur le verre pour ne pas laisser d'empreinte de stylo en écrivant. Seulement par la suite serai-je frappé par le fait que je me conforme ainsi aux anciennes pratiques du Bureau alors même que je m'apprête à violer toutes les règles du Bureau.

J'écris d'abord un résumé de tous les éléments retenus contre Ed. Puis je donne dix instructions opérationnelles, chacune en un paragraphe clair, pas de putain d'adverbes, comme dirait Florence. J'appose en en-tête le symbole qu'elle utilisait au Bureau et le mien à la fin. Je relis mon document sans rien y trouver à redire, plie les pages en deux et les glisse dans une enveloppe brune banale sur laquelle j'écris d'une main volontairement malhabile : *Facture pour Mme Florence Shannon.*

Je retourne au jardin d'hiver pour découvrir que je n'ai manqué à personne. Ayant vu en Florence une rescapée comme elle de l'emprise du Bureau, même si personne ne le sait, Prue a ressenti d'emblée des atomes crochus. Le sujet du moment : les travaux. Florence a la parole. Elle réchauffe dans sa main un grand verre de vieil armagnac malgré son penchant avoué pour le bourgogne rouge, tandis qu'Ed somnole à côté d'elle sur le canapé et ouvre régulièrement les yeux pour lui lancer des regards enamourés.

« Non mais franchement, Prue, je dois gérer des maçons polonais, des charpentiers bulgares et un contremaître écossais, alors j'aurais carrément besoin de sous-titres ! » annonce Florence en se faisant rire elle-même.

Ensuite, elle demande à aller aux toilettes. Prue l'accompagne. Ed les regarde sortir de la pièce, puis se penche en avant, serre les mains entre ses genoux et plonge dans une de ses rêveries. La veste en cuir de Florence est accrochée sur le dossier d'une chaise. Discrètement, je prends la veste, je l'emporte dans l'entrée, je glisse mon enveloppe brune dans la poche de droite et je la raccroche près de la porte. Florence et Prue reviennent. Florence remarque que sa veste n'est plus là et me lance un regard interrogateur. Ed contemple toujours ses genoux.

« Ah, ta veste ? dis-je à Florence, car depuis ce soir le tutoiement est de rigueur entre nous tous. J'ai eu peur que tu l'oublies. Il y a quelque chose qui dépasse de la poche, et ça ressemble atrocement à une facture.

– Ah merde, répond-elle sans sourciller. Sans doute l'électricien polonais. »

Message bien reçu.

Prue nous fait un petit récapitulatif de sa bataille en cours contre les barons de l'industrie pharmaceutique. Florence réagit avec un vigoureux « C'est vraiment les pires, ces enfoirés ! » Ed est à moitié endormi. Je dis que c'est l'heure pour tous les enfants sages d'aller au dodo. Florence en convient, nous expliquant qu'ils habitent à l'autre bout de Londres, comme si je ne le savais pas : un kilomètre et demi à vélo depuis la zone Bêta, pour être précis, sauf qu'elle ne donne pas cette précision. Peut-être l'ignore-t-elle. En utilisant mon portable privé, je commande un Uber, qui arrive étonnamment vite. J'aide Florence à passer sa veste. Leur départ, après les multiples remerciements d'usage, est heureusement rapide.

« C'était vraiment super, Prue, dit Florence.

– Génial ! » renchérit Ed dans des vapeurs de spumante, de vieil armagnac et de sommeil.

Debout sur le seuil, nous faisons adieu de la main à leur voiture qui démarre et attendons qu'elle disparaisse à notre vue. Prue me prend le bras. Et si nous allions nous promener dans le parc par cette belle soirée d'été ?

*

Il y a un banc en lisière nord du parc qui n'est pas installé sur le sentier mais sur son propre petit espace entre la rivière et un bosquet de saules. Prue et moi l'appelons « notre banc », et c'est là que nous aimons nous poser après avoir reçu des amis à dîner si le temps le permet et que nous nous sommes débarrassés de nos invités à une heure raisonnable. Dans mon souvenir, mus par un instinct hérité de notre séjour à Moscou, nous n'avons pas échangé un mot compromettant avant d'être assis dessus, nos voix noyées par les clapotis de l'eau et le brouhaha nocturne de la ville.

« Tu crois que c'est pour de vrai ? je lui demande après un long silence.

– Tu veux dire, eux deux ? »

Prue, d'ordinaire très mesurée dans ses jugements, n'a aucun doute là-dessus.

« Ils étaient tous les deux des bouchons à la dérive et maintenant ils se sont trouvés, déclare-t-elle avec sa franchise habituelle. C'est l'avis de Florence et je suis contente de le partager. Ils ont été découpés dans l'écorce du même arbre à la naissance et tant qu'elle y croira, tout ira bien pour eux, parce que lui croira en tout ce qu'elle croit. Elle espère être enceinte mais n'en est pas encore sûre. Alors je ne sais pas ce que tu mijotes, mais n'oublie jamais que ce que nous allons faire, nous allons le faire pour eux trois. »

*

Prue et moi avons nos désaccords sur qui de nous deux a pensé quoi ou dit quoi dans la conversation qui a suivi, mais je me souviens en tout cas que nous avions mis nos voix en sourdine à un niveau Moscou comme si nous étions assis sur un banc dans le parc Gorki plutôt qu'à Battersea. Je lui raconte tout ce que Bryn et Reni m'ont dit et elle écoute sans faire de commentaires. Je passe assez vite sur Valentina et les multiples péripéties qui nous ont amenés à démasquer Ed, puisque c'est déjà dans un passé lointain. Comme souvent avec l'organisation opérationnelle, l'enjeu est de trouver comment utiliser les ressources de l'ennemi contre lui, même si je suis moins porté que Prue à considérer le Bureau comme l'ennemi.

Je me rappelle avoir été envahi par une sensation de pure gratitude alors que nous peaufinions notre plan, car nos idées et nos paroles se mêlaient en un flot unique dont l'auteur initial importait peu. Prue a l'élégance de s'inscrire en faux, soulignant tous les préparatifs que j'avais déjà faits, notamment l'importance de ma lettre manuscrite de consignes à Florence. À l'entendre, je suis le moteur et elle navigue dans mon sillage – tout plutôt que de reconnaître que l'épouse d'agent de sa jeunesse et l'avocate de son âge mûr ont quoi que ce soit en commun.

Ce qui est certain, c'est que, le temps que je me lève de notre banc pour faire quelques pas sur le chemin de halage en veillant à rester à portée d'oreille de Prue et que j'appelle Bryn Jordan sur le portable trafiqué qu'il m'avait donné, Prue et moi étions, comme elle l'aurait formulé, en accord parfait sur toutes les clauses principales.

*

Bryn m'avait prévenu qu'il serait peut-être quelque part entre Londres et Washington, mais le brouhaha que j'entends m'apprend qu'il est sur la terre ferme, entouré de gens, en majorité des hommes, et qu'ils sont américains. Je suppose donc qu'il est à Washington et que je suis en train d'interrompre une réunion, ce qui veut dire que, avec un peu de chance, je n'aurai pas son attention entière.

« Oui, Nat. Où en sommes-nous ? demande-t-il, son ton d'ordinaire amical teinté d'une certaine impatience.

– Ed va se marier, Bryn. Vendredi. Avec mon ancienne numéro 2 du Refuge. La femme dont nous avons parlé, Florence. Devant un officier d'état civil de Holborn. Ils étaient chez nous ce soir et sont partis il y a peu. »

Il n'exprime pas de surprise. Il est déjà au courant. Il en sait plus que moi, comme toujours. Mais je n'ai plus d'ordres à recevoir de lui, maintenant. Je suis mon propre patron. Il a plus besoin de moi que l'inverse, ne l'oublions pas.

« Il veut que je sois son témoin, aussi étonnant que cela puisse paraître.

– Tu as accepté ?

– Qu'est-ce que tu voulais que je fasse ? »

Murmures en coulisse le temps qu'il règle une question urgente.

« Tu as passé une heure entière avec lui au club, me rappelle Bryn d'un ton agacé. Pourquoi tu ne l'as pas ferré à ce moment-là ?

– Et j'étais censé faire comment ?

– Lui dire qu'avant d'accepter d'être son témoin, il y a une ou deux choses que tu voudrais lui révéler le concernant, et improviser à partir de là. J'ai presque envie de refiler le bébé à Guy, tiens. Lui au moins il ne perdrait pas son temps.

– Bryn, tu veux bien m'écouter, s'il te plaît ? Le mariage est dans quatre jours. Shannon est sur une autre planète. La question n'est pas de savoir qui va le ferrer, mais si on le fait maintenant ou si on attend qu'il se soit marié. »

Moi aussi j'ai un ton agacé. Je suis un homme libre. Depuis notre banc, cinq mètres plus loin sur le chemin de halage, Prue hoche la tête pour marquer son approbation.

« Shannon est sur un petit nuage, Bryn. Si je l'approche maintenant, il va m'envoyer me faire voir et là on sera mal ! Bryn ?

– Attends ! »

J'attends.

« Tu m'écoutes ?

– Oui, Bryn.

– Il n'est pas question que je laisse Shannon faire un nouveau *treff* avec Gamma ou qui que ce soit d'autre tant qu'il ne sera pas des nôtres, c'est compris ? »

Treff voulant dire une rencontre clandestine dans le jargon des espions allemands. Et de Bryn.

« Je suis censé lui dire ça, sérieux ? je réplique, indigné.

– Tu es censé accomplir ta putain de mission sans plus perdre de temps, rétorque-t-il en faisant monter la tension d'un cran.

– Bryn, je te l'ai déjà dit, il est totalement ingérable dans son état actuel, un point c'est tout. Je ne vais pas m'aventurer là-dedans tant qu'il ne sera pas redescendu sur terre.

– Et tu t'aventures où, alors ?

– Laisse-moi parler à sa fiancée, Florence. C'est la seule route d'accès.

– Elle va le prévenir.

– Elle a suivi la formation du Bureau et elle a travaillé pour moi. Elle est maligne, elle connaît les enjeux. Si je lui explique la situation en détail, elle l'expliquera à Shannon. »

De nouveau des grommellements en fond sonore, puis il revient avec sa pleine voix.

« Elle est au courant, la fille ? De ce que fait son mec ?

– Vu que je vais lui révéler notre position, qu'est-ce que ça changerait, Bryn ? Si elle est sa complice, elle saura qu'elle est bonne pour la planche avec lui.

– Comment te proposes-tu de la contacter ? demande-t-il d'un ton moins agressif.

– Je vais l'inviter à déjeuner. »

Encore un aparté, puis une répartie virulente :

« Tu vas quoi ?

– C'est une grande fille, Bryn. Elle ne cède pas à la panique et elle aime le poisson. »

Des voix à l'arrière-plan, mais pas celle de Bryn, puis :

« Où comptes-tu l'emmener, nom de Dieu ?

– Au même endroit que la dernière fois, dis-je, avant de décider de forcer un peu ma mauvaise humeur. Écoute Bryn, si ma suggestion ne te plaît pas, très bien, confie la mission à Guy. Ou alors reviens et occupe-t'en toi-même. »

Sur notre banc, Prue fait glisser son index sur son cou pour me conseiller de couper, mais Bryn me coiffe au poteau après m'avoir dit d'un ton sec : « Fais-moi un rapport dès que tu lui auras parlé. »

Tête baissée, bras dessus bras dessous, nous repartons vers la maison.

« Je pense quand même qu'elle a peut-être quelques doutes, avance Prue. Elle n'en sait sans doute pas beaucoup, mais assez pour s'inquiéter.

– Eh bien, elle va avoir plus que des doutes, maintenant », je réponds sèchement en imaginant Florence, seule au milieu des gravats dans leur appartement de Hoxton, en train de lire ma lettre en dix points pendant qu'Ed dort du sommeil du juste.

20

Je n'ai pas été surpris (c'est même le contraire qui m'eût étonné) de voir le visage de Florence plus tendu et fermé que jamais, y compris ce jour où, assise face à moi dans ce même restaurant, elle avait énuméré ses griefs contre Dom Trench et sa baronne des bonnes œuvres.

Quant au mien, de visage, reflété dans les nombreux miroirs, eh bien, impassibilité opérationnelle en serait la meilleure description.

La salle est en forme de L. Dans la petite branche se trouve un bar avec des banquettes rembourrées pour les clients auxquels on a annoncé que leur table n'est pas encore tout à fait prête, donc pourquoi ne pas déguster un bon champagne à 12 livres la flûte ? C'est ce que je fais à cet instant précis en attendant l'arrivée de Florence. Sauf que je ne suis pas le seul à l'attendre. Disparus, les serveurs apathiques. L'équipe d'aujourd'hui est efficace à l'extrême, à commencer par le maître d'hôtel qui s'empresse de me montrer la table que j'ai réservée et me demande si madame ou moi-même avons des allergies alimentaires ou des contraintes diététiques. Notre table n'est pas en vitrine, comme je l'avais demandé (les tables en vitrine sont hélas réservées depuis longtemps, monsieur), mais il ose espérer que ce coin tranquille sera acceptable pour moi. Il aurait pu ajouter « et pour les microphones de Percy Price » parce que, selon Percy, les vitrines, quand il faut en plus lutter contre un bruit de fond envahissant, c'est souvent la galère pour une bonne réception.

Mais tous les sorciers de Percy ne sauraient couvrir les moindres coins et recoins d'un bar bondé, d'où la question suivante du maître d'hôtel, formulée en utilisant ce temps prophétique que chérit sa profession :

« Voudrez-vous aller directement à votre table pour boire votre apéritif au calme, ou préférerez-vous tenter le bar, qui peut s'avérer un peu trop animé au goût de certains ? »

« Animé » correspondant parfaitement à mes besoins et contrevenant à ceux des micros de Percy, je dis vouloir tenter le bar. Je choisis un canapé en velours à deux places et commande un grand verre de bourgogne rouge en plus de ma flûte de champagne à 12 livres. Un groupe de dîneurs arrive, sans nul doute envoyé par Percy. Florence a dû jouer les poissons-pilotes, parce que l'instant d'après elle est assise près de moi en m'ayant à peine salué. Je désigne d'un geste son verre de bourgogne rouge, mais elle secoue la tête. Je commande une eau glacée avec rondelle. Au lieu de sa tenue du Bureau, elle porte son tailleur chic ; au lieu de sa bague en argent de pacotille à l'annulaire, rien.

Pour ma part, j'ai opté pour un blazer bleu marine et un pantalon de flanelle grise. Dans la poche droite de mon blazer se trouve un rouge à lèvres dans un étui cylindrique en laiton de fabrication japonaise, la seule chose que m'a autorisée Prue. Si on découpe la partie basse du tube, on trouve une cavité juste assez profonde et large pour loger un bon bout de microfilm ou, en l'occurrence, un message manuscrit écrit sur du papier machine coupé en bandelettes.

L'attitude de Florence est faussement détachée, comme il convient. Je l'ai invitée à déjeuner sans en dire plus et, selon notre légende, elle doit encore découvrir pourquoi : l'ai-je invitée en ma capacité de témoin de son futur mari ou en tant qu'ancien supérieur hiérarchique ? Nous échangeons des banalités. Elle est polie, mais sur ses gardes. En parlant à voix suffisamment basse pour qu'elle soit couverte par le bruit ambiant, je passe à l'ordre du jour.

« Question numéro 1. »

Elle prend une profonde inspiration et penche sa tête si près de la mienne que je sens ses cheveux me chatouiller.

« Oui, je veux toujours l'épouser.

– Question suivante ?

– Oui, je lui ai dit d'y aller, mais je ne savais pas de quoi il s'agissait.

– Mais tu l'as encouragé ?

– Il a dit qu'il devait agir pour mettre un terme à un complot antieuropéen mais que c'était contraire au règlement.

– Et toi ?

– Je lui ai dit que s'il y croyait, il fallait qu'il le fasse et merde au règlement. »

Sans suivre ma liste de questions, elle embraie.

« Après coup (c'était vendredi), il est rentré et il a pleuré et il ne voulait pas me dire pourquoi. Je lui ai dit que quoi qu'il ait fait, c'était bien s'il y croyait. Il a dit qu'il y croyait. Et j'ai dit bon ben alors tout va bien, non ? »

Oubliant sa résolution, elle boit une gorgée de son bourgogne.

« Et s'il découvrait l'identité de ceux avec lesquels il a traité ? je demande.

– Il se livrerait à la police ou il se tuerait. C'est ça que tu veux entendre ?

– Dont acte.

– Il ne sait pas mentir, Nat, dit-elle en haussant le ton avant de se reprendre. La vérité, il ne jure que par ça. Il ferait un agent double nullissime même s'il acceptait, sauf qu'il n'acceptera jamais.

– Et vos projets de mariage ?

– J'ai invité le monde entier à partager un moment avec nous au pub après, selon tes instructions. Ed me trouve complètement folle.

– Où partez-vous en voyage de noces ?

– On ne part pas.

– Réserve un hôtel à Torquay dès que tu rentres. L'Imperial ou équivalent. La suite nuptiale. Deux nuits. S'ils demandent des arrhes, tu les paies. Maintenant, trouve une raison d'ouvrir ton sac à main et laisse-le ouvert entre nous. »

Elle ouvre son sac, en sort un mouchoir, se tamponne un œil et laisse négligemment son sac ouvert entre nous. Je bois une gorgée de champagne et, en passant le bras gauche devant mon torse, je lâche le rouge à lèvres de Prue à l'intérieur.

« À la seconde où on passera dans la salle de restaurant, on sera en direct *live*, je lui révèle. La table a des micros et le restaurant est rempli d'agents de Percy. Sois aussi pénible que d'habitude et plus encore. C'est compris ? »

Un vague hochement de tête.

« Dis-le.

– Compris, c'est bon, merde ! » siffle-t-elle.

Le maître d'hôtel, qui nous attendait, nous installe à notre jolie table en coin, face à face, en m'assurant que j'ai la meilleure vue de toute la salle. Percy a dû l'envoyer à l'école du charme. Toujours les immenses cartes. J'insiste pour que nous prenions une entrée, alors que Florence hésite. Je lui suggère le saumon fumé et elle accepte. En plat, nous commandons du turbot.

« Ah, alors aujourd'hui, nous mangeons la même chose ! » s'exclame le maître d'hôtel comme si cela changeait de tous les autres jours.

Jusqu'à présent, Florence a réussi à ne pas me regarder en face. Maintenant elle le fait.

« Ça te dérangerait de me dire pourquoi tu m'as fait venir ici, bordel ? me demande-t-elle en me regardant droit dans les yeux.

– Mais pas du tout, je réponds sur un même ton tendu. L'homme avec lequel tu habites et que tu sembles vouloir épouser a été identifié par le service auquel tu as appartenu jadis comme étant un agent volontaire du renseignement russe. Mais peut-être le savais-tu déjà ? Ou bien non ? »

Le rideau est levé. Nous sommes sur scène. Souvenirs de Prue et moi en représentation pour les micros à Moscou.

*

Au Refuge, on m'avait prévenu que Florence avait son caractère, mais jusqu'à présent je ne l'avais constaté que sur le court de badminton. Si on me demandait si c'était réel ou simulé, je répondrais qu'en tout cas elle était très douée. Une performance de classe internationale, l'improvisation érigée en art, inspirée, spontanée, tranchante.

D'abord, elle m'écoute avec une impassibilité de cadavre, le visage fermé. Je lui révèle que nous avons des preuves audio et vidéo incontestables de la trahison d'Ed. Je lui dis que, si elle le souhaite, je peux organiser une projection privée du film, ce qui est un mensonge éhonté. Nous avons tout lieu de penser que, quand elle est partie avec pertes et fracas du Bureau, elle se consumait d'une haine ardente pour l'élite politique britannique, et je ne suis donc pas surpris d'apprendre qu'elle s'est liée avec un solitaire aigri ivre de vengeance qui offre nos secrets les plus secrets aux Russes. Malgré cet acte de folie suprême sinon pire, je suis autorisé à lui lancer une bouée de sauvetage.

« D'abord, tu signifies clairement à Ed qu'il est grillé de chez grillé et que nous avons toutes sortes de preuves en béton. Tu l'informes que son propre service réclame sa tête, et que sa seule chance de s'en sortir c'est d'accepter de collaborer sans aucune réserve. Au cas où il en douterait, l'autre option, c'est une très longue peine de prison. »

Tout cela sur un ton très calme, comprenez-vous, sans effets de manche, avec pour seule interruption l'arrivée du saumon fumé. Florence restant pétrifiée, je devine qu'elle est en train de laisser enfler en elle une colère indignée, mais rien de ce que je l'ai jamais vue ou entendue faire n'aurait pu me préparer à l'ampleur de l'explosion. Sans tenir aucun compte du message sans ambiguïté que je viens de faire passer, elle lance une attaque frontale de grande envergure contre le messager, à savoir moi.

Alors comme ça, juste parce que je suis un espion, je pense que je fais partie des élus de Dieu, que je suis le centre de l'univers ? Mais tout ce que je suis, c'est un petit branleur d'école privée coincé du cul ! Je suis un dragueur de badminton, c'est comme ça que je ratisse les jolis garçons. J'en pince pour Ed et je le fais passer pour un espion russe parce qu'il a repoussé mes avances.

Celle qui m'attaque ainsi sauvagement est un animal blessé, la louve protectrice de son homme et de son enfant à naître. Si elle avait passé toute la nuit à ruminer toutes les mauvaises pensées qu'elle a jamais eues me concernant, elle n'aurait pas pu obtenir un meilleur résultat.

Après une intervention inutile du maître d'hôtel qui tient à savoir si tout est à notre convenance, elle repart à la charge. S'inspirant du manuel de nos formateurs, elle me fournit son premier angle de repli tactique :

Bon, supposons à titre purement théorique que la loyauté d'Ed soit prise entre deux feux. Supposons qu'il soit allé se saouler la gueule un soir et que les Russes lui aient fait une mission *kompromat*, et qu'il ait marché, ce qu'il ne ferait jamais de la vie mais bon, supposons. Est-ce que je m'imagine une seule seconde que sans aucune espèce d'assurance il va accepter de devenir un putain d'agent double, alors qu'il sait très bien qu'il se fera balancer d'un pont dès qu'on en éprouvera l'envie ? Bref, en résumé, est-ce que j'aurais la gentillesse de lui dire, si possible, quel genre de garanties mon Bureau compte offrir à cet agent double qui s'apprête à se jeter dans la gueule du loup sans aucune protection ?

Quand je lui réponds qu'Ed n'est pas en position de négocier et qu'il doit nous croire aveuglément ou faire face aux conséquences, je n'évite un nouvel assaut que grâce à l'arrivée du turbot, qu'elle attaque en le poignardant rageusement tout en déroulant son deuxième repli stratégique :

« Supposons qu'il accepte de travailler pour vous, concède-t-elle d'un ton à peine plus amène. Supposons. Disons que j'arrive à le convaincre, ce qui n'est pas gagné. S'il déconne, ou si les Russes le démasquent, peu importe ce qui arrivera en premier, il se passe quoi ? Il est grillé, il est compromis, il est bon pour la décharge comme une merde. Pourquoi devrait-il s'infliger tout ça ? Pourquoi se donner cette peine ? Il pourrait vous envoyer chier et aller en prison, non ? Qu'est-ce qui serait pire, d'ailleurs ? Être utilisé par les deux camps comme une putain de marionnette et finir assassiné dans une ruelle sombre, ou bien payer sa dette à la société et s'en sortir en un seul morceau ? »

Repli que je considère comme son signal pour que je durcisse le ton :

« Tu ignores délibérément la gravité de son crime et les monceaux de preuves irréfutables qui s'accumulent contre lui, dis-je sur mon ton le plus ferme et persuasif. Le reste n'est que pure spéculation. Ton futur mari est dans la mélasse jusqu'au cou, et nous t'offrons une chance de l'en sortir. C'est à prendre ou à laisser. »

Ce qui a pour effet de provoquer une nouvelle réponse mordante.

« Alors vous êtes juge et partie, maintenant ? Merde aux tribunaux ! Merde aux procès équitables ! Et merde aux droits de l'homme et à tout ce que ta petite bourgeoise de femme pense défendre ! »

C'est seulement après un long moment de réflexion de sa part que j'obtiens enfin la petite ouverture réticente qu'elle m'aura obligé à conquérir de haute lutte, et pourtant, même maintenant, elle réussit à préserver un semblant de dignité.

« Je ne concède rien, d'accord ? Absolument rien.

– Continue.

– Si, et seulement si, Ed dit d'accord, j'avais tout faux, j'aime mon pays, je vais collaborer, je serai un agent double, je vais prendre ce risque… J'ai bien dit si. Il aura une amnistie ou pas ? »

Je la joue distant. Ne jamais faire de promesse sur laquelle on ne puisse pas revenir. Un aphorisme de Bryn.

« S'il l'a méritée, et si on décide qu'il l'a méritée, et si l'Intérieur valide, oui, en toute probabilité, il obtient son amnistie.

– Et c'est tout ? Il risque sa peau gratos ? Et moi ? Un peu d'argent pour notre prise de risque, peut-être ? »

Cela commence à suffire. Elle est à bout, moi aussi. Il est temps de baisser le rideau.

« Florence, nous avons déjà fait de gros efforts pour vous tendre la main. Nous exigeons une obéissance totale de ta part et de celle d'Ed. En échange, nous vous offrons une prise en charge par des experts et un soutien total. Bryn a besoin d'une réponse claire. Et maintenant, pas demain. C'est soit un oui, Bryn, je vais le faire, soit un non, Bryn, et advienne que pourra. Alors, ce sera quoi ?

– Il faut d'abord que j'épouse Ed, déclare-t-elle sans lever la tête. Il ne se passe rien d'ici là.

– Et après, tu lui parleras de notre accord ?

– Oui.

– Quand vas-tu lui dire ?

– Après Torquay.

– Torquay ?

– Où nous allons passer quarante-huit heures pour notre putain de lune de miel », rétorque-t-elle dans un retour inspiré de sa colère.

Silence partagé et mutuellement orchestré.

« Nous sommes amis, Florence ? je lui demande. Je crois que oui. »

Je lui tends la main. Toujours sans lever la tête, elle l'attrape d'abord avec réticence puis s'y accroche vraiment alors que je la félicite ainsi secrètement pour sa prestation digne d'un Oscar.

21

Les deux jours et demi d'attente m'ont paru en durer cent et je me rappelle chacune des heures de chacun de ces jours. Les sarcasmes de Florence, quoique mal placés, reposaient sur un fond de vérité, et dans les rares moments où je n'étais pas occupé à envisager toutes les contingences opérationnelles qui nous attendaient, sa prestation confondante revenait m'accuser de péchés dont j'étais innocent, mais aussi de certains que j'avais commis.

Pas une seule fois depuis sa déclaration d'intention Prue n'avait donné le moindre signe de vouloir revenir sur son engagement. Elle n'avait pas exprimé de rancœur à propos de ma liaison avec Reni, car elle avait depuis longtemps consigné ce genre de chose au passé révolu. Quand je me suis aventuré à lui rappeler les risques encourus pour sa carrière d'avocate, elle m'a rétorqué qu'elle en était très consciente, merci beaucoup. Quand je lui ai demandé si un juge britannique ferait une distinction entre avoir transmis des secrets aux Allemands ou aux Russes, elle m'a répondu avec un rire sinistre que, aux yeux de beaucoup de nos chers juges, les Allemands c'était encore pire. Et pendant tout ce temps, l'épouse d'agent entraînée en elle effectuait toutes ses missions secrètes avec une efficacité que je prenais avec tact pour acquise.

Pour sa vie professionnelle, elle a gardé son nom de jeune fille, Stoneway, et c'est sous ce nom qu'elle a demandé à sa secrétaire de lui louer une voiture. Si la compagnie avait besoin de détails sur son permis, elle les leur fournirait quand elle récupérerait le véhicule.

À ma demande, elle a appelé Florence deux fois, la première pour lui demander en confidence féminine dans quel hôtel le couple passerait son voyage de noces à Torquay parce qu'elle tenait à leur envoyer des fleurs et que Nat voulait aussi faire porter à Ed une bouteille de champagne. Florence lui a indiqué l'Imperial, au nom de M. et Mme Shannon, et Prue m'a raconté ensuite qu'elle avait l'air concentré et qu'elle lui avait servi un bon numéro de future mariée anxieuse pour le bénéfice des oreilles de Percy. Prue a fait livrer les fleurs, moi une bouteille, que nous avons commandées en ligne en misant sur la vigilance de l'équipe de Percy.

La deuxième fois que Prue a appelé Florence, c'était pour lui demander si elle avait besoin d'aide pour organiser la sauterie au pub après le mariage, vu que son cabinet n'était pas loin. Florence lui a répondu qu'elle avait privatisé une grande salle qui était correcte sauf qu'elle sentait la pisse. Prue a promis d'aller jeter un coup d'œil, même si toutes les deux étaient convenues qu'il serait trop tard pour changer, de toute façon. Percy, tu as tout bien capté, là-bas ?

En utilisant l'ordinateur et la carte de crédit de Prue plutôt que les miens, nous avons passé en revue les vols réguliers pour diverses destinations européennes et noté que, pendant la haute saison, il restait beaucoup de places disponibles en classe affaires. À l'abri du pommier, nous avons réexaminé les moindres détails de notre plan. Avais-je oublié un élément vital ? Était-il concevable que, après une vie entière consacrée au secret, je puisse chuter sur le dernier obstacle ? À en croire Prue, non. Elle avait analysé toutes les dispositions que nous avions prises sans déceler aucune faille. Alors, au lieu de me faire un sang d'encre pour rien, si je téléphonais à Ed pour l'inviter à déjeuner ? Sans plus d'encouragement, c'est ce que je fais en ma qualité de témoin, juste vingt-quatre heures avant qu'Ed échange ses vœux avec Florence.

J'appelle Ed.

Il est ravi. Quelle excellente idée, Nat ! Super ! Il n'a qu'une heure pour déjeuner, mais peut-être qu'il peut gratter un peu plus. Le pub Dog and Goat à 13 heures, ça irait ?

Va pour le Dog and Goat, je réponds. À tout à l'heure. 13 heures précises.

*

Une foule compacte de fonctionnaires en costume se presse dans la salle du Dog and Goat ce jour-là, assez logiquement puisqu'il se situe à cinq cents mètres de Downing Street, du Foreign Office et du Trésor. Bon nombre de ces costumes sont de l'âge d'Ed, ce qui fait que je trouve quelque peu étrange, alors qu'il fend la mêlée pour venir vers moi en cette veille de son mariage, que pas une tête ne se tourne pour lui dire bonjour.

Pas de *Stammtisch* disponible, mais Ed utilise sa haute taille et ses coudes à bon escient et libère bientôt deux tabourets de bar. Et j'arrive de mon côté à batailler jusqu'à la première ligne et à nous acheter deux pintes de pression, pas fraîche mais presque, et deux sandwichs au cheddar et aux oignons au pain croustillant, qu'une chaîne humaine me fait passer le long du bar.

Une fois munis de l'essentiel, nous arrivons à improviser un genre de petit coin à nous, et nous hurlons par-dessus le vacarme pour nous parler. J'espère seulement que les gens de Percy arrivent à capter, parce que tout ce que me dit Ed est une douce musique à mes oreilles.

« Elle a complètement pété les plombs, Nat ! Elle a invité tous ses copains bourgeois au pub, avec leurs mômes et tout ! Et elle nous a réservé un super hôtel à Torquay, avec piscine et salon de massage ! Tu sais quoi ?

– Quoi ?

– On est fauchés, Nat ! On n'a plus un rond. On a tout dépensé en travaux. Eh oui ! On va en être réduits à faire la plonge dès le lendemain de notre nuit de noces ! »

Soudain, il est l'heure pour lui de retourner dans son placard à Whitehall. Le bar se vide comme sur un signal, et nous nous retrouvons dans le calme relatif du trottoir avec des voitures officielles qui passent à toute vitesse.

« J'avais pensé faire une soirée d'enterrement de vie de garçon, annonce-t-il maladroitement. Genre toi et moi. Mais Flo a mis son veto, elle a dit que c'était des conneries de macho.

– Elle a bien raison.

– Je lui ai pris la bague. Je lui ai dit que je la lui rendrais quand elle serait mon épouse.

– Bonne idée.

– Je la garde toujours sur moi pour ne pas l'oublier.

– Tu ne veux pas que je m'en charge jusqu'à demain ?

– Non, non. C'était super, le badminton, Nat. Vraiment bien.

– Et on y rejouera quand tu reviendras de Torquay.

– Super. Bon ben voilà. À demain, alors. »

Sur les trottoirs de Whitehall, on ne s'étreint pas, même si je le soupçonne d'en avoir envie. Il se contente d'une poignée de main à deux mains, il secoue très fort.

*

Les heures ont passé, je ne sais comment. C'est le soir. Prue et moi sommes de nouveau sous le pommier, elle sur son iPad, moi avec un traité d'écologie sur l'apocalypse à venir que Steff veut que je lise. J'ai posé ma veste sur le dossier de ma chaise, et j'ai dû me mettre à rêvasser parce qu'il me faut un moment pour comprendre que le glapissement que j'entends vient du smartphone trafiqué de Bryn Jordan. Mais pour une fois, je suis trop lent. Prue l'a sorti de ma poche et l'a collé à son oreille.

« Non, Bryn, c'est sa femme, répond-elle d'un ton sec. Une voix venue du passé. Comment vas-tu ? Parfait. Et la famille ? Tant mieux. Il est au lit, désolé, il n'est pas dans son assiette. Tout Battersea est en train de tomber comme des mouches. Je peux lui passer un message ? Eh bien, ça l'aidera à se requinquer, je suis sûre. Je lui dirai dès son réveil. Et à toi de même, Bryn. Non, pas encore, mais la poste ici, c'est n'importe quoi. Nous ferons tout notre possible pour venir. Chapeau à elle ! J'ai essayé la peinture à l'huile une fois, mais sans grand succès. Bonne nuit à toi aussi, Bryn, où que tu sois. »

Elle raccroche.

« Il t'envoie ses félicitations, rapporte-t-elle. Et une invitation pour l'expo d'Ah Chan à Cork Street. J'ai la vague impression qu'on ne sera pas disponibles. »

*

C'est le matin, le énième matin après celui sur les collines boisées de Karlovy Vary, celui sur un sommet battu par la pluie dans le Yorkshire, celui dans la zone Bêta et sur les écrans jumeaux de la salle des opérations, celui sur Primrose Hill, et au Refuge, et sur le court numéro 1 à l'Athleticus. J'ai préparé le thé et pressé des oranges avant de revenir au lit – notre meilleur moment pour prendre les décisions que nous n'avons pas pu prendre la veille ou discuter de ce que nous ferons ce week-end ou de notre destination de vacances.

Sujet du jour : ce que nous allons porter pour le grand événement, et qu'est-ce que ce sera chouette, et quelle idée de génie de ma part d'avoir suggéré Torquay, parce que les jeunes, eux, ont l'air incapables de prendre la moindre décision pratique tout seuls (« les jeunes » étant notre nouveau surnom pour Ed et Florence, et cette conversation étant un retour prudent à nos réflexes moscovites vu que, s'il y a une chose certaine concernant Percy

Price, c'est que l'amitié passe au second plan quand il y a un poste de téléphone sur la table de chevet).

Jusqu'à hier après-midi, nous étions partis du principe que les mariages se déroulaient au rez-de-chaussée, mais j'ai découvert mon erreur lorsque, en rentrant du Dog and Goat, j'ai effectué une discrète reconnaissance photographique de la zone cible et constaté que le bureau de l'état civil choisi par Ed et Florence se trouve au cinquième étage, et que la seule raison pour laquelle il a obtenu un créneau avec si peu de délai est qu'il faut huit volées de marches en pierre très raides avant d'atteindre l'accueil, plus une demi avant d'entrer dans une salle d'attente voûtée décorée comme un théâtre sans scène, avec de la musique d'ambiance, des fauteuils moelleux, d'innombrables grappes de personnes mal à l'aise et une porte laquée en noir tout au bout qui indique « Mariages ». Il y a un minuscule ascenseur réservé en priorité aux handicapés.

Pendant la même reconnaissance, j'ai aussi noté que le troisième étage, loué intégralement à un cabinet d'experts-comptables, est relié par une passerelle vénitienne à l'immeuble jumeau d'en face, et mieux encore, à un escalier en colimaçon descendant jusqu'à un parking souterrain. Des profondeurs insalubres du parking, l'escalier est accessible à quiconque assez fou pour vouloir y monter, mais pour ceux qui souhaiteraient l'utiliser pour descendre en passant par la passerelle du troisième, l'accès est fermé à tous sauf aux résidents, voir l'affreux panneau « INTERDIT AU PUBLIC » scotché sur une paire de portes massives contrôlées électriquement. La plaque en laiton du cabinet indique six noms, dont, tout en haut, un certain M. Bailey.

Le lendemain matin, quasiment sans un mot, Prue et moi nous sommes habillés.

*

Je vais relater les événements comme je le ferais pour toute opération spéciale. Nous arrivons exprès en avance, à 11 h 15. En montant l'escalier de pierre, nous faisons halte au troisième. Prue reste là, debout, tout sourire, avec son chapeau à fleurs, pendant que j'engage la conversation avec la réceptionniste du cabinet d'experts-comptables. Non, me répond-elle, ses employeurs ne ferment pas plus tôt le vendredi. Je l'informe que je suis un vieux client de M. Bailey. Elle me répond comme un robot qu'il est en réunion toute la matinée. Je lui dis que nous sommes d'anciens camarades d'école, mais qu'elle ne le dérange pas, je prendrai rendez-vous avec lui pour la semaine prochaine. Je lui tends une carte de visite imprimée qui me reste de mon dernier poste : *Conseiller commercial, ambassade de Grande-Bretagne à Tallinn*, et j'attends qu'elle consente à la lire.

« C'est où, Tallinn ? demande-t-elle d'un ton espiègle.

– En Estonie.

– C'est où, l'Estonie ? dit-elle en gloussant.

– Sur la Baltique, au nord de la Lettonie. »

Elle ne me demande pas où est la Baltique, mais son gloussement m'indique que j'ai fait ma petite impression. J'ai également grillé ma couverture, mais je ne suis plus à ça près. Nous montons encore deux étages jusqu'à la salle d'attente voûtée et prenons place près de l'entrée. Une femme imposante en uniforme vert à épaulettes de sergent-major fait la circulation entre les différentes noces dans la file devant nous. Des carillons résonnent dans les haut-parleurs chaque fois qu'un mariage se termine, puis le groupe le plus proche de la porte laquée noire entre, la porte se ferme, et les carillons reprennent quinze minutes plus tard.

À 11 h 51, Florence et Ed arrivent bras dessus bras dessous depuis l'escalier, l'air de jouer dans une publicité pour un organisme de crédit : Ed dans un nouveau costume gris qui lui va aussi mal que le précédent et Florence dans le même tailleur-pantalon qu'en ce jour de printemps ensoleillé voilà mille ans quand la jeune et prometteuse agente du renseignement avait présenté Rosebud aux sages du directorat des opérations. Elle tient un bouquet de roses rouges qu'Ed a dû lui acheter.

Nous nous embrassons. Prue et Florence, Prue et Ed puis, en ma qualité de témoin, moi aussi je pose un baiser sur la joue de Florence, le premier.

« Plus moyen de faire machine arrière, maintenant », je murmure à voix trop forte dans son oreille de mon ton le plus jovial.

Nous nous sommes à peine lâchés que les longs bras d'Ed m'étreignent en une accolade virile maladroite – je doute qu'il ait jamais essayé auparavant – et, avant que j'aie pu réagir, il me soulève à sa propre hauteur, torse contre torse, et il manque m'étouffer au passage.

« Prue, ton mari joue terriblement mal au badminton, mais à part ça c'est quelqu'un de bien », annonce-t-il.

Il me repose au sol, essoufflé, en riant d'excitation alors que je passe en revue les derniers arrivants pour y déceler un visage, un geste ou une silhouette qui me confirmera ce que je sais déjà : Prue ne sera pas le seul témoin de ce mariage.

« La noce d'Edward et Florence, je vous prie ! La noce d'Edward et Florence ! Par ici, merci. C'est par là. »

Le sergent-major en uniforme vert nous regroupe devant la porte noire laquée toujours fermée. Les carillons vont *crescendo* puis *diminuendo*.

« Mince, Nat, j'ai oublié la bague, me chuchote Ed à l'oreille avec un sourire contrit.

– Mais qu'il est con, celui-là ! » je rétorque, alors qu'il me donne une bourrade dans l'épaule pour me signifier qu'il plaisantait.

Florence a-t-elle regardé à l'intérieur du coûteux rouge à lèvres japonais de Prue que j'ai glissé dans son sac à main ? A-t-elle lu l'adresse qu'il contenait ? A-t-elle cherché sur Google Earth et identifié le gîte isolé dans les Alpes transylvaniennes que possède un vieux couple de Catalans qui étaient jadis mes agents ? Non, elle n'aura pas fait ça, elle est trop intelligente, elle connaît la contre-surveillance. Mais a-t-elle au moins lu ma lettre de recommandation écrite en tout petit sur du papier roulé en bandelettes, dans notre plus belle tradition ?

Chers Pauli et Francesc, merci de prendre un soin tout particulier de ces personnes de valeur. Adam.

L'officier d'état civil est une dame imposante et austère tout entière au service de la bonne cause. Avec sa chevelure blonde choucroutée, elle marie les gens à longueur d'année, on le sent aux intonations patientes de sa voix. Quand elle rentre chez elle le soir, son mari lui dit : « Alors, ma chérie, combien, aujourd'hui ? » et elle lui répond : « C'était non-stop, Ted », ou George, ou Machin, et ils s'installent devant la télévision.

Nous avons atteint le point culminant de la cérémonie. Dans mon expérience, il y a deux genres d'épouses : celles qui marmonnent leur réplique de façon inaudible et celles qui la claironnent pour que le monde entier les entende. Florence appartient à la seconde école. Ed suit le mouvement et parle lui aussi à plein volume, en lui tenant la main très fort et en regardant son visage en gros plan.

Temps mort.

L'air agacé, la dame de l'état civil a l'œil rivé sur l'horloge au-dessus de la porte. Ed tâtonne. Il n'arrive plus à se rappeler dans quelle poche de son nouveau costume il a mis la bague et il lâche un « Merde ». Le mécontentement de la dame de l'état civil laisse place à un sourire compréhensif quand il retrouve enfin l'alliance. Dans la poche droite de son nouveau pantalon, comme sa clé de vestiaire quand il me bat au badminton, voilà.

Ils se passent la bague au doigt. Prue se poste au côté gauche de Florence. La dame de l'état civil ajoute ses vœux de bonheur tout personnels (ceux qu'elle ajoute vingt fois par jour). Les carillons saluent la bonne nouvelle de leur union. Une deuxième porte s'ouvre devant nous. C'est terminé.

Un couloir vers la gauche, un autre vers la droite. Nous descendons l'escalier vers le troisième étage, tout le monde au galop sauf Florence, qui traîne derrière. A-t-elle changé d'avis ? La réceptionniste des experts-comptables sourit à notre arrivée.

« J'ai vérifié, il y a des toits rouges à Tallinn ! nous annonce-t-elle fièrement.

– En effet, et M. Bailey m'a assuré que nous pouvions utiliser la passerelle quand nous le souhaitions.

– Mais bien sûr », dit-elle d'une voix chantante en appuyant sur un bouton jaune près d'elle.

Les portes électriques frémissent et s'ouvrent lentement, puis se referment aussi lentement derrière nous.

« Où allons-nous ? demande Ed.

– C'est un raccourci, mon cher », l'assure Prue alors que nous traversons à la hâte derrière elle la passerelle vénitienne en contrehaut des voitures.

Je prends la tête dans l'escalier en colimaçon, que je descends quatre à quatre. Ed et Florence sont au même niveau derrière moi, et Prue ferme la marche. Ce que j'ignore au moment où nous entrons dans le parking souterrain, c'est si les gens de Percy sont à nos trousses, ou bien si c'est juste l'écho de nos pas qui nous suit. La voiture de location est une Volkswagen Golf hybride noire. Prue l'a garée là il y a une heure. Elle la déverrouille et s'assied au volant. Je tiens la portière arrière ouverte pour les jeunes mariés.

« Allez, Ed, c'est une surprise ! » lance Prue, fine mouche.

Ed hésite. Il regarde Florence, qui passe devant moi et saute sur la banquette arrière en tapotant la place libre près d'elle.

« Allez, monsieur mon mari. Ne gâche pas tout. On y va ! »

Ed monte lentement à ses côtés, et moi sur le siège passager à l'avant. Ed est assis de guingois à cause de ses longues jambes. Prue débloque le verrouillage central, nous conduit jusqu'à la sortie et insère son ticket dans la machine. La barrière se lève. Jusqu'à présent, rien dans les rétroviseurs, pas de voiture, pas de moto, mais cela ne veut pas dire grand-chose si les gens de

Percy ont marqué les chaussures d'Ed ou son nouveau costume ou je ne sais quoi qu'ils sont capables de marquer.

Prue a programmé l'adresse de l'aéroport London City dans le GPS, qui l'indique donc comme destination. Zut, j'aurais dû y penser. Florence et Ed sont occupés à s'embrasser, mais bientôt Ed lève la tête et regarde le GPS, puis de nouveau Florence.

« Qu'est-ce qui se passe ? demande-t-il sans obtenir de réponse. Qu'est-ce qu'il y a, Flo ? Dis-moi. Ne me raconte pas d'histoires, tout sauf ça.

– On part à l'étranger, répond-elle.

– Ce n'est pas possible. On n'a pas pris de bagages. Et tous les gens qu'on a invités au pub ? Et on n'a pas nos passeports, non plus. C'est n'importe quoi !

– J'ai nos passeports. On prendra des bagages plus tard. On en achètera.

– Avec quoi ?

– Nat et Prue nous ont donné de l'argent.

– Pourquoi ? »

Silence généralisé, de la part de Prue à côté de moi, d'Ed et Florence dans le rétroviseur, assis loin l'un de l'autre pour se dévisager.

« Parce qu'ils savent, Ed, finit par répondre Florence.

– Ils savent quoi ? »

Et nous continuons à rouler.

« Ils savent que tu as fait ce que ta conscience t'a dicté de faire. Ils t'ont pris sur le fait et ils sont en colère.

– Qui ça, “ils” ?

– Ton service. Et celui de Nat.

– Le service de Nat ? Mais Nat n'a pas de service. C'est juste Nat.

– Ton service frère, il en fait partie. Ce n'est pas de sa faute. Alors toi et moi, on va aller à l'étranger pendant un moment avec l'aide de Nat et Prue. Sinon, c'est la prison pour tous les deux.

– C'est vrai ce qu'elle dit sur toi, Nat ? demande-t-il.
– Hélas oui, Ed », je lui réponds.

*

Après, tout est allé comme dans un rêve. D'un point de vue opérationnel, l'exfiltration parfaite. J'en ai monté quelques-unes en mon temps, mais jamais à partir de mon propre pays. Aucun souci quand Prue a acheté en dernière minute des billets en classe affaires pour Vienne avec sa carte de crédit. Les haut-parleurs n'ont pas appelé nos noms à l'embarquement. Il n'y a pas eu de « Veuillez me suivre, s'il vous plaît » quand Prue et moi avons adressé un signe d'adieu aux jeunes mariés à la porte des départs avant la sécurité. Certes, ils ne nous ont pas rendu notre geste, mais aussi ils n'étaient mariés que depuis deux heures.

Certes encore, du moment où Florence a grillé ma couverture, Ed ne m'a plus adressé un mot, même pour me dire au revoir. Avec Prue, tout allait bien, il lui a même marmonné un « Salut, Prue » avant de lui planter un petit baiser sur la joue. Mais quand mon tour est arrivé, il m'a juste regardé derrière ses grosses lunettes, puis il a détourné les yeux comme s'il ne pouvait supporter d'en voir plus. J'aurais voulu lui dire que j'étais quelqu'un de bien, mais il était trop tard.

Remerciements

Mes remerciements sincères à la petite bande d'amis fidèles et de relecteurs, dont certains préfèrent ne pas être nommés, qui ont subi les premières versions de ce roman et n'ont pas compté leur temps, leurs conseils et leurs encouragements. J'ai le droit de citer Hamish MacGibbon, John Goldsmith, Nicholas Shakespeare, Carrie et Anthony Rowell et Bernhard Docke. La doyenne littéraire de la famille, Marie Ingram, n'a jamais manqué d'érudition ni d'enthousiasme en ce qui doit bien faire un demi-siècle. L'auteur et journaliste Misha Glenny m'a généreusement fourni son expertise sur les questions russes et tchèques. Je me demande parfois si je ne laisse pas délibérément mes romans s'aventurer dans les arcanes du droit anglais pour le simple plaisir de m'en extraire grâce à l'aide de Philippe Sands, écrivain et avocat de la Couronne. Il l'a encore fait cette fois-ci, tout en repérant de son œil de lynx mes maladresses textuelles. Pour la poésie du badminton, je suis redevable à mon fils, Timothy. Et toute ma gratitude sincère va à mon assistante de longue date, Vicky Phillips, pour sa diligence, ses multiples talents et son sourire permanent.

RÉALISATION : NORD COMPO À VILLENEUVE-D'ASCQ
ACHEVÉ D'IMPRIMER SUR ROTO-PAGE
PAR L'IMPRIMERIE FLOCH À MAYENNE
DÉPÔT LÉGAL : MAI 2020. N° 143319 (96112)
IMPRIMÉ EN FRANCE